【第二版】

敦煌變文集補編

己巳春 小如

周紹良 白化文 李鼎霞 編

李鼎霞 錄文 楊寶玉 助編

北京大學出版社
PEKING UNIVERSITY PRESS

圖書在版編目（CIP）數據

敦煌變文集補編 / 周紹良，白化文，李鼎霞編 . — 2 版 . — 北京：北京大學出版社，2016.7
ISBN 978–7–301–27301–2

Ⅰ. ①敦… Ⅱ. ①周… ②白… ③李… Ⅲ. ①敦煌學 — 變文 — 文學研究 — 中國 Ⅳ. ① I207.7

中國版本圖書館 CIP 數據核字 (2016) 第 170151 號

書　　名　敦煌變文集補編（第二版）
DUNHUANG BIANWENJI BUBIAN
著作責任者　周紹良　白化文　李鼎霞 編
責任編輯　梁　勇
標準書號　ISBN 978–7–301–27301–2
出版發行　北京大學出版社
地　　址　北京市海淀區成府路 205 號　100871
網　　址　http://www.pup.cn　新浪微博：@ 北京大學出版社　@ 培文圖書
電子信箱　pkupw@qq.com
電　　話　郵購部 62752015　發行部 62750672　編輯部 62750883
印刷者　三河市國新印裝有限公司
經銷者　新華書店
889 毫米 ×1194 毫米　16 開本　16 印張　226 千字
1989 年 10 月第 1 版
2016 年 7 月第 2 版　2016 年 7 月第 1 次印刷
定　　價　120.00 元

目錄

前　言

一

敦煌變文集一書出版於一九五七年，其中收錄敦煌莫高窟藏經洞所出說唱故事類作品七十八種。三十年來為它作補充的已有多家，如，周紹良先生在敦煌變文論文錄中附錄五篇，又據日本龍谷大學藏本校錄出悉達太子修道因緣一篇。此外，潘重規先生敦煌變文集新書補入臺灣藏本一篇。最近張錫厚同志又據蘇聯新發表材料補錄妙法蓮華經講經文一篇，這些都是可喜的成績。他們都是從新公佈的材料中校錄出來的。

查閱早已公佈的北京千字文號，倫敦斯號，巴黎伯號等原卷或其縮微膠捲進行爬梳提抉的，也有人在。如，劉銘恕先生在斯坦因劫經錄中錄出若干條（但未明確說明是否供校補變文用）並提供一些線索；日本全岡照光氏在敦煌出土文學文獻分類目錄附解說中也明確提出一些線索並間附錄文；王有三先生伯希和劫經錄中指出的線索也所在多有；等等。此外，散在的各家論文中間有涉及。

應該說，這方面的工作不外以下幾項：

一項是，找出變文集中未收的新材料，如，本書中所收周紹良先生發現的讚僧功德經，和我校錄的須大拏太子本生因緣，都屬此類。

另一項是，某些作品，變文集中已有錄文，有的還列出比勘對校的幾個卷子。如今又找到更多的可供校讎的複本，也要提出來供新版本重校時使用，如，本書中所收楊寶玉校錄的下女夫詞殘卷即是。

再一項是，對已經前人公佈校錄過的卷子，從新的角度進行某種解釋加工。如，收在本書中的李正宇同志整理的太子成道因緣（李氏原擬題釋迦因緣劇本，我們收入時據本書體例代改此題），和我戲稱之為『和尚傳奇』整理的『六禪師七衛士酬答』。

第四項是找到了一些和變文、變相有聯繫的卷子，校錄出來供參考研究。收在本書中的，如，由我校錄的洪字六十二號『榜題』即是。

二

什麼是變文？我們的意見是很明確的。主要觀點分見於以下諸文：

《唐代變文及其他》（周紹良，《文史知識》一九八五年第十二期、一九八六年第一期）；

《敦煌文學芻議》（周紹良，《社會科學》一九八八年第一期）；

《什麼是變文》（白化文，《敦煌變文論文錄》）；

《什麼是變文》（白化文，《古典文學知識》，一九八六年第五期）。

以上諸文具在，此處不再贅述。根據我們的意見，敦煌變文集中所收的大部分都不是變文，那部書按說應該叫作『敦煌俗文學中說唱故事類作品總集』才更合適。而且，按照周紹良先生的看法，其中一部分作品，如秋吟一本是和尚募化寒衣時的唱詞，下女夫詞是婚禮儀式歌。這兩種材料中的民俗學成分，遠比文學成分濃。搜神記屬於六朝志怪小說系統，孝子傳是與列女傳同類的東西，它們都是介於短篇小說類書、傳記之間的作品。以上這些，嚴格地說，不應闌入敦煌變文集所收範圍之內。

以上是我們要說的第一點。

我們要說的第二點，是關於敦煌變文集補編所收的內容。本書共收十五篇，我們將它分成兩個單元。第一單元九篇，基本上屬於講經文和押座文系統。第二單元六篇，各代表一類情況，在前面已有一些說明。

綜合起來看，這部敦煌變文集補編之中，可說是一篇真正的變文也沒有，這是一。其中有些材料，如下女夫詞，又是周紹良先生認為敦煌變文集也不應該收的，這是二。據此，我們這部書，可真是給敦煌變文集作的補編。也就是說，它是按照敦煌變文集原來收入的範圍，把新發表的、新發現的材料補充進去。其目的首先當然是補。這些材料散在各處，收集不易，把它纂輯在一起，便於讀者參考，自覺不是毫無意義。

其次，我們採取了印出卷子照片和手寫錄文前後對照的形式。這是鑒於，自敦煌變文集出版以後，為其中各篇作補正的文章多有，其中不乏個別的臆斷之處，究其原因，大多因為沒有見過原卷或卷子照片。我們這部書中所作的校點和錄文，更未敢自是。採取兩相對照的辦法，便於讀者指疵和進一步研究。

再有，這部『補編』，按其所收的範圍，是不是就收集得很全了呢？不是的。我們所掌握的若干材料和線索都沒有收入，有些是因為比較短、碎，如斯三〇五〇善惠雪山修道文（擬題），斯二七〇一與斯三七一二中的天帝釋竊女俗文（擬題）兩種；有些則是我們還沒有決定是不是應該收入，例如，斯六五五一卷背所錄，似包括了一篇押座文和說三皈五戒文及其他，有待進一步研究；再如，敦煌卷子中常見的感應記、靈驗記之類的材料，其性質和搜神記之類的志怪小說也差不多，按說是可以收入的。在這裡一併提出來，向專家和讀者請教，如果受到鼓勵，我們將繼續刊出敦煌變文集三編。

三

周紹良先生早想從事於全面校、補敦煌變文集，出一部最新最全的卷子照片和錄文的對照本。但茲事體大，多所牽掣，至今未能如願。敦煌變文集補編，可說是從中抽出的一小部分，先印出來供專家和讀者提意見的。這方面的工作，從整體規劃直到全書的安排和校錄，都經本師周紹良先生親自擘畫、定稿，相關的具體工作，由我和李鼎霞同志共同完成。書中的錄文，都是李鼎霞同志親筆書寫的。研究生楊寶玉同志襄助之力甚多。周先生要我寫一下編輯經過，簡述如上。謬誤必多，不敢借周先生之名以自重，用特署名，以示文責自負之意。

白化文　一九八八年六月

新版補充說明

這部書，緣起於一九七五年我受業于周紹良先生時，周先生指導我新編一部擴大了的『敦煌變文集』。後來迭經世變，我的工作崗位也幾次改換，因種種原因，進度極慢。後來，我感覺新編一部『敦煌變文集』實實在在是力所不及的事，無計奈何，只有向周先生說明情況，並推薦鄧文寬學長轉託張涌泉、黃征等位去辦理了。但是，我的工作，總得有點交代，也就是說，多少應出點成品。於是，在轉手以前，以拙荊李鼎霞為主，我與當時的研究生楊寶玉輔助，校點手寫出《敦煌變文集》出版後新出現的十五種材料，請當時的北京大學出版社列入出版計畫。北大出版社極為慷慨，給我們一個書號，其餘由我們自行處理。當時的北大圖書館善本部的一位負責人陳秉才，與一個小型印刷廠有關係，他代為聯繫，由該廠印刷。我們出的錢不多。李鼎霞連校點帶手寫，外帶跑印刷廠，累得乳腺癌發作，住院開刀，幾乎把老命搭上。周先生遙控，做好一篇審核一篇。最後，湊湊合合地做成這麼一部半成品。

應該說明的是：

一、『榜題（洪字六十二號）』發表後，周先生等位在整理英藏敦煌卷子圖片時，又發現了若干同類材料。

二、『太子成道因緣』（釋迦因緣），我們贊成畏友李正宇老哥的意見，認為似是加幕後助唱的歌劇，如今之川劇即有此類表演方式，可以視為受到古代南亞次大陸歌劇影響的中國早期戲劇萌芽。

三、敦煌卷子中『下女夫詞』殘卷頗多，而北大圖書館學系（今稱信息管理系）所藏一個殘卷在校勘上頗有特點，且外界不易得見，故以此卷為主，錄出一份材料。

四、『讚僧功德經』，周先生力主是『一卷詞文』，而我的師伯蘇晉仁先生認為，乃是一卷『偽經』，即中國人依據某種或某幾種譯經改編的。如是改編的經文，能否當成『詞文』使用，現在尚無佐證。我們基本上同意蘇先生的審慎的意見。

此書稿曾寄給中國社會科學院語言研究所研究員、我的老大哥陳治文指教。蒙陳老哥逐字校勘，除照改外，此次將陳老哥賜教的原作印出，以明所自。

我們原來沒有再版的打算，因為，估計此書只是『敦煌變文』校點事業中一個小小的不起眼的驛站，而且只是尖站，稱不上駐站。它早已淹沒在黄沙之中了。如今，蒙北大培文公司總經理高秀芹女史和責任編輯梁勇同志等位垂青，願意出一個新的紀念版。這當然是我們求之不得的事。只有深深地感謝而已。因而再著其因緣前後，對大家做個交代。

二〇一二年十月九日，星期二，紫霄園

凡　例

校錄體例，略依敦煌變文集成規而稍有變通，簡述如下：

一　文題：凡有原題者依原題；無題者擬補而依〔 〕號括之。以上兩種情況均在校記第一條內說明。

二　底本與校本：底本有僅一卷原卷者，有存多種原卷者。凡有兩卷以上者，以比較完整、比較清晰之本為底卷，而以他卷校之。底卷在校記內稱原卷，別卷以甲乙等為次，並作為代號。各卷的原編號、題記及書寫殘缺情況，均記入校記第一條。

三　錄文與校勘體例：

1　錄文按原卷原行抄寫並加標點，凡缺字、誤字、別字及不易認識的字均依原樣移錄。

2　缺字：底本缺字用☒表之，缺幾字用幾☒，若不能確定所缺字數，則用▭表之。

3　凡缺字能據別本或上下文補足時，所補之字以〔 〕括之。

4　誤字和別字等，凡是校者以意改正的均注於該字之下，而用（ ）括之。

5　凡原卷中屬以下情況的字，一概改寫成楷書正體：草體過草而不易認清者；別體筆畫過繁而近於自造字者；原卷抄寫模糊而字體又不標準者；等等。

四　校記等處徵引諸家之說，稱引時簡稱姓氏。如潘重規先生簡稱潘氏，張錫厚先生簡稱張氏等，請于有關上文中求之，不再一一注明。

敦煌變文集補編

第一單元

一　雙恩記①

雙恩記第三②

經　如是我聞，一時佛在王舍城耆闍屈（崛）山中　六種成就「如是」兩字，信成就；「我聞」兩字，聞成就；「一時」兩字，時成就；「佛」之一字，教主成就；「在山中」已下，處所成就。如是者，為如是之法，　我從佛聞；或云我於佛邊聞如是法，　皆指法之詞也。智度論云：生信也。　信為能人（入），智為能度，信為入法之物（初）基，　在（智）③為究竟云（之）　玄述（術）。　又云：佛滅度時，　何（阿）難等　問四事，　佛令依四念住。　如何？觀身不淨，　觀受是苦，　觀心無常，　觀法無我。　佛在之日，以佛為師；　佛滅度後，宜憑此戒。父（又），　還更有何教法？　答：有舍利弗　及諸大羅漢等　向耆闍屈（崛）山　畢撥羅巖間，　結集三藏教法。是時會中　千个羅漢數內，只有佛弟子阿難　未證果位。　會中維郍　白其上座　遣出何（阿）難，　不令在會。　阿難既被遣出，　不郍（那—奈）之何，　遂合掌望空，　哀苦世尊：　「我佛在日，偏休（沐）佛恩；

佛隐霎林，我偏失所。伎（伏）願慈尊，遥垂覆護，小賜威光。却得會中，同集教法。」既啓告世尊了，遥礼佛三拜。合掌泣淚，告於世尊。世尊以一道光，照其阿難。光纔照身，尋便自在。湧身虛空，高七方羅樹，身上出水，身下出火，東湧西没，西湧東没，或現大身，遍滿虛空，或現小身。我既得此神通，却往畢撥羅巖间，石門已閉，便即打門。问「阿誰？」却舊處座（坐），排比結集，如是一代時教。會中維卵（那）便乃從頭礼請。如是次弟（第），並推年老，無一受者。直至阿難，再三商量，堅請阿難昇座說法。未說间，大衆有疑，忽然聞道「如是我聞」，大衆方知是阿難。所以經頭上先置「如是」。信如師子乳、皮：乳一滴入於象獸血中，盡變為水；皮若作絃，一彈 衆絃皆斷也。 饋（韻）

牛羊蘇乳能奇異， 變造多般諸巧伎（伎）。
點作樓臺織綺羅， 卧成漿酪能香美。
若遇西天师子時， 不銷一滴皆成水。
妄緣情， 也如是， 念念与人為感魅。
境勝（勝）難為别是非， 心頭豈解分真為（僞）。

旋旋牽將不覺知，頭頭感却如沉醉， 忽尒纔生一信心，
前来妄念皆除弃。 大慈悲父演雷音， 法調喻和理
極深。 師子乳能除假乳， 信誠心解遣邪心。
乳無紇(紇)正醍醐乱， 信不堅牢妄念侵。
若解信心堅周(固)得， 大難苦海錯漂沉。
「一時」者，師子合會， 説聽究竟，惣言一時，
揀異餘時。 又諸方延但(俱)空，故 言一時。「佛」
者，覺也。 自覺覺他，覺 行圓滿，稱之為佛。
「王舍」者，梵語曷羅閣姞利 呬城，唐言王舍。
初(初)，頻婆娑羅王都在上 第(苐)，宮禍，戶戶家
頻遭火害。有勑立令：更有火者罪。後王
宮自失火， 王遂自遷寒林，又無城掘。後
舍犛(釐)君欲興甲馬討於頻婆娑羅王，王
遂築戰城，因此呼為王舍城。
他方比是屬村野， 國法遷流□灾者④。
梨(黎)庶遭殃既佝(怕)形(刑)， 帝宮惹罪須依化。
吠犛(釐)君，聞位罷， 探侯(候)欲專興甲馬。
偹急尋時築戰城， 因茲立号稱王舍。
國名王舍為頻婆， 別上苐都自據科。
春(睿)招弃條無彼此， 莫(英)明立勑揀偏頗。
天聽感化人何倦， 聖德院(陪)從日更多。
吠舍犛(釐)君聞遣(這)事， 當時不敢舉干戈。
「耆闍屈(崛)山者」，梵語姞栗佗羅矩吒，唐言

就（鷲）峯，又云鷲（鷲）臺，在上茅東北十五里，接
北山之陽，孤標時（特）起。既栖鷲鳥，父（又）頻高
臺，空翠相明，濃淡分色。佛得道後，
十五年間，多居此山，廣説妙法，思益楞（楞）
伽等山。此乃　孤高迥（迴）從（聳），香靈偏奇。
分明之銀漢通隣，　皎潔之星宮接里。
清風颼颼，流桂香於洞前，碧霧霏霏，
送榆陰於座側。而又只栖瑞鳥（鳥），不宿
凡禽。草數☐☐之苗，僧宴三生之定。
雲騰渌治，聽龍子以呻吟，　鶴過深於（松）
覺神仙而引發。　分殿之河珠入牖，欄（杆）
之斗色流光。　仙樂不斷於晴霊（空），瑞彩
長飛（於）碧落，　子時送曉，伏（伏）日生寒。　是
身即之奇居，乃中天之騰（勝）地　績（韻）通霄
接漢獨奇秀，　苯蕩旋迴遮（遮）宇庙（宙）。桂
畔應難離野禽，　松间只是栖（栖）霊鷲。
壮千峯，光万岫，　不以炎涼分節候。
正夏風生送臘寒，　子時雉叫交星畫（晝）。
澄潭隱隱聽龍吟，　古洞深深闻虎驟。
落砌榆陰瑞鶴飛，　佛（拂）廉（簾）雲過仙歌奏。
截銀河，侵北斗，　柄（柄）押欄杆（杆）光冷透。
磬盡鐘殘飯已餘，　尚闻王舍移更漏。
休誇出水妙高山，　並比耆闍又即難。

隊隊香風生桂畔， 群群鷲鳥宿松間。露珠入僧（繒）阿分殿， 月色添光斗枕欄。若要上方膳帝釋， 出門輜（輕）把白揄（揄）攀。

問：佛何故不於諸國諸山說經，偏於王舍鷲峯說經？ 答：緣國勝餘國， 山勝餘山， 所以世尊，說經此處。 如何知？所以法華疏云 王都既是王舍， 佛住鷲峯，山都兩處雙彰， 自他二化伹（俱）說。護云：序今圓就者，此法門示現有二種義： 一者，一切法門中最勝故。 如王舍勝一切諸國。國乃摩竭之正中， 仁王所都處，表一乘乃三乘之道法也。所信境國勝餘國， 經勝餘經也。二者，示現自在， 切（功）德圓就也。 如耆闍崛山， 山勝餘山， 顯此法勝，此山獨勝，高而復顯，出過二乘， 自在槐槐（巍巍），功德滿故。 又云：國勝餘國， 無麗物而不出；法勝餘法， 無嘉德而不且（具）。山勝餘山， 謂瑞鳥之所栖（栖）止。 法勝餘法，謂上人之所遊優（護）。 還有甚人？ 莫不是諸方菩薩各門舍利弗等遊此會中 韻（韻），鷲峯王舍兩伹（俱）美， 餘國餘山難可此（比）。

莫說人皆智惠（慧）人，　兼緣地惣賢靈地。
足珠珎，　多錦綺，　軟草祥花咸☐⑤備。
九夏無勞遠遠數，　三秋鎮有長長
媚。　大乘經，　也如是，　諸教諸經難可比。
菩薩無非現化身，聲聞各惣居摧（權）地。
遣彼邊，　明不二，　接物投機皆得備。
滉（說）有還逢破有居，　談空或說非空義。
鷲峯山勝法會殊，　王舍國強經不異。
所以如來向此中，長時說擄三根（根）記。
國強山勝地英靈，　☐☐☐☐☐☐☐。　武魯人人皆節相⑥，
文儒个个是公卿。　八方禮義曾無乱，
四海風儀別有情。　是以世尊怜遠事，
長於此處說真經。　山又好，法能嘉，
山法無偏聖所誇。　法貫深根生道
種，　山栖（栖）就（鷲）鳥折祥花。要来王舍程
非遠，　擬往香峯路不賒。　說報恩經
於此處，　有幾多羅漢唱將來。經与
大比丘已辨梵行已（已）立，　不受後有。如
摩訶般伽，心得自在。摩訶迦葉与者魚（兼）廾（共）卄（菩薩）。
龍樹云：一處一時，一心一戒，　道同一解脫，是名
共。大比丘者，一云怖魔比丘。　若行一切魔怖，
皆當礼敬。緣有五種德：　一者，發心出家，
懷佩道故；　二者，毀其形好，應法服故；

三者，永割親愛，　無的（適）莫故；四者，委弃身命，　遵崇道故；　五者，至求大乘，救度人故。創發此心，令魔恐怖，故云魔怖。䯤（韻）㓤（剃）除髮鬍（鬚）堅持戒，　妄念邪情專破懷（壞）。意地非論毀相儀，　心中兼已離恩愛。　取菩提，心不背，　誓与有情填苦海。　為有如斯德在身，　魔惡所以長驚退。清高節操伏王侯，　三事田衣信脚遊。恩愛豈曾閇（關）口腹，　形儀未省學粧修。　有拪（栖）心處生穿鑿，　無益門中不囑求。　長遣魔惡懷怕懼，　方得名為大比丘。　二者名乞士，出家之人靈心求道，無所肘（貯）畜，外乞衣食，以資色身。內之法門，度之人衆，故云乞士。　䯤（韻）特盡聚落求斎（齋）飯，　濟給身軀摧我慢。　物外之言不掛心，　情中境像專除散。　伏利名，閑松〔院〕⑦，　長使俗塵生仰羨。　討宄（究）真經度脫人，　方契當時出家願。　身無拘繫院清幽，　大似平江不繫舟。　既解情中無境像，　應難閑事掛心頭。　盂中香飯時開化，　傑（架）上田衣不乱求。　長使俗家生仰羨，　方得名為大比丘。　上來比丘竟。此經比丘是大阿羅漢。梵語已立　不受後有已下，　毗婆沙九十四云：何故名阿羅漢？ 荅：應受世間勝供養故， 名阿羅漢。 復次，阿羅者，謂煩惱名能害（割），用利惠（慧）刀， 害（割）煩惱賊。此羅漢等，或是久成正覺，權（權）作聲（聲）聞，新伏無明令無餘故，若阿羅漢，又阿羅漢名生。阿是無義，以無生故生故⊡，名阿羅漢。復於諸界趣生死法中，不復更生也。又漢者名一切惡不善清。繞昇果位。 計數即塵沙莫及， 都摽（標）即二万八千。阿羅者，即遠離生義。遠離諸惡不善法者，名阿羅漢。此忘（中）惡者理不善業；不善者理一切煩惱障善法故。 同於佛會之中， 聽說報恩經典。說為不是違義，如有頌言，遠離惡不善，安住勝義中，應受世供義。貪嗔皆☐斷（斷）， 盡是阿羅漢。 來往（往）得逍遙， 生死難縈絆。 惠（慧）釼（劍）鎮鋒鋩（鋩）⑨，智月長圓滿。龍天釋梵人，見者皆稱讚。 會中羅漢好儀形， 月面長眉眼紺青。身掛納（衲）袍雲片片，手揺（摇）金錫嚮（響）玲玲。行時每遺香明起，定裏長裁（栽）覓樹榮。惣与如來為弟子，顯名故入大乘經。 一隊隊，遠金臺，還列高位次第（第）排（排）。願聽三祇除見執，希聞一法得心迴伏緣自到居巖谷，誓為群生滅障灾。不可交聲聞空在會， 合應有菩薩也唱將來。經 菩薩摩訶薩三萬八千人俱（俱）， 此諸菩薩， 久植德本。无於（於元）量百千万億諸佛所，常修梵行，圓滿大願。其名曰井井（菩薩菩薩）菩者「菩」提，此云覺，即所求佛果。薩者「薩」埵，此諸有情，即所化衆生。 摩訶薩，大也。謂此有情，信大法，解大義， 發大心，趣大果， 修大行， 證大道故，故云菩薩摩訶薩。 若據梵語全呼， 唐言好略。今此經 更着摩訶薩， 具大菩薩。 又菩薩， 所求義，薩埵義， 勇猛義， 不憚辛苦， 求大菩薩。有者有能， 故名菩薩。柑者也，廾（菩薩）時也。梵行已下直在家。雖居塵俗情高豁， 恤物憂貧無暫歇。見苦長聞起對治， 於人未省生惡结。 保行藏待不然， 念念中間專省察。 堅固身心雖在家，此人也得名菩薩。 雖居俗舍渾客塵， 別有陰功伏鬼神。 無恨惡酬（仇）無愛春（眷）， 不憐毫（豪）富不斯（欺）貧。破除己物如他物， 保惜他身似己身。 堅固徹頭行這行，也得名為菩薩人。 經中菩薩者， 不同此輩（輩），本是位登十地，果滿三祇。 垂恐（悲）願而往覆聞（閻）浮，現神光如（而）周遊淨土。 世無二佛， 國無二王，是以權（權）菩薩之形儀， 切在助釋迦而宣闡。萬八千之名号，以（似）有差殊； 四廣大之堅心，略無高下。但（俱）持瓔珞，各掛天衣。 礼巍峩調御之法王，聽洁（浩）瀚幽深之妙典。韻（韻）三僧祇劫除煩障， 百億分身曾供養。釋梵諸天起敬心， 龍神鬼趣生迴向。 為眾生，心廓廣，誓把塵勞与掃蕩。 見道如來說此經， 所以權（權）為菩薩相。條城（成）菓（果）滿覺圓明， 不異從頭遍礼名。 旋遶（遶）寶花舒王（玉）腕，發揚（發揚）金口整（整）珠瓔。 多興利便緣含識， 廣起慈悲為有情。 知道釋迦宣此教，故來同聽大乘經。 悲廓切， 救輪迴，見者須交業障摧。 現頂寶冠申請益， 隱眉毫相侍蓮臺。 隨天衣動香風起， 逐足旋行瑞葉開。 嚴飾得道場只皆好， 更應有天衆也唱将来。 經 復有無量百千欲界諸天子等，各与眷屬， 賫諸天上 微妙香花 作天伎樂， 住虛空中 欲界。並有身光閃爍，□晄日之無□：體相莊嚴，共諸天而有異。纔言正座， 寶殿盤旋；擬道閑遊， 彩雲捧擁。身披妙服，輕可三銖（銖）六銖；頂戴星冠，花有百朶千朶。 眷屬也無非玉女，侍（侍）從也莫不天男。 似閨室内一盞明燈， 如衆星中一輪朗月。 知佛欲説大報恩經， 与天衆俱（俱），咸離上界。雨名花，於空裏奏仙樂於雲中。只逾趋□中門，想到耆闍法會。欲界諸天無量，聞説報恩演暢。他也整頓威儀， 各乃排比隊仗。披妙服以忻歡， 躡彩雲兮陽御⑩。 日月豈（豈）敢争光，天地不能攔障。 花乱雨以繽紛， 樂同音兮響毫（亮）。 步（蓦）地空中頓下雲，各自持花申供養。 當時欲界及諸天， 聞道真經我佛宣。 各整威儀離寶殿， 俱（俱）来眷屬下人間。 鼓神仙樂勝（騰）三界，雨妙香花遍大千。 只似如今彈指頃， 一時已到法王前。經 諸天龍夜叉至退座（坐）面。若論大衆不異（易）側（測）量，或是聖賢，或是龍鬼。个个執持惜（幡）蓋，人人整頓威儀。 以（似）星簇（簇）高天， 如鴈奔陽浦。或有小小个勤策（策），威即降龍；也有老老大沙門，力能伏虎。 或有能揚（揚）耶辯，擊論鼓而魔黨頃（傾）心； 也有妙運法音， 說志理而天花落座，或有身披百納（衲）， 袈裟上點點雲生；也有意博（傳）三乘， 口海內滔滔義泛。或有長者居士， 抱（拋）榮貴而出家；也有帝生后妃，募（慕）高閑而求道。 阿修（羅）即攝諸法曲， 乾闥婆即呈妙清歌。 乃如斯便數若門河沙衆，圍遶釋迦化主。 聲聞菩薩兼龍鬼，浩浩如沙難愬記。 風之旋來海角清，神仙乱下祥花墜。 滿虛空， 遍天地， 埃（塝）罪未省纖（塵）起

雙恩記第七

經 尒時太子聞是語已，悲淚滿目。世間衆生造諸惡本，衆苦不息，憂愁不悅。即迴車還宮。

太子比意出遊，翻招苦惱。為覩前耕織等，不免淚流盈目，塵坌⑪滿身。嗟衆業之極多，愍二苦之太甚。強欺弱者⑫，幾時解息於冤家；富伎貧人，何日破除於辛苦。是以迴車上路，整隊還宮，音樂聞如不聞，舞袖見如不見。驚訝滿堤之嬪婇，五五三三；悃惶闔國之生靈，千千万万。如雲急過，似鳥奔飛，正在商量，已却帰殿。

偈曰

惆念衆生業所為， 袖淹霙淚旅（旅——屢）還垂。
行行舞伎似無見， 接接笙歌（歌）如不知。

揭地鼓鞞曠緑野， 帳天塵土絞紅旗。
滿城驚訝出門看， 人閙馬斯(嘶)皆惣歸。
既迴不樂。王問曰：「汝比出遊行，今何故不樂？」
太子曰：「父王，我比出遊，看薗苑，不知人世有此
辛〔苦〕。」
為骨肉之營模(謀)， 致衣食之傷害。 耕者出去而
鳥啄， 織婦紡纑以子勞。屠宰煞剟(戮)於牛羊， 捕
獵羅鈎(釣)於魚雀。 平與損害， 終結寃家。 苟事
謗心， 以強欺弱。 所以不忍覩見， 車馬却迴。
衆人既迫於煎熬， 獨自何須於快樂。 偈曰：
只管尊高處帝宮， 未知門外苦千重。
烹(烹)婦唱叫恨屠子， 網捕喑嗟傷釣翁。
少婦車前乜(長)然(撚)縷， 老烏挐過旅(屢)銜去。
都由煞害煮衣食， 所以歸来不願逢。
王曰：汝極錯吳(誤)。人之世間，貧富隨業，皆須衣而
褁軀，復籍(藉)食以養身。不紡而何鼓衣裳，不種
而何求粟麦。至如飛禽走獸，大軀亦然。隨果
報而雖別形儀，配業緣而不相食敢(噉)。鼠為貓之
煞害，匪自人教；蝶(蝶)遺珠(蛛)之網並⑬，盡隨天使。汝莫
傷嘆。乜(此)盡常覩。若勞我之精神，又何名為孝道。
詩曰：
天配人生豈自由， 有親有愛有寃酬(仇)。
福深盡為多曾種， 分薄都緣不廣修。

貧女製衣功（攻）紡織，　耕夫種植仕（事）田疇。
思量惣是尋常法，　何必帰来獨致憂。

太子曰：「然即如此，不敢違王。欲擬上聞，請乞一願。」王曰：「汝但取吾意，音樂自娛，凡有所須，我皆随汝。」

吾唯有汝偏憐惜，　滿国黄金未為直。
豈獨憂愁世苦辛，　何偏傷愍人驅役。
閻浮提，　随業力，　但自安知莫煎逼。
又説别懐弘願心，　一依所要无違逆。
初聞見汝載愁帰，　未測因由極貯疑。
貴賤豈關今世作，　短長皆自宿縁随。
何消撓思加憂恨，　但自寛懐好保持。
若有願心随速説，　一着所要心无違。
龍顔頻視事難裁，　子未披甲永繫懐。
寸步含疑何日了，　霙眉族（簇）恨幾時開。
臣寮惕惕随班望，　嬪婇兢兢出殿排。
只候諸宫言奏對，　大家安樂唱将来。

經

太子白言：「願欲得父王一切庫藏所有財寶飲食用施一切。」

太子曰：「王是我之父，我是王之兒，既有私願心，合細其數奏。願得王之飲食，濟接飢人；願得王之珠金，布施貧士。使織婦不勞於機杼，耕夫罷役於犁牛，漢（漁）翁斷釣於江河，獵士解（弓）於林野，屠宰放猪羊之命，不結寃酬（仇）；採捕捨鷲鳥之生，斷除驚怕。咸令充足，普使安寧。伏乞聖慈，許令開庫。」偈曰：

我為生靈苦惱拘，　並緣衣食作崎嶇。
耕桑庸處忙三際，　營官門門役九衢。
領使煞傷皆惣免，　欲令疲弊盡昭蘓。
乞王庫藏捋（將）志施，　未委天心捨得无。

王曰：「隨汝所要，不逆汝意。」太子遂喜，選日開庫般物。以五百大象載，出四城外，宣令国土，九有所要，不逆其意，具在経文。於是鏁鑰齊開，封題並圻（坼）。珠珎卸𥿬（繈），寶具分摟，併工般運於天庭，簇手騰移於御庫。差羅異繡，盡雄藩朝貢之儀；瑞錦音綾，皆大郡謝恩之禮。玉帶盤鞋而積屋，金瓶束模以排山。鏤花之疊櫟何窮，起突之舡連莫數。見錢等敂（搬）尖可筭，雜綵並海水方齊。五百象駄而以夜継明，四城門採（垛）而自高及下。降勅旨霸孤之者，道路如流；齊鍾（鐘）集耕稼之民，村園競集。遂所要而一任般（搬）取，隨希求而不障往来。何言於大有之年，遠謝於無虞之歲。

君王為子傾諸庫，　五百象駄排四路。
錢絹綾羅沒指埠，　金銀珠玉何窮數。
詔珠藩，　宣近輔，　編指（旨）普天廣流布。
但是貧寒速遍尋，　無論好醜須濟赴。
国王應願念生靈，　太子施財興濟度。
一取来求不障蘭（攔），　任隨所要無遮護。

衆皆知，　悉奔聚，　狀星簇兮如海注。
換年少孤寒阙人，　惣教滿足無貪奼。
象䭾出国並流傳，　聖主搜尋有勑宣。
一表帝王修淨施，　二彰太子結良緣。
依時集士如雲赴，　繼日般（搬）財似蟻旋。
應是人家皆快活；　排門比户散塠（堆）錢。
州州縣縣是珎財，　只管笙歌醉玉盃。
頓弃耕桒忙歲月，　永抛経紀走塵埃。
愧慚天子恩波及，　感荷王孫庫藏開。
正是国人般（搬）取次，　阿誰諫諜　唱將来。
経　時庫藏臣即入白王：「所有庫藏，太子今已三分用一，王宜思之。」
此臣正直為心，忠孝成節　非閑惜寶，却為勤王，憂国
庫之空虛，必朝綱之散乱，遂啓白王曰：「太子取寶布施貧
窮，自數日来，三分已一，不敢遮障，合具奏聞，請王誡（誡）之，勿令
分外。」　臣主珎財合盡忠，　隄防急疾要須供。
保持鏁鑰費心力，　較察奸邪無少容。
府縣凋殘填納庫，　生靈指（脂）血進王宫（宫）。
數旬太子般（搬）䭾施，　已是三分減一空。
王曰：「我子——不欲違拒。」又経旬日，轉取多。遂階（諸）王臣衆議，憂
煩曰：「凡是国城，須憑庫藏，財寶既竭，国力如何，不可掩
惜人情，更須奏聞天聽。」主藏大臣又再奏。
偈曰：
謀忝為王主藏臣，　佩魚衣紫入朝门。

惜言却是不忠孝，　有事直言先奏聞。
賜罪任隨刃下喪，　誅家何懼失（火）中焚。
適来點拾諸琮寶，　太子三分竭二分。

王聞臣奏，又勅云：「吾子——不欲違拒。然卿小出稽遲，莫橅其心，所貴挍却時光不取矣。」之主藏臣雖依王勅暫出，太子依日時節開庫不過，遂怒曰：「此小人，爭敢逆我心意，多必是父王教矣。」太子遂少復思量，曰：「夫為孝子，不逆君心。未可自要結緣，傾竭父母庫藏，須是别求財寶，救接貧窮，若不設計營摸（謀），何名施主。我今誓不取庫内諸琮財，願集多智人商量别營運。

忠孝仕君親，　不合逆王意。　忝作丈夫兒，
爭合為天地。
若有悲心愍憔悴，　直須别有天生智。
免有君王心撓煩，　謗教臣下言騰沸。
唯財唯力要親招，　唯福唯緣不相庇。
願集城中衆老人，　别摸（謀）營修☑壇施。
免招悪逆撓王情，　又得依（衣）錢（前）庫藏盈。
立使臣寮咸滿願，　永除主掌别流名。
深知自過為人錯，　莫泥他寃出令行。
何以集賢商議取，　共施智計尙營生。
濟人須是自豐財，　多才臨時耳意懐⑭。
多即我能施滿足，　少時他不為添陪。

嗔嫣豈可因緣就，　歡喜方能智惠（慧）開。
敢问在朝卿相等，　阿郍邊足利唱将来。
経　尒時善友太子即集諸臣百寮共論議言：「夫
求財於何業最勝？」
太子前作念，　遂選日詣諸大臣问：
輔弼朝臣世共詩（歌），　名闻諸国計難過。
匡扶社稷咸忠政（正），　陶鑄生靈盡叶和。
理乱境兵傷衆暴，　秏田民不怨煩笴（苛）。
筭應也會求財路，　郍箇门中利最多？
太子纔问了，中有弟（第）一大臣白太子，曰：「吾闻財廣莫若
營農，今年本種五升，来歲利收於十斛，不費人之遠
計，只煩牛以開耕。太子出自於天時，太半燕埽於地閏（潤）。
潤息村田更不過，　無論夏麦与秋禾。
三升今歲壠三畝（畝），一粒来年收一科。
種日後牛雖困惓（倦），　熟時排穗莫當何。
即蒙太子垂言问，　只有耕農利最多。
善友却答？　偈曰：
深謝强摸（謀）討出先，　思量未甚是佳言。
儻蒙熟去誰懃地，　忽若旱来須恨天。
朝日尚難期晚日，　今年早晚到明年。
比来怕見民辛苦，　特地教人却種田。
别有一大臣曰：「不欲種田，無過養畜，或牛羊駞馬，或
鵝鴨雞猪，隨水草以滋生，逐放牧而肥盛。牛即以駁車，

般（搬）載，馬即以涉路乘騎，猪羊而祭，鵝鴨以供承卿相。要者必買，無日暫停。方表利多，更難過此。偈曰：

養育全因水草肥，深宮太子也應知。
牛於要路公私載，馬向门出入朝騎。
鵝鴨烹炮供輔相，猪羊宰煞祭神祇。
是人家要須教買，得利偏多更莫疑。

正（時）太子聞之，又却答：

此計思量更不名，大能邪見濫朝庭。
發言爭使我重問，塞耳轉教人嬾聽。
東嶽堪嗟靈爵祿，佩魚可惜乱公卿。
比來怕慊（嫌）忍債，特地如今却煞生。

此既不稱太子意。寂後有一大臣，精神爽明（朗），詞辯分明。曲身而走出班行，御（仰）目而直言啓曰太子：「我見太子，非是凡人，有忍有悲，有智有惠（慧），嫌煞生忍債，不欲煞生；知營種辛苦，不欲營種。意令普令含織（識），無事安寧，着自然之衣，食天賜之飰。破貪慎（嗔）癡之塞宅，出離塵勞；重戒定惠之身軀，圓通法行。莫若入大海內，拜謁龍王，求摩尼寶珠，与衆生利益，要飰即雨飰，要衣即雨衣，要金銀即雨金銀，要珠玉即雨珠玉。不傷物命，不使心機，除非菩薩以能行，難可凡夫之去得。」

我知太子嗟生老，　　廣運惡（慈）悲大能好。
豈是凡人見解功，　　直為菩薩修行道。
在遲遲，功草草，　　必与有情除熱惚。
若欲皆令免苦辛，　　無過求得摩尼寶。
海龍珠寶号摩尼，　　求者千人得者希。
要飾便教傾美飾，　　須衣立使兩名衣。
放放（般般）羅綺皆能出，　　種種金銀一切隨。
必若辨心親去得，　　是名太子不思儀（議）。
菩薩行，　且惡（慈）悲，　　凡小人民莫可知。
太子往来无障難，　　功能轉更不思儀（議）。
雖切切，　在遲遲，　　善事多摩（磨）花偏（徧）移。
却怕衆生薄福德，　　不逢太子却迴歸。
臣雖設計盡卑懷，　　去住臨時好剸裁。
比要身安希倚禄，　　莫教王怯却成灾。
徬徨失次唯憂恥，　　戰汗交并未敢迴。
太子當初聞此語，　　婡意不悏意唱將来。

經　善友太子言：「善哉！善哉！唯此快耳。」即入宮中，上白父王。太子今欲大海採取好寶。

善友聞此臣說，忻喜異常。移時激讚於「善哉」，累顧稱揚於「快耳」。再三感謝：「實是智人」。不覺舉身，合掌偈讚：

方信朝庭有智人，　　此之高紆（計）未曾聞。
菩提路上逢良友，　　熱惚（熱惱）城中覩恵（慧）雲。

寶為共心終利濟，　真名同力救沉淪。
　願吾来往𠁊摩（磨）難，　分一半功能奉獻君。
善友太子說偈纘（讚）已，即入王宮，白父王曰：「我
為濟貧，開王庫藏；又恐虛竭，不欲破除。既
乏力而無門，顀入海而求寶。請王教去，不要
憂煩。遠至半年，便即朝覲。」
　我今入海求珠寶，　普向閻浮濟孤老。
　大犯憂煎与改移，　廣将貧困全除掃。
　日不遥，　人滿道，　隨分行裝便應到。
　特故朝叅辤父王，　願王令去無憂惱。
　坦然平道並無山，　商侶稠盈不至難。
　去約數旬摸（謀）採訪，　来朝半歲便歸還。
　何消驛遞排家餵，　自有程粮逐意飡。
　只願父王深躰察，　莫将憂惚作遮攔。
　保持平善却歸迴，　必没龍神与作灾。
　損物人心終致患，　利生天眼等應间。
　稍寬日月時通信，　暫假恩情莫繫懷。
　想得父王聞諸語，　太應不樂也唱将来。
經　王聞此語，辟（譬）如人啨（噎），亦不得咽，又不得吐。語太子言：「国是
汝有，庫藏珎寶，隨意取用。何為方便，自入大海。汝為
吾子，生長深宮，卧則帷帳，食則咨口。言今者遠涉途
路，飢渴寒著毒，誰得知者；又復大海之中，衆∅⑮非一。或
有惡毒龍，湍浪猛（猛）風，迴波涌復，水泡之山，摩竭大臭。往

若千万，達者一二。汝今云何欲入大海。吾不聽汝！」

佛報恩經弟（第）七

報恩經弟（第）十一

經　得到此岸，見弟惡友，問言：「汝徒儻（黨）伴侶今何所在？」——善友既蒙龍王差鬼兵送出海岸，送已却迴。見弟惡友——問：「五百商人，今在何處？」　下經荅云：「善友，舡舫沉⑯，一切死盡，唯弟一身牵持死屍得全濟，衆伴財貨一切已盡。」　偈云：

短壽長年莫定論，　煙濛咫尺豈能分。
久諳舡舫由（猶）為可，　乍見波濤必喪魂。
鍬覆仕言天上寶，　傾危何管国中尊。
諸多商侶皆沉没，　唯我修心偶得在。

善友聞已，曰：「深喜！深喜！財寶閑事，天下所重，莫若己身。但得身安，何愁珠玉！」　惡友曰：「我即不尔，今願富死，不貧而生。何以得知？我曾至塚間，聞諸屍（死）鬼，作如是論。我所重寶，不能重身。」云云。　經意元是誘兄珠之去處矣。

偈告兄曰：

兄見珠金寶等閑，　我於此捨寂為難。
有財到国意方滿，　空手却帰心惣閑。
是事不知長似鈍，　見人少語也咸（嫌）煩。
争如富貴身終歿，　大勝貧窮住世間。

善友心信質直，所貴安在：　弟意恐海中沉却珎寶，倍生惆悵。尋語弟曰：「汝不要惆悵，沉没舡舫，極是閑耳。吾已得龍王如意寶珠。」　惡友尋問兄曰：「珠今在何處？」
答曰：「吾得寶珠，見在髻內。朝昏守護，動止隄（提）防。貴滿父母
之憂憐，兼救生靈之貧困。助弟喜慶，莫至勞心。兩得
寶時，大家富貴。」
寶珠常在我頭髻，　今日分明言告弟。
暮去朝來受苦辛，　勞心在意須藏閉。
兩珠金，　弘救濟，　平等利生除困弊。
葬菌（卤）人来莫遣知，　免遭劫奪違言誓。
此来已是有前期，　蕤蕤（蕤蕤）行程必不遲。
每憶當初辭国出，　豈望今際得珠帰。
傾心大作弘慈愍，　兩寶偏能救困危。
除却路途分付弟，　別人借問莫教知。
謂之悲喜兩盈懷，　大願今朝已允諧。
既有難思珠内寶，　何須戀着海中財。
希求分外深為錯，　散失尋常不足哀。
惡友聞兄如此說，　筭（算）應設計也唱將来。
經　弟聞是語，心生嫉妬，憂恚懊惱。作是念言：父母而
偏心愛念。今復更得摩尼珠寶（寶珠）。——我身今者父母惡賤，
甚於瓦礫。　惡友因此念念，　遂重起念偈：
善友承恩衆具瞻，　頤頤憐惜認憎添。
行時嬪婇千花從，　卧則幃帷百寶兼。
未到先排珂貝倚，　遥来已卷水精簾。
此時更得朱（珠）帰去，　看我如寃轉被嫌。

505 纔自語心偈已，尋起合掌白兄曰：「快！善！甚善！得此寶珠！
506 今此險路，宜加守護！」云。善友直心，語惡友曰：「外（收）取此珠，勤
507 加保護。我若歇息，汝宜看之；汝若睡眠，我自看守。」
508 如是數日相隨，皆如前説。
509 寶珠解了汝收取， 在意著心勤守護。
510 行座（坐）專專共保持， 睡眠好好相分付。
511 防惡人， 看險路， 見聞覺知必嫉妬。
512 忽然參差失墜他， 擬（擬）於何法申論訴（訴）。
513 此珠希有貫（實）難求， 不是龍王不易留。
514 汝睡必兄專意護， 我眼託弟着心外（收）。
515 惡人奸巧爭無計， 嶮跨崎嶇未免憂。
516 必若因脩（循）遭失墜， 檀陂（波）羅密大難終。
517 莫眠莫慢（慢）莫遲迴， 莫信因脩莫要 推。
518 莫遣違心於弟誤， 莫教失事把兄猜。
519 幾多孤老希今力， 無限貧窮望此財。
520 如是相隨經數日到⑰， 阿誰看守也唱將來。
521 經，尔時惡友次應守珠，具兄眼卧，即起求二乾（竿）竹，剌兄兩
522 目，棄珠而去。
523 惡友設計，等兄睡着，次當守珠，云云。求二乾（竿）竹行，偈曰：
524 道途辛苦睡深更， 善友沉然夢寐成。
525 上土（士）保持雖意在， 惡人計校已心生。
526 酌量地里應難趂， 顧望天河（河）必未明。
527 取二竹枝參（簽）眼損， 偷珠連夜發先行。

善友既被畓目損，連喚惡友名字：「惡友：惡友：此有大賊，損我兩目。」不知已先去矣。既喚不應，又更大聲唱叫：「惡人！惡人！我目已損，若要珠，任將去。莫損我弟。我弟癡幼。」望空叫喚，語賊曰：

海寶摩尼一任將，自緣不解別权（收）藏。
却憂我弟年癡騃，伏願慈悲莫損傷。

如是叫喚求囑，亦無人應，遂咸（感）樹神，樹神故下。經云：如是高唱，聲動神祇，經久不應。尔時樹神即發聲言：「汝弟惡友，是汝惡賊，刺汝兩目，持珠而去，汝今喚惡友為？」以偈告曰：

不在高聲唱叫頻，更深空使動龍神。
偷珠將去非珠顧，損汝眼傷是汝親。
休費語言求彼命，讓恩愛惜他人身。
要知賢弟今消息，便是將筌（簽）下手人。

善友曰：「苦哉！苦哉！何知此事！」

仰天深夜悟號哭，賓眼痛兮痛難觸。
不易知他嫉妬情，如何拔得乾枯竹。
何怨酬（仇），何骨肉：合面草頭血流漉。
比者將為真弟兄，誰知有此心中毒。
錯疑錯為賊來侵，此行乖差暵（嘆）古今。
珠逐惡人星夜去，血隨乾竹草頭霖（淋）。
語多種種傷無盡，哭斷聲，痛轉深。
將為慈悲真我弟，誰知懷此毒身心。

和身合面嫩骶迴，　石作心肝見也摧。
走戲曲蹄咸悵望，　飛禽斂翅盡悲哀。
不惟永夜無辜逝，　兼向長途諕（絕）主理。
惡友既將珠走去，　還到何国土也唱將來。
經　尔時惡友賫持珠寶（寶珠），還帰本國，与父母相見，曰言父母
「我身福得（德）」，而得全濟。善友太子与諸從伴薄福德，故沒
水死盡。」此即惡友太子偷珠先去，帰到本國，白父母：
善友前生業所為，　泛滄波裏獨身危。
幾多珠玉被風陥（陷），　無限經商遭水吹。
未發擀排曲（猶）可慎，　上舡悔恨已難追。
人間分命將知定，　只我安穿却得帰。
問：父母聞此如何？　下經云：父母聞是語已，舉聲大哭，悶絕
躃地，以冷水灑而（面），良久乃蘇。語惡友言：「汝云何能持
是面（而）來？」
一過啼多血滿腮，　肝腸寸斷幾千迴。
翻使惡人迯命祿，　却教善友掩泉臺。
不曾傷物之何怨，　無事負天天送災。
水漂便合相隨去，　更趂今朝作甚來？
惡友遭父母嫌弃，心轉懊惱。比從將珠出去（云）：「我得！」後聞此語，
遂埋土中。
既遭父母相嫌虐，　轉轉思量惟生毒惡。
門外雖行強破除，　宮中住惣無依託。
倍悲嗟，　暗斟酌，　已是隔生曾淡薄。

莫謾將珠送与他， 不如掘地深埋却。
如今設使取珠呈， 難免悲啼只憶兄。
事事憎嫌非此世， 頭頭毀罵出多生。
欲模（謀）計策舜宮內， 又恐傳揚哭國城。
直得珠奇千万種， 思量也是不垂情。
爭如深掘土中埋， 斷却多生以命摧。
向我垂情非世願， 与他為子是天差。
半年出国憂千種， 一日帰宮罵百迴。
這箇也為閑處事， 問善友到何安泊也唱將来。
経 尒時善友太子被刺兩目， 乾竹籤刺， 無人為拔。俳佪婉
轉，靡知所趣。當時苦惱，大患飢渴，求生不得，求死不得。
漸漸前行，到利師跋王国界。
悪友將珠到宮，遭父母嫌污。其珠已埋却，云云。
兄在後扶身漸行。
草中擡得身， 捫模覓途路。 迷悶雖半醒。
疼痛何申訴！ 俳佪自慰心。 疲困誰相顧？
便是盲乞人， 無物堪防護。
嬌癡悪友何生毒， 忽起此心刺兄目。
我即雖然行步遅， 憂伊筭得程途遠。
於我無情却是閑， 將我寶珠恐傷觸。
騃小都田神鬼迷， 仰天不覺連聲哭。
一聲斷兮哭一聲， 念伊癡騃嗔（嘆）伊名。
我心終不見伊過， 願得身安帰帝京。

聖賢保護令無難，父母見帰思念生。
到年長大解思寸（忖），長短却来尋覓兄。
如是啼哭，伴行數日，到利師跋王國界内，其善友太子
来入海時，父王許利師王女結親姻，後知入海溺水。
太子欲到國數十里，於路上詐為盲乞人座（坐）。恰遇牧
牛监官為王放五百牛，其牛王遂以四足騎太子身，
放諸牛過，以舌舐眼，拔出竹刺。良久，牛王遂去。
後牧牛人領視知異。云云。．偈問：
觀汝雖然兩目盲，感招牛拔竹籤行。
已前祥瑞雖閑事，此日希奇爭不驚。
莫是中私藏幻術，為曾上世奉神靈。
免吾種種疑心起，幸望通傳何姓名。
善友蒙問，尋自思惟，我若實說，其惡友必遭損害。
緣利師王是外甥矣。遂只荅言「我是盲乞人」矣。
深慙陋賤無名字，乞食偶然行至此。
幻術都来莫會他，神靈也不曾相仕（識）。
蒙牛王，与拔刺。應是殘身未當死。
人（仁）者今朝何必疑，我身只是孤貧子。
我無家住復無帰，乞食求天信脚為。
此世孤寒甘賤陋，前生飢薄致窮危。
非關竹刺藏深術，都是牛王具大悲。
見定形容皆惣見，忽然何得又相疑：
莫於姓氏乱疑猜，我此形軀必不材。

託母未知何相貞，　生身終日走塵埃。
遭逢竹剌緣償業，　值遇牛王為息灾。
爭那牧牛人不信，　再三愍念也唱將来。
經　時牧牛人遍體觀望，人相有異。即語言：「我家在
近，當供養汝。」時牧牛人即將善友還歸其家，占
重重（種種）飲食，識勅家中男女大小：「汝等供待此人，如
我不異。」
善友雖如此分疏，牧人終不信。云云。遂將歸。偈語曰：
眼目雖盲託賤身，　那（奈）何不稱受飢貧。
霞眉鬱鬱入數鬚，　兩耳棱棱垂埵輪。
平正人中高鳳觜，　分明指上旋螺文。
莫嫌我向材薗住，　盡此生来養盲君。
盲人遂肯去，牧牛人將歸家養，語其大小，令勿輕慢。
引前文。云云。如是經一月，其家厭患，有語。
善友聞聲不樂，即自思惟。思惟：「明日早辭。」欲去。
牧牛人曰：「莫是我家小却？」答曰：「不然，非汝家大小不
要情，自為無分矣。無分　故不宜久住也。」　偈辭：
揣度飢貧每自謙，　眼盲遠物惣難捻。
臥身席是汝妻送，　洗面水令賢子添。
嘿嘿惡嗟緣我乏，　明明看侍為嚴⑱。
今朝所以相辭別，　不可直須教到嫌。
牧牛人曰：「不可去矣：不可去矣。」⑲善友曰：「不然，須去矣！」　如是再三，
留不得，遂問：「去要何物？」云云。盲人曰：「汝若恰念我者，

為我作一面瑟，送我着州城多人之處安置。
我自彈曲乞食矣！」云云。牧者遂求得一瑟贈之，送
在利師王国市内。
留連雖切無心住，　戀至拜辭須欲去。
盲土（士）然知說擾煩，　牧人未免生疑慮
我貧居，況村墅，　難辦珠金相借助。
奉獻家中一面瑟，　送君安置多人處。
主人重念客分明，　難似今朝主客情。
客感叨煩言切切，　主懃寀寞濾盈盈。
居家極闕三時飯，　送路聊申一面瑟。
彼此礼儀皆惣足，　相隨直到利師城。
凭肩入國座（坐）長街，　別牧牛人請却迴。
倚託故難嬚浩鬧，　經過信任撲塵埃。
摩抄（挲）頤面情私喜，　調弄瑟絃曲暗排。
多少人民皆惣看，　何似生音指也唱將来。
經　善友巧善彈瑟，其音和雅，悅可衆心，一切大衆皆
共供給飲食，乃至充足。利师跋王國内伍百乞
人皆得飽滿。
既到國内，遂彈瑟，一切人皆看。云云。兼五百貧人。
倍加彈得感人情，　終不分踈出姓名。
曲上早能分節拍，　絃中更巧貼音聲。
非唯採候聞宮内，　兼又傳揚動国城。
應是街坊相屈嘍，　無論高下惣来聽。

因此街坊人衆，逓不相傳，裝裹衣裳，供給荼（茶）飯。
豈空飽一身盲士，兼普濟五百貧人。皆蒙曲調之
因依，盡自賢歌之庇廕。
街坊每日彈歌曲，到處看人千万蔟（簇）。
惣道多應別有家，盡言可惜教無目。
飯盈盤，衣滿襆（覆）。無問高伍壺顧錄。
莫說豐饒一箇身，兼供五百貧兒足。
朝朝座（坐）市弄絃歌，婦女耍奔不那（奈）何。
雅調又高兼又穩，清音能羨復能和。
非空飯味人人足，兼得衣裳日日多。
五百貧夫皆飽暖，阿誰福力敢如他？
自懽自悅暢情懷，每日人聽滿六街。
儀貞頓蒙拋瘦悴，衣裳都惣模塵埃。
終無姓字傳人耳，只以歌詞渾世財。
正是逍遙安樂次，被阿誰借請也唱將來。
經　時王有一果園，其園茂盛，常患烏雀。時
守園監語善友言：「汝當為我防護烏雀，
我當相供給，願……」

佛報恩經第十一

「校記」

① 蘇聯藏符盧格（Флуг）編九六號寫本。本篇標題取卷三及卷七首題。

② 霎為「雙」的俗字，從「雨」，從「隻」，會意。敦煌寫本「雨」「雨」二字往往不分。

③ 「在」承上文，當為「智」之誤。

④ 「者」字叶韻，疑「灾」上或脫「罪」字。

⑤ 疑脫「具」字。

⑥ 郭在貽《蘇聯所藏押座文及說唱佛經故事五種校記》（《文獻》二十一輯）按：「『武魯』不辭。蔣校武魯即虎旅。虎因避唐諱改作武。魯旅音近，古即以魯為旅字。《說文》㫃部：『𣄛，古文旅，古文以為魯衛之魯。』《集韻》上聲八語韻：『旅、魯、𣄛，《說文》：軍之五百人為旅。亦姓。古作魯、𣄛。』虎旅與文儒相對。」郭說可從。

⑦ 案，「院」即「院」之俗字。潘氏謂此「院」字誤書于前行「物外之言不掛心」上，當移置于此。

⑧ 案潘說的當可以。

「以無生故生故」最後二字衍。也可能只衍一「生」字，則標點當作「以無生故，故名阿羅漢。」

⑨ 潘作「鋒鋩」，可從。

⑩ 「躡彩雲兮陽御」，郭在貽《蘇聯所藏押座文及說唱佛經故事五種校記》（《文獻》二十一輯）按：「『陽御』乃『御陽』之誤倒。陽字與上下文的暢、仗、光、障、響、養叶韻。《楚辭·九歌·大司命》：『高飛兮安翔，乘清氣兮御陰陽。』似即『躡彩雲兮御陽』句之所從出。」郭說可從。

⑪ 「[illegible]」，《敦煌變文論文錄》鉛印正字作「氣」。

⑫ 原文為「強弱歎者」，不通，此處改正。

⑬ 潘氏釋「並」作「罟」，似可從。

⑭ 潘氏于「耳」字下作「？」號。

⑮ 潘氏于「衆」下添「難」字。據我們所見原卷膠卷，不見有此字。是否原卷中存有，待核。下⑯情況相同。

⑯ 潘氏于「流」下添「沒」字。

⑰ 潘氏將「倒」字置于下一句，義不確，應為「數日到」。

⑱ 潘氏云：「『為』下當脱『君』字。」

⑲ 「不可去矣」下有重文符號，今作「不可去矣，不可去矣！」

二 「妙法蓮華經講經文」（一）①

〔前闕〕

經云：「諸寶臺上」乃至「以為供養」②

即於前來伴（畔），更有無量③

皆作百千種種伎樂，供養日月淨明德④

及聲聞衆。是音樂中讚嘆仏德，不⑤

世间鄭衛之音，皆是煩惱之淫乱曲。

𧗾前樂部好笙歌，音樂清泠解合和；

花下愛灌（催）南浦子，延（筵）中偏送剪春羅。

聽時一叚（段）滋奢逆，聞了令人業障多；

因此業緣相繫伴（絆），永沉生死瀑流河。

其日月淨明國中，諸天人衆所奏音樂，即

不如是。只何七寶臺畔，更有無量諸天，

瓔珞莊嚴，祥雲擁坐。各呈神變，

曳羅服以飄飄；咸現威光，散綵霞而落落。

於是共呈伎樂，齊奏笙歌。調龍笛以

泠泠，吹凤簫而歷歷。不吹大石，不唱

黃鍾，聲聲讚嘆六波羅，歷歷宣揚四諦⑥

諸天各各奏音聲，聞者皆能悦本情；

箏篥調中會四諦，琵琶聲裏韻無生。

聲聞坐畔雖堪聽，菩薩臺邊更好聽；

若有凡夫聞此曲，塵沙罪業當時輕。

諸天奏樂實奇哉　　只遣聲聞菩薩臺；
聞者善芽咸長進，　聽時惡業盡凋摧。
不知聖主慈悲意，　合為衆生賜弁（辯）才；
未審尋常花座上，　說何教法唱將来。
經云：「尒時彼佛為一切衆生喜見菩薩及衆
菩薩，諸聲聞衆，說法花經。」　此唱經文是
日月淨明德仏垂憫念，故為諸衆生（說）
法花經。經言「尒時彼仏為一切衆生、喜見
菩薩獻也。」　意云：此菩薩有慈悲，故令
一切衆生皆起喜見之心，故名喜見云云：
菩薩身心精練（煉），　久發慈悲大願；
激接六道元偏，　提携三塗皆遍
逢人發語溫柔，　到處行心穩善；
只緣長起和顏，　所以名為喜見。
淨明上足最慈悲，　性行溫和衆共知；
未省輒施無義語，　不曾舉措失威儀。
聲名處處皆欽仰，　位次看看作道（導）師；
應是衆生咸喜見，　都緣菩薩福難思。
即向淨明德仏，何以偏為大衆說法花經？
答：「喻如草木，須得天雨，時時溉灌，方能滋
茂；若以井水，終不得盛。聲聞菩薩亦
復如是，須聞法花經，方速終行，而取仏
道；若聞餘者，終不精進矣。」

欲得園林速長成， 直須頻遇天甘雨
欲得善芽疾長滿， 直須勤聽法花經。
若將井水溉田園， 枉費人心難見長；
若說餘経相教化， 雖即終行道晚成。
如来當日化衆生， 唯說蓮經不改更；
實好门徒為軌則， 偏堪座下孛終行。
暫聞定得拋煩惱， 久聽交（教）君越火坑；
不等⑦未来三世仏， 盡皆同說法花経。
淨明端座寶花臺， 普為人天啓弁（辯）才；
万億聲聞皆喜悅， 百千菩薩唱奇哉。
諸天雖起終行意， 喜見偏蒙道眼開；
未審受終甚麼行？ 求何三昧唱將来。
経云：「是一切衆生，喜見菩，樂習苦行，於日月
淨明德仏法〔中〕精進終（經）行⑧，一心求仏。滿万二千歲
已，得現一切色身三昧。得此三昧已，心大歡
喜。此唱経文是喜見菩為一切衆生故，
樂習苦行，以求三昧。 如丈夫樂於武藝，
終日習於弓失云云：
丈夫天然受性， 愛向轅門用命；
長時錯箭磨弓， 只待躬（騁）於兇猛。
菩薩為人受性， 一段（段）慈悲熾盛；
尋常發意用心， 只待行於苦行。
菩薩慈悲惆四生， 徧於苦行樂終行；

67 飢鷹捨却渾身肉， 病者剜將兩眼精（睛）。
68 我等擺頭嬾底事， 他家心厭不忙驚；
69 若言上叚（段）慈悲重， 喜見還應獨得名。
70 経云：尒時喜見𦬇既愛修行，即自思惟，
71 我此一身，終為衆生，應不遍布。我須求
72 仏，一法扶助此身，長劫修免（免）闕敗云云：
73 只為樂修苦行， 專欲捨身捨命；
74 恨此一个形軀， 難赴衆生啓請；
75 不求莽魯聲聞， 不託尋常賢聖；
76 唯憑我仏世尊， 欲救思求真正⑨。
77 駈駈精進淨明前， 未省將心樂睡眠；
78 每日志誠吟寶偈， 終朝苦力拜金仙。
79 若逢妙法皆稱讚， 償（儻）遇真経惣結緣；
80 精進不須別物色， 唯求禪定早周圓。
81 尒時喜見𦬇，日來月往，所以経云「滿千二百
82 歲」。盖緣𦬇求法心切，懇念情深，雖経多時，未
83 曾勞倦。不同凡夫，持齋奉戒，不得牢固，又
84 緣彼仏壽命稍長，修行悠遠。
85 盖為如來長壽， 菩薩精勤已久；
86 豈同我輩凡夫， 造善不能堅守。
87 礼仏未省暫閑， 持経不曾住口；
88 直経千二百年， 正定忽蒙傳受。
89 盖緣心內為衆生， 精進何時暫改更；

夜夜焚香都不睡，　朝朝行道豈曾停。
懸頭道志盡傳法，　鑿壁匡衡狂得名；
千二百年勤苦了，　方獲三昧得圓明。
经云：何名一切色身三昧？三昧者，此云等特，是
定心化出，故名一切色身三昧。　喻如舡
幕，能現傀儡。　三昧如舡幕，　色身如傀儡。
欲弁（辯）鋪陳舡幕者，　共於三昧更何殊；
欲别幕中傀儡身，　共一切色身無有異。
问君傀儡因何見，　纔闻鼓笛出頭来；
即问色身難異逢，　纔發信心便得過。
即问誰人能撥弄，　須知无簡得聲名；
三昧名為現色身，　今朝求得救沉淪；
慈悲𦬇心專請，　大聖牟尼又所陳；
遂即六時行苦行，　直经万歲廣精勤；
忽然稱得心中願，　歡喜重重賀世尊。
千年𦬇座（坐）花臺，　願滿心中也暢裁（哉）
大似慈親逢愛子，　還如和尚遇甜（黏）[illegible]。
怡顏礼拜千千度，　含啖皈依万万迴；
未審既能得此定，　作何報賀也唱將来。
经云：「即作念言，我得現一切色身三昧，皆是
得闻妙法经力。我今當供養日月淨明德仏
及法花经。　此唱经文是喜見𦬇，求得三昧
已，歡喜無量。推尋三昧，何人所致，乃云是

113 如来及法花经力。　喻如官寮，身得上
114 道，非甚喜悅，推尋榮貴，皆因地（他）提挈，
115 忽生媿感云云：
116 身若出群富貴，　心內非長歡喜；
117 思量全賴大官，　方得遷昇祿位。
118 𦬊既獲禪定，　歡喜生於意地；
119 思量全賴如来，　方得如思（斯）美事。
120 當初喜見自修行，　求得心中所願成；
121 從此三塗災永息，　這迴六道苦應停。
122 任頭礼拜生歡喜，　合掌溫言荷淨明；
123 即向所求爭得遂，　都緣早着法花经。
124 色身三昧實奇哉，　万類身形盡總該；
125 遂即發心申報賽，　欲謀隨分表情懷。
126 即嫌世上尋常物，　又惡几（凡）间取此財；
127 未審入於三昧處，　化何物色唱將来。
128 经云：「即時入是三昧，於虛空中，雨曼陁羅
129 花，細末堅黑旃檀，滿虛空中，如雲而下。」
130 此唱经文喜見𦬊下取世间種種諸物，以充
131 供養，及入三昧，現大神通，而雨香花。
132 经云：「曼陁羅花者，梁言適意花，大適意，凡
133 夫秋（瞅）見便悅暢，仙出仏藏，方現一朵。」
134 喜見感恩無量，　向佛心生瞻仰
135 片時便現神通，　化現而申供養。

天花不是尋常，　朵朵飛来天上；
衆生纔若見時，　心内當時悦暢。
適意天花下碧空，　馨香不与世間同；
如霜菜上含朝露，　似火枝頭帶曉風。
地上似看春雪降，　仏前如坼玉芙蓉；
當初大衆纔看了，　歡喜之心万万重。
纔雨花了，又雨何物？経云：「又雨細末黑
旃檀，如雲而下。」
天花落於雲内，　會下人天想恡；
忽然更雨旃檀，　映日如雲靄靄。
琉璃地上纔多，　寶貝林间可愛；
衆生聞此馨香，　滅却無涯重罪。
空中更又雨旃檀，　香氣氛氲滿大千；
龍腦渾成無氣息，　麝（麝）香映得却腥膻。
聲聞取入金爐内，　𦬇将来玉案前；
當日淨明猶讚嘆，　此人供養極周旋。
神通化現實奇哉，　空裏香花邐迤排；
大適意花吹作聚，　黑旃檀末擁成堆。
猶嫌此物非難得，　𦬇其時不惬懷；
未審更求何貴物，　重與供養唱将来。
経云：「又雨海此岸旃檀之香。此香「六銖」[12]價直（値）娑婆
世界，以供養仏。」此唱経文𦬇前雖供養，心猶
未足，遂現神通，於海此岸，而求旃檀，重申

供養。　言海北岸者，對南閻浮提說彼，此
即須弥山下，弟（第）七重海外，弟（第）八重海裏，此香
生在弟（第）七重香水海岸上，故名此岸。價極貴，
此香少分，可以買得娑婆世界。
此岸旃檀極貴，　凡夫大難収市；
切緣守護香園，　自有無邊神鬼。
若也得大神通，　取得分毫（毫）布施；
意言此香難求，　☐萘不生慯易。
此香價數寂難過，　世上珎奇莫比他；
休說隨珎（珠）兼趙壁（璧），　莫誇宮錦及川羅。
凡夫要見無因得，　聖衆求之尚不多；
經內自云園佑（估）價，　六殊（銖）可以買娑婆。
前来供養早難哉，　我等千生不易階；
貴價旃檀鋪滿座，　希（稀）奇花朶積成堆。
凡夫見即生驚怕，　廾看時未愜懷；
未審停騰何物色，　擬重供養唱將來。
經云：「作是供養已，從三昧起，而自念言。我雖
以神力供養於仏，不如捨身供養。」　此唱經
文意云：「我於三昧起大神通，而雨香花，未
足為難，未侵己身，何成感恩，何名重
法，我今不如捨身供養於仏。」　又思惟云：「常聞
仏說：此身　如雲如電，如芭蕉等（葉），不如捨却
身着。　又念：「世间之財，通五家之分，縱得布

施，未為殷重。如人父母疾重，雖中藥餌，不
如割股供養」等。
我等生身父母，　恩德殊非莽魯；
雖然藥餌醫治，　孝順不如割股。
𦬇所尊聖主，　恩德實難裨補；
雖呈无量香花，　不如身為供具。
百千万劫受沉淪，　終日駈駈為此身；
凡見刀光專怕怖，　數謀衣食恐飢貧。
夏中寒暑勤消息，　冬日茶湯用養神；
保重恩憐猶未足，　忽然倒地便為塵。
當初𦬇悟泡（胞）胎，　知道終須卧土堆；
若不把伊將供養，　多應隨例作塵埃。
慈悲既發應難改，　善願纔興定不迴；
未審經於多少日，　喫何物色唱將來。
經云：「即服諸香、旃檀、薰陸、兜婁婆、畢力迦、
沉水、膠香。又飲占蔔諸花香油，滿千二百歲〔已〕。」
此唱經文意：𦬇既發大願，欲捨於身，遂喫
諸香油。兜婁者，即草香。畢力迦者，此云丁
香。沉，即沉水。膠，即膠香。𦬇既喫諸油，遂得
身輕光潤，如食人身輕窦云云。
將身欲擬獻如來，　更服香油日日來；
遍躰此時除垢穢，　渾身何處有塵垓（埃）。
皮膚有似紅蓮朵，　骨躰還如白玉堆；

不是暫時徒（圖）淨潔，　一千餘載苦形骸。
多時固固服油花，　滌蕩身心更可誇；
五藏（臟）馨香无穢染，　四枝（肢）皎清絕纖明。
身形雖即精嚴煞，　并猶嫌不得佳；
未審更將何物色，　身中塗末（抹）唱將来。
經云：「香油塗身，於日月淨明德佛前，以天寶衣而自纏身，灌諸香油。」　此唱經文喜見并服香油了，腹内清淨，由（猶）如蓮花，又取香油塗身皮，令身肉淨，如宮内有摩身粉。并香油塗了，方著天衣，天之衣（衣之）上，又取香油灌注如臘燭云云。

「校記」

① 妙法蓮華經講經文（一）及（二），原卷藏蘇聯列寧格勒東方研究所，編號Φ－三六五。一九八四年蘇聯孟列夫所著蓮華經變文（Л.Н.МЕНЬШИКОВ «ВЯНЬВЭНЬ ПОЛОТОСОВОЙСТУРЕ»）（書中發表圖版，並作校注，下稱「孟校」）。國内張錫厚同志據以作妙法蓮華經講經文二種，發表於法音一九八六年第三期（張氏校注下稱「張校」）。本篇題目依張氏所擬。

② 張校：原殘六字左右。孟校作「日月淨明德如来」。

③ 張校：原殘，孟校作「諸天人衆」。

④ 張校：原殘，孟校作「佛」。

⑤ 張校：原殘，孟校作「為」。

⑥ 張校：原殘，孟校作「法」。

⑦ 「等」，張録作「等」。

⑧ 張校：「中」，原脱，據妙法蓮華經補。「修」，妙法蓮華經作「經」。

⑨ 「欲救愚求真正」，原作「一心求於禪定」，塗去，改爲此六字。張録仍作「一心求於禪定」。

⑩ 張校：「六銖」，原脱，據妙法蓮華經補。

〔妙法蓮華經講經文〕（二）①

〔前闕〕

恰似爐中餬餅，喫来滿口馨香；還同坐（座）上真経，
聞了心中滅罪。若要造得胡餅，須教火下停□②；
若要聽得真経，須藉法师都講。西面高□□□③，
還同捜麵一般；這邊着力吟哦，還似入爐□□④。
不喫三个五个，腹中未充（免）飢虚；不聞一句一言，
心上難消罪障。今日好生奉勸，認取一上蓮坐（座）；
便同弟子家中，勸客教喰胡餅。
若㐌⑤冣好是上州，胡餅爐间滿市頭；
製造得来多氣味，
調和直是足塩油。團團恰似天邊月，
點點還如水上漚；若累菜蒜三五喫，
摩娑肚子飽咳咳。
登法座，好吟哦，捜麵都来不教（校↓較）多；
仏性爐中添火燭，真如案上熟柔（揉）搓。
「前接客憑都講，堂裏看爐向法和；
不间（問）高位皆与喫，好生攙劑也唱将来。
经云：「云何而為衆生說法，方便之力，其事出何
言。」云「何而為衆生說」者，即无盡意𦬇问
觀世音𦬇，何人說法也。夫說法且須契
理契根。薩遮尼軋子经云：「不令為五般人

說法，律戒亦同。 不得為持刀人說法；
人持杖，不得為說法；
人在高坐（座），巳（己）在下坐（座），不得為說
法；人在前行，巳（己）在後行，不得為說法；人不
供敬，不得為說法」云云。一、人持刀不得為
說 若有一般弟子，把口刀於手裹；
近前擬问法来， 便要闻於了義。
不精専，非志意， 向佛對僧且容易；
佛言彼若到来時， 不要与他宣妙理。
一類凡夫我慢高， 是非波浪濺滔滔；
向僧未肯低頭礼， 入寺何曾敬五毫。
闻法便須生鄭重， 聽經還要意堅勞（牢）；
虔恭似膝將財施， 不得闻經手把刀。
第二，持杖不得為說法。
有人持棒兼持杖， 擬近說經高坐（座）上；
不能如法表心専， 不用一心申供養。
請談經，教說法， 心近不能自收攝；
佛言若有此人来， 不要向前強迎接。
此人持棒偶閑行， 便到伽藍入梵庭；
意行尋常多待慢， 心中都揔不虔誠。
逢僧若不低頭礼， 遇法何曾側耳聽；
若是如斯人請益， 不須為說法花蓮（經）。
第三，人在高坐（座）己在下。

若居高處坐， 猶自爭人我； 因循問事儀，
容易論真果。 身心又不專， 意地多慵墮；
縱然与說經， 却是增他過。
彼人高處坐安詳， 自己身居在下方；
妙法何須專讚嘆， 真經不得為宣揚。
他家意裏多疑惧， 聞了身心乱段張；
任處与他談妙法， 交伊長短作灾殃。
第四，人在前，己在後；或人在平穩大道，己在
細夹（狹）逕（徑）云云。 若人大路行次， 己身小逕（徑）行時；
縱然擬問事由， 不要与他解說。 聞了增他罪障，
聽時心也不專； 只緣仏法難聞， 不合容易解說。
他居大道極通容， 己在傍（旁）邊小逕（徑）中；
彼既安然無障滯， 自還屈曲有西東，
直饒要說難思法， 不用宣揚解脫宗；
不是世尊惜妙法， 緣伊相皃不乾（虔）恭。
第五，不恭敬，或喜咲，不得為說法。
若有一般弟子， 尋常戲咲經聞； 不徒滅罪消灾，
且要解愁解悶。 或請師僧和尚， 家中間建道場；
盛教雜（雜）語雜（雜）言，且要親情解悶。
如此之人請相命， 不須与說法花经；
這人年少又無知， 愛向經中取次疑。
或請法和唱曲子， 或教都講綴閑詞；
不徒滅罪兼增福， 且要歡心展皺眉（眉）。

說 經內分明仏戒約，莫教与說不思議。
有二種人堪聞法， 一者好樂大乘經曲（典）；
二者不柰外「道」邪教。如雪山童子因半偈已
捨身，云云。
若人深信表專精， 纔遇經文便志聽；
只就三乘求解脫， 長於五性悟無生。
逢僧合掌專專礼， 見仏虔心步步迎；
世上有人長似此， 便須与說法花經。
二者不受外道邪教，云云。
若人修道行無邪， 不聽邪神重出家；
廚裏未曾嚴酒脯， 仏前長是獻香花。
若逢外道無心近， 忽遇真僧有意誇；
如似善人真帝（常）敬， 始堪与說白蓮花。
所以無盡意言：「云何而為衆生說法，方便
之力，其事云何？」 經有三種方便：尒時世
尊從三昧安詳而起，是身方便；告舍
利，語方便；諸仏智惠（慧），其深難解難
入，意方便。 尋念過去仏， 思惟不說法，云云。
第一，意方便。
若論諸仏所歸止， 清淨之心難可議；
群生歷劫不曾知， 我輩千生難可值。
仏慈悲，與二利， 出世殷勤心莫比；
故於靈鷲道場中， 万計千方相指示。

世尊實性大難尋， 杳杳冥冥理甚深；
既似撲（璞）中有白玉， 還如礦內見黃金。
也同土室泥中沒， 好似明珠水裏沉；
直為能行意方便， 遂令我輩識真心。
第二，語方便者。諸法本性自離，故仏我（我仏）以方便故，為天下人說如此法，語方便也，云云。
真如妙道本難宣， 我仏慈悲為有緣；
先向鹿園談四諦， 又来鷲嶺說真詮。
聲聲句句悲心重， 字字行行妙理全；
此是經中方便力， 百般妙法与人傳。
第三，身方便。仏本真身，本無生滅，為衆生故，市（示）有去来云。降生王宮，雙林入滅。出五濁之頑累，設三身之清淨。如碧水之蓮開，似秋潭之月影。隨機感以无窮，應心緣而不定。大化小化，還從悲願而興；億身万身，皆是慈光而分散。
佛身方便實難量， 能滿三千与十方；
煩惱海中為道首， 瀑流波上作舟航。
隨機隨念分慈力， 如月如霞燭惠（慧）光；
若是分身方便者， 須知只有法中王。
觀音亦有智光開， 方便分形更不推；
𦬇當時合掌问， 世尊便与巧心裁。
聞名決定添功得（德）， 見影多應滅障災；

十九種身隨類化，　㝡初作佛唱將来。
经云：「无盡意𦬇，善男子，若有国土衆生
應以佛身得度者，觀世音即現仏身而為
說法。」匱云云。
人家若要收財利，　須向堂前安下匱；
门徒若要善緣多，　須是將心收妙義。
有身財，長富貴，　一世不憂多稱意；
聽經念仏得𦬇，　万劫千生長出離。
不收身，便窮悴，　困困恓惶悪行止；
不聞妙法聽真經，　六道忙忙何准擬。
法花经，好道理，　還似金銀与羅綺；
奉勸门徒用意聽，　還似匱中穩安置。
聞经入寺近花臺，　還似收身匱裏排；
向下金銀千万挺（錠），　角頭綾絹百千堆。
送来人客煎茶得，　教化师僧把棒推；
都講共君般物去，　揭開大匱着唱將来。
经指前至即現仏身，而為說法，若有一輩衆生，
只要見仏身，觀音𦬇与現仏身，而為說法。
仏有三身，𦬇与現者，即小化身也；若是法身，
仏居法性土中，凝然常靖，諸仏所證之理；
若在衆生身內，名為仏性，成仏号大法身，
在纏即名如来藏，云云。
若說千方諸仏，惣有清淨法身；凝然常住之心，

𦬇未能得見。万法流行之本，九夫共有不知；
直須諸仏道脊，方乃一般證悟。
法身無相復無形， 不變隨缘状杳冥；
鬱鬱黄花還自秀， 蘩蘩翠竹本来青。
修行劫滿功能正， 功德周圓始自明；
仏性凝然常寂静， 爭能說法化衆生。
第二，報身有二種：一者自受用報身；二者
他受用報身。且自受用報身，即是大智
惠（慧），即是自受用，廣大法樂於此身上變
起十重。他用身，為十地𦬇說法；自用身，
不曾說法。果起酬因，名報為酬， 三大阿
僧祇劫所修行，故名報。直至十地滿心，
等覺位後，念有无量无邊同類𦬇道。
此𦬇与仏於色究竟天上，有一高坐（座）， 此名大寶
花王座。此𦬇纔登此座，身遍无量无邊
法界，眼耳鼻舌皆遍法界，无量善根
所引，故名自受。亦為𦬇說法，唯仏与仏乃
能相見，云云。
我仏修行已滿， 三无數劫周圓； 十地既已畢功，
万行事須報荅。 向色究竟天上， 座名大寶花王；
同類𦬇相隨， 送上此中高座。 𦬇既上座已，
六根遍滿十方； 百千功德莊嚴， 始号報身自在。
三僧祇劫行周圓， 始座花王究竟天；

無限善根皆起引，　幾多智惠（慧）自招（昭）然。
酬報因中行底行，　故教作用滿三千；
到此位中終行足，　十方化仏揔齊肩。
圓相好，有光明，　一得還教万劫平；
自受用身人不見，　不曾說法爲衆生。
第三，化身者。此身自有三種：一，大化身；二，小化
身；三，隨類化身。大化身者，爲地前四加行位
中𦬇，現一千丈身，故名大化，云云。
𦬇修道未圓，　不自居於地上；　須遇諸佛勸修，
乃至化身千丈。　光明照耀無邊，　相好端嚴難狀；
此身我單凡夫，　未得將心歸向。
千丈分輝不可名，　圓通相好有光明；
巍巍作用超三界，　皎皎神通爲四生。
自在地前𦬇衆，　方能見仏此身形；
凡夫下智無因見，　爭肯親來爲說經。
第二，小化身者，二千年前，王宮生是也。即丈
六金身，爲人天二乘人說法，觀世音𦬇現
此身，云云。
我仏如來居三界，　丈六化身功德瞻；
爲与凡夫說法了，　現化垂形教自在。
便從天上降王宮，　又向靈山闹法會；
三千界內廣宣揚，　運載衆生心廣大。
我仏慈悲無等倫，　爲憂三界度迷津；

182 壵形只為闻方便，　說法迷救利世人。
183 示現終行方作仏，　圓容根性為談经；
184 无邊變現神通力，　此个名為小化身。
185 弟三，随類化身者，或作猿猴鹿馬，云云。念尔弥猴欲入定，
186 為濯（瞿）师羅現三尺身。
187 昔有瞿师長者，　身長三尺已来；　為缘羞見如来，
188 所以不曾闻法，　我仏哀憋（憫）了故，　也現三尺身形；
189 向伊家内說经，　便乃發心礼拜。
190 長者身材三尺長，　尋常羞（羞）見法中王；
191 如来直為多方便，　我仏慈悲道力强。
192 便乃隐其清净相，　不教大放白毫光；
193 也逞三尺同其類，　大小高低恰相當。
194 五百婆羅「觀灰身而起信。啓花之道
195 昔有五百長者，　身色一似黑灰；　知佛現大光明，
196 不敢向前礼拜。　我仏只為怜憋（憫），　怕伊心地羞憋；
197 忽然變却金容，　也作灰身形状。
198 此人灰相黑稷稷，　終日羞慙悪業深；
199 欲礼毫光長隐嘆，　每逢妙相即沉吟。
200 佛缘教化令生信，　隐却渾身紫磨金；
201 五百之徒纔見了，　一時礼拜稱其心。
202 此是随類化身，云云。經云「若衆生要見
203 仏身者」，卄；云云。
204 若此娑婆世界，　百億四州之内；　其中也有衆生，

便見佛身相對。　不求𦬇神通，不要聲聞自在；
直須得見世尊，　方肯發心礼拜。
一類衆生見觧強，　發心終道不同常；
不於𦬇生恭敬，　不向諸天礼吉祥。
羅漢度伊都不採（睬），　聲聞説法不瞻相；
每朝合掌焚香待，　只願親逢大法王。
觀音𦬇乃現仏身，隱却𦬇容儀，變.
作金仁之相好。
也有三十二相，　也有八十隨形；　也教足躡千輪，
也有胷題万（卍）字。　也有毫光隱隱，　也有金色煇［輝］；
衆生見了發心，　道共世尊不別。
𦬇神通妙力強，　現身便作法中王；
胷前万（卍）字依依現，　足下千輪隱隱彰。
頂上便分青紺髮，　眉間也放白毫光；
衆生一見同瞻礼，　決定消灾滅禍殃。
𦬇為甚現得此相，緣觀音𦬇久遠
刧来曾成仏，号曰正德（法）明如來。
若論𦬇有威神，　化現功能絶等倫；
悲願弘深如大海，　法ㄱ垓廣似微塵。
觧圓相好舒慈眼，　能放毫光度世人；
莫怪觀音能作仏，　直緣久是法王身。
衆生見説座花臺，　方肯聞經道眼開；
大士既能為顯現，　觀音便与救倫佪（輪迴）。

228 舒惠（慧）眼，　破昏埋，　說法投機是弁才；

229 　若要辟支仏出現，　也須教化唱將來。

230 經云：「應以辟支仏身得度者，即現辟支仏身

231 而為說法。」　合藥　四時凋變，云云。

〔校記〕

① 說明見前「（一）①」。

② 張校：原殘，孟校作「騰」。

③ 張校：原殘，孟校作「登法座」。

④ 張校：原殘，孟校作「補火」。

⑤ 張校：原作「𫝑」，孟校作「于」。

三　「盂蘭盆經講經文」①

目連依教使修行，
供養世尊及大衆，　福利遐超於鬼趣，
願我慈親領受之。　因茲息苦得停酸，
免受倒懸三悪道；　離却鬼前(身)休悪趣，
得向祇園礼世尊。　因此廄号盂蘭盆，
接引衆生交(教)離苦；　不獨當初為目蓮，
兼為今朝座下人。　故知大聖不思議，
流向閻浮化羣生；　為救世間諸苦難，
名曰盂蘭清淨経。　念「觀世音菩薩」三☐(稱)
仏子將釋此経，大分三殴(段)。第一序分，第二正宗，
第三流通分。三殴(段)不同，且初序分。仏子：
上来分解②即如斯，　略与門徒分別説；
向下依経次第陳，　不知道理復如何？
大衆須生敬重心，　知道此經行孝行；
各各斂心合掌着，　經文次第唱將来。
経云：聞如是，一時　佛在舍衛國祇樹
給孤獨(園)。仏子！　西方梵語名佛陁，此
土翻為求覔者；　自覔覔他覺他圓滿，
覺行周圓号世尊。　於中三覺不思議，
別日与門徒㡳分別；　今且略明微妙義，
願聞罪障得消除。　仏子：言舍衛國祇樹給孤

獨園。仏子：舍衛國者好嘉名，人物英雄心猛利，
国王太子兼長者，諸佛如来往彼中。
給孤長者須達，聞佛功德心中喜；
火急歸来造精舍，便買祇陁太子園。
四十里地布黄金，建造如来説法支；
殿宇樓臺侵日月，池庭華菓用莊嚴。
爾仏當日在彼中，説這盂蘭清淨教；
為救目蓮慈母罪，免交（教）受苦得生天。
上来多叚（段）義不同，惣説經文成就義；
從此下文是别序，目連得道後如何？
大衆須生敬重心，六通之名當解釋；
各各虔恭合掌著，目連得道唱将来。
經云：大目揵連始得六通。仏子！
恰似世間慈母身，養得子時登官位；
威勢人間皆惣怕，自出分憂佐大唐。
忽然憶着我耶孃，取向本州專侍奉；
所得財物買珠璵，将来奉獻我慈親。
百味珎羞皆恭（供）給，日夜③将心親侍奉；
若也悶来交合曲，音聲歌儛不曾休。
朝朝甘脆父母前，☐④夜尋常居左右；
所要之間⑤皆與人⑥，意徒（圖）孝行遣人傳。
今此目連亦復然，得道恰似為官位；
憶得先亡念慈親，墮落三塗阿那邊。

遂將天眼更遙觀，　欲見尊親擬供養；
直為亡來年歲久，　不知神識落何方？
身今⑦證得六神通，　根本還因於父母；
羅漢六通為第一，　願報當初養育恩。
今此向下一唱經，　欲度父母報恩支；
大衆好生合掌　看，　經文次第⑧唱將來。
經云：目連⑨欲度父母，報乳脯（哺）之恩。仏子！
自得既圓，應合救物。懷其孝行，欲報重恩。
經云度者，即是度脫，「報恩」兩字，通摽（標）經
題。且夫人生在世，　父母為親，　非母不生
非母不長⑩，是以目連報其恩德。仏子！
目連自得既周圓，　理合救其親父母；
心裏為懷行孝行，　報荅從來養育恩。
人生在世合如斯，　父母深恩須報荅；
想得當初養育我，　受苦懷擔不可論。
除其孝順在眼前，　供給所須不闕少；
假使碎身千⑪万劫，　不能報荅母深⑫恩。
將知恩德大難酬，　我佛如來再三說；
奉勸座下佛諸⑬弟子，　大須孝順阿耶孃⑭。
仏子！故父母恩重經云：又母有十種恩，卆
難報荅。一者懷胎⑮守護恩，　二者臨產
受苦恩，　三者生子妄（忘）憂恩，　四者咽苦
吐甘恩，　五者迴乾就濕恩，　六者乳

68 脯（哺）養育恩，七者洗濯不淨恩，八者為
69 造惡業恩，九者遠行憶念恩，十者究
70 竟憐愍恩。仏子！適来雖烈（列）十恩名，
71 義理差殊都未解；門徒若要細分別
72 生（座）下須生渇仰心。第一懷擔守護恩，
73 十月之⑯中常負重；慈母将心憂㤥（孩）子，
74 恐怕胎中不得安。生時受苦命如斯，
75 赤血滂淹（沱）魂魄散；時向（餉）之間潘⑰却命，
76 由（猶）怕㤥（孩）兒有損殤。生了心中便喜歡，
77 忘却憂愁如 快樂；眷属親情皆惣喜，
78 慶賀今朝母子安。漸漸㤥（孩）兒長大時，
79 咽苦吐甘為㤥（孩）子；
80 乾處唯留與子眠，濕處迴将母自卧。
81 乱脯（哺）養育不辞勞，
82 洗濯之時無懈惓；
83 寒熱都来為閑事，怜念由（猶）如掌上珠。
84 年登十五母由（猶）憂，恐怕造諸不善業；
85 走去心中常憶念，仏前願子早歸来。
86 四時八節眼前無，不覺目中雙淚下；
87 時餉 之間不得見，恓惶惆悵似湯煎。
88 仏子！他家孝順阿耶孃，不孝之男造惡業；
89 他州外鄉逐樂去，父母肝腸寸寸斷⑱。
90 仏子！他家若是孝順兒，解向家中親侍奉；

91 若是心中不孝順，　逃走他鄉揔不歸。
92 回偱（循）向外歲年深⑲，　逐樂何曾憶父母；
93 所得錢財別支用，　肯解將來獻二親，
94 將知世界遶衆生．　罪過愚癡不可說，
95 不報其恩不孝順，　墮向三塗惡道中。
96 奉勸門徒諸信心，　莫作如斯不孝人；
97 學取目連心裏事，　命終必定見慈尊。
98 仏子！上來道理轉殷勤，聞道還須行
99 孝行；不但自家心裏事，　也令衆罪
100 速消除．　盂蘭盆经
101 逊觀　故題：此經讚懺（歎）不思宜（議），留傳天下
102 衆人知；有緣得遇諸仏見，蓮花會裏与君倚。

〔校記〕

① 本卷藏臺北國立中央圖書館，原卷首尾皆殘，存一百零二行。今據石門圖書公司影印「敦煌卷子」本逐錄，並參考敦煌變文錄新書中潘氏錄校。題目據潘氏所擬。

② 潘校：原卷「料判」二字，校讀者抹去，旁改為「分解」。

③ 潘校：原卷「朝朝」作「朝〻」，校讀者塗抹「朝」字，旁改作「日」，於「〻」上改為「夜」字。案，潘本「日夜」作「朝朝」。

④ 潘校：原卷「日」字抹去，旁改「晝」。

⑤ 潘校：「所」原作草書「ㄗ」，校讀者就字上改為「所」。「徒」（似徒字）字被塗去，旁改為「間」。

⑥ 潘校：原卷「與」字被塗去，旁改「盡」，「人」字在字上改為「有一」。

⑦ 潘校：原卷「今」字，被圈去，旁改為「知」。

⑧ 潘校：原卷「有即」二字被抹去，旁改「次弟」二字。

⑨ 潘校：「目連」二字，經文無。

⑩ 潘校：原卷「肓」字，被抹去，旁改為「長」。

⑪ 潘校：原卷「身於」作草書「ゟお」，校讀者旁改為「身千」。

⑫ 潘校：「一毫」二字，校讀者於「一」字上改為「毋」，「毫」字塗去，旁改為「深」。

⑬ 潘校：原卷「弟」字上側，校讀者加「諸」字。

⑭ 潘校：原卷「莫因循」三字，校讀者圈去，旁改為「阿耶孃」。

⑮ 潘校：案下文（案：指第七十二行）「第一懷擔守護恩」，此「胎」字疑誤。案：本行此字寫作「貽」。

⑯ 潘校：原卷「胎」字，以「卜」號表删去，旁改為「之」。

⑰ 「潘」字，敦煌經卷中常與「拚」字通用。

⑱ 「父母」二字下原有「此間」二字，右側點「……」，意為抹去。此前一句「他州外鄉逐樂去不歸」，「不歸」二字右側亦有「……」。

⑲ 原作「歲年間」。「間」字右側點「…」，削去此字。另於其右上角加「深」字。

四　〔維摩詰所說經講經文〕①

〔前闕〕

經：佛告長者子善德：汝行詣維摩詰．问疾。

世尊當尔之時，乃告善德長者。才呼名字，鞠躬而俯近華臺，仰望如来，入（又）手而專聽處分。「吾為維摩卧病，我見居士纏痾（疴）。思问許而如渴待漿，希傳言而如繻（濡）索扣。吾使從頭勒命，從舍利弗等，个个推詞（辭）；我遂次弟（第）親室（宣），自弥勒位中，人人謙退。皆言少辯，盡道虧才。徵问者各說本因，祇對者咸彰過咎，比差詣彼，惣道不任。佛使豈可暫停．銜命須差俊彥。今善德長者，身超五百，名列八千，外雖同於俗流，内已證於𦬇。心源廣大，智海無涯。濟物而不擇富貧，情憫而靡輕貴賤。高位盡普②，上下均平。聲聞而个个讚君．𦬇而人人仰德。才名久振，惠解風揚。諸人之口辯難偕，大衆之見機不及。毗耶使命此時之不委他人；方丈傳言，今日之宜憑善德。汝依吾勅，汝稟我言，速使排諧，速須往彼。使人夫之敬汝，遣四衆之欽君。客（若）能如此前行，便證菩道果。」世尊當日親室（宣）命，善德虔恭入（叉）手聽。吾今差汝入毗耶，事須往彼遵余令。汝名高，有德行，堪往毗耶為使命。吾今名汝问維摩，事須排比遵余命。抱问才，言任聖（聲），吾對人天三问請。事須排比入毗耶，殷懃致问維摩病。衆談揚（揚），皆讚詠，會下諸人難比並。堪往毗耶作使車，為吾去问維摩病。辯如何，明似鏡，不執相兮不着性。傳達如来慰諭言，差君堪问「維摩病」。心本真，身又正，狀似明珠表裏瑩。稟依吾令且須行，殷懃与问「維摩病」。對人天，選善定，善德此時去應聘。能入毗耶作使車，這迴向却「維摩病」。告善德，雅當才，吾已今朝喜滿懷。去入毗耶人盡仰，到於方丈語無乖。好使命，衆難借，必道慈尊善選差。此日會中詞的當，此時莚内讚和諧。千万去，莫辞推，今是人天法眼開。辯似懸河傾③不住，言如劈竹枝無推。為一切，震春雷，客見維摩与悯哀。這日未知承命否，經中道甚沒唱將来。

經：善德白佛言：「世尊，我不堪任詣彼问疾。」

善德蒙佛告命，替首而仰望花臺，鄭重虔心，殷懃合掌，為承宣旨，三白世尊：世尊，世尊世尊！ 適蒙慈父發言， 何銷（消）如来推奬。懦質而幸居法會， 冗瑣而叨侍花臺。 處分令入毗耶，勅命遣看居士。 便令副尊聖意，其部自愧荒疏。 如善德者，學昧離龍， 智斷訓（別）馬。對大辯而言難接續，状層梯攢空闌之雲；問上人而語恨達速（達？）， 類短素掬（採）④泉之水。魚睛比暗， 燕石多瑕， 並驪珠而豈敢誇明，對楚玉而虛稱價貴。 遣臨方丈， 有悞提携；交问凈名， 憲辱指使。 不敢不敢，難任難任。 况維摩是獨步上人， 假作無垢居士。 名振於三千界外， 智超於百憶（億）世中。惠海無涯， 詞山過日， 神通廣大， 辯口難窮。芥子中藏得弥盧， 毛孔中吸納巨浸。 言泉浩瀚， 似黄傾出於龍门， 聖力威雄，取他方如擎於雀卵。 芥尚皆辞退，善德不易枝梧。 實愧非才，深慙瑣屑。争敢争敢，甚難甚難！ 伏乞聖主哀怜，我今不敢諂彼。 善德當閑差選字， 告訴年居稱不易。 居士他缘大辯人， 我今難作如来使。芥人， 宿出世， 金粟（粟）如来假顯示。 將凡闘聖固非宜， 我慙難作如来使。 世尊名（命），去即是，争鄅身中無大智。 恐到維摩徵问頻， 言乖有辱（如来使）。囗不慵，枉不恕， 佐俤弘楊（揚）非是器。 若將魚眼闘驪珠，無光恐辱(如来使)。入毗耶，方丈裏，到便維摩詰道理。我同寸草擬量天，爭堪去作(如来使)。上上人，大居士，言似懸河諸不滞。泓澄豈敢對量他，我今非是(如来使)。奉慈尊，特差使，自愧庸微非大器。似持莛(筳)索探深泉，我今恐辱(如来使)。望慈憐，且優庇，小物不堪為大器。毗耶奉使實難當，伏望如来別名替。善德當時向法臺，擎拳三白告如来。魚睛難闕驪龍寶，燕石徒誇楚王財。莫把瀅泉衡大海，休將布鼓⑤徹(驚)春雷。毗耶方丈無心去，恐被維摩居士摧。啓告了，衆疑猜，善德如今又詐推。可畏維摩大士，堪誇居士大英才。不敢去，怕難迴，伏望慈悲賜悯哀。是日世尊重詰问，說何過處唱將来。

经：所以者何？憶念我昔：自於父舍，設大施會，供養一切沙门婆羅門及諸外道貧窮下賤孤獨乞人，期滿七日。……

善德蒙佛再問，遂陳昔日之因；長者欲詣花臺，啓白往時之事：世尊，世尊！我昔曾於父舍，大開供養之门，不論羅漢聖人，兼及外宗之者。由是遍懸白膀，請命高僧，普示紅箋，告知外道。四城门上，展開三尺之書，諸坊口頭，各放一道之膀。不揀貧窮老弱，不論城外城中，願赴七日之筵，依時各懇齊到，遂便廣嚴宅地，大展花（華）筵， 憣幀挂而爍日光， 高僧至而祥雲覆， 莫不乱堆（堆）金玉， 剩積綾羅， 要者隨意令將， 去者一任般（搬）取。 所貴福嚴倫足， 所希心願周圓。 布三種之良田， 開七朝之盛會。 或有飛空羅漢， 擲錫聖僧， 或有鍱腹婆羅， 戴火外道， 各將徒衆， 誇逞神道， 皆臨長者之筵， 盡赴善德之會。 更有城中之士， 外處貧兒， 老弱者形貟尪羸， 孤獨者顏容憔悴， 或時作隊， 或即成群， 无目者以杖前行， 瘖瘂（喑啞）者點頭似語。 聞有无遮之會， 遠近皆來， 纔沾長者之恩， 聲抱忻懽之意。 我即隨情施物， 逐意命將， 故無恡惜之心， 只有捨財之念。 七朝將滿， 一會欲終， 於是大聖維摩， 為我當時有語。 我於父舍開施會， 七日未曾心懈怠。 不揀高低若去來， 故無相恡生違礙。 或沙門， 持錫或， 顯現神通來入會。 供養虔恭滿七朝， 不省心中生懈怠。 或婆羅， 希財賄， 不问金銀諸寶貝。 供養虔恭滿七朝， 未省心中（生懈怠）。 或孤獨， 或老邁， 或少年中或後輩。 我於父舍濟貧人， 未省心中（生懈怠）。 出牌牓， 无邊（遮）會， 不管城中及城外。 七朝供養向家中， 未省心中（生懈怠）。 或憧憣， 或傘盖， 要者不論千万對。 七朝父舍啓無遮， 未省心中（生懈怠）。 要藥花（華）， 捨資財， 希望如來三三昧。 七朝父舍啓無遮， 未省心中（生懈怠）。 高与低， 普匀配， 平等施時无有罪。 七朝父舍啓無遮， 未省心中（生懈怠）。

式送情，与領解，丨當面来時我不退。 七朝父舍啓
無遮，未曾心中〔生懈怠〕。 施衆生， 福廣大， 飲食衣服隨意
受。 七朝父舍啓無遮， 未省心中〔生懈怠〕。 七朝供養並
無乖， 歡喜千迴与万迴。 已滿今生娑底愿， 並無
魔難及諸灾。 維摩策杖親来至， 問我因何
捨外財。 未審淨名般〔盤〕詰語， 好生分圻⑥唱將
来。
經：〔時〕維摩結〔詰〕来入會中，謂 本一
我言：長者子！天大施會不當……
於是維摩大士 入於善德會中， 易長者七日無遮，
實即論情不易。 施却多少金玉， 俵却多少綾羅， 如斯
捨与衆人， 實即論情不易。 人間寂重莫越珠珎， 施与
沙門， 實即論情不易。 濟得孤獨老弱， 救伏貧困之人， 如此
捨施之時， 實即論情不易。 國内人皆談說， 城中上下讚揚，
為開七日无遮， 實即〔論情不易〕。 見說人来求化， 長者隨意施之， 如
斯濟物至心， 實即〔論情不易〕。 要玉尋聲与玉； 求金便乃賜金， 如此
運動之心， 實即〔論情不易〕。 又聞心无分別， 一列供養无偏， 如斯平
等施為， 實即〔論情不易〕。 少少之〔囗〕猶可， 況當許大因緣， 七朝人
衆餅〔駢〕闐， 實即〔論情不易〕。 我向街衢遊戲， 里衢巡行， 見貧者抱
玉擎金， 覩老者擔綾舁⑦绢， 近前詢問， 皆言善德家来，
如斯濟救衆生， 實即論情不易。 如斯設无遮大會，
論情是沒量大因缘。 若求来世豊饒， 此事不妨好作。
善德希佛位， 心中捨寶財。 大開七日會， 此事沒人偕。

帖牓咸知道，　沙门揔赴来。　為開七日會，　此事（没人偕），時救無團者，　怜貧起慜（憫）哀。　從願与錢絹，此事没人偕。　一國人傳說，　七朝大會開。　諸僧蒙供養，此事没人偕。　善德将金施，　貧人喜滿懷。　高任生感愧，此事（没人偕）。　金玉高如壐（堙），　綾羅積似埏（堆）。　有人求者与，此事（没人偕）。　滿國皆稱讚，　傾邦盡得財。　聲聞雖似汝，此事（没人偕）。　長者心能施，　维摩語解推。　無遮獨自作，有力衆難偕。　福報因金玉，　菩提仗法財。　不當如汝設，　說喻處唱将來。　经云：（如）汝所設，當為法施之會，何用施財施會：：：

维摩語善德曰：夫三生種福，富貴為末後之難。　汝今如此施為，　長者行持錯也。　善德，善德！莫将浮賄施為，　非是菩行藏，　此是俗门作底。　汝不投於大覺，　往詣菴園，　精求出離之门，　證取菩之果，　然後嚴持覺路，度接衆生，将三脱為究竟之由，修四智為堅終之處。　長者，長者！切須聽我修行。　若能不退指蹤，　勝將十刧財施。　若有衆生連（遭）苦，常慶論（輪）迴，　興心往彼救時，　勝得十刧財施。黑暗常燃大炬（火炬），　苦海身作舟航，　若能如斯施為，　勝將千刧財施。　六道四生之類，　汝須往彼提携，　若能如此施為，　勝将十刧財施。見苦交伊得樂，　逢貧与說宿因，　使生趣向菩

159 提， 勝將十劫財施。 若值劫中有病，現身交作
160 醫王， 衆生病者令安，勝將十劫財施。 若見
161 衆生樂聽， 巧開懷息之门， 交伊離遠修行，
162 這個名為法施。 善德，善德！不須此會為憑，
163 取吾今日之言， 交汝速登聖位。 釋迦因地，
164 長行法施之門； 今登百福之身， 德号千花
165 聖主。 大聖維摩結（詰）， 當開花秤時， 入於
166 善德舍， 方便接根機。 七日無遮會， 人天鑿
167 德（盡得）知。 淨名臨滿日， 方便接根機。 長者為何
168 會， 速須与我彼。 沙门擎玉出， 外道易金
169 歸。 如此行檀施， 諸人不易為。 七朝開大會，
170 實是好因依。 未委求何福， 今須決衆疑。 如斯
171 開大會， 長者錯行持。 不覺菩提果， 為人作道
172 师。 暗中燃惠燭， 救拔向泥黎（犂）。 不用將財施，
173 何須作相為。 七朝開大會， 長者錯行持。 我佛
174 因中日， 曾為流水時。 五千魚欲死， 施法為提持。
175 十劫將財施， 箏（爭）如一法施。 施財招後福， 開法
176 獲菩提。 苦海為舟楫， 三途作道師， 長持法
177 教化， 隨順与提持。 善德聞斯語， 虔恭唱
178 善哉。 維摩告長者， 布施好梯媒。 法施爷
179 談說， 慈悲為剸裁。 不知何為法， 向處品
180 唱將來。 寫卷

「校記」

① 蘇聯藏符盧格（Флуг）編二五二號，首闕，失題。今從孟列夫（孟西科夫）擬題。

② 「普」字，潘氏錄作「善」。按，「普」字在此處有「普及」「普洽」之義。

③ 「僂」字，敦煌變文論文錄附錄原錄作「摟」，潘氏錄作「僂（傴）」。

④ 潘氏云：「寫本『掬』與『探』形近，此當作『探』，後『似將短索探深泉』可證。」

⑤ 「教」字，潘氏云：「當作『鼓』，漢書王遵傳：『毋持布鼓過雷門。』」

⑥ 「圻」字，潘氏云：「敦煌寫本『才』『木』往往不分，『折』當為『析』。」按此字實寫作「土」旁。

⑦ 「男」字疑是「背」字俗寫。

五　維摩碎金①

〔前闕〕

白玉共爭光，☐☐☐☐☐☐☐②。佛入城已。仏見衆生，皆如孩子遇慈親，乃似疾人逢妙藥。羣臣舞蹈，天子除（徐）行，白毫五彩裏礼如來，紫磨千光中瞻於（相）好。莫不金鞍公子，觀世上（尊）而喜極成悲；粉閣佳人，看大聖而心曾似醉。高低瞻睹，貴賤忙忙，或剜眼以獻如來，或燒身而對大聖。捨命而命无不盡，是仏力難思；焚身而身不可很（侵），聖慈莫測。異事異事！聖哉聖哉！仏入毗耶廣有情，方感万般希有事。云云。

上下吟（吟）：

娑婆界裏苦煎熬，求利求名何日了。執我執人緣甚事，都緣遍計忘（妄）心生。如人半夜下高臺，黑地踏着破斷索。疑是毒虵長一尺，今交（教）小大點燈來。何曾見有一條虵，都是忘（妄）心生兼執。便是似我徒貪幻（幻）境，忘（妄）心緣盧（慮）計為真。直須曉會取自兼他，便是夜頭破斷索。忘（妄）憶妻兒執着皃，還如疑索是毒虵。噗伊男女下當（堂）來，點得惠燈來照燭。破却光明煩惱黑，始知一切无堅牢（牢）。結冤結恨為迷愚，爭氣爭空因業障。不會這身非究竟，憂家憂國鎮長忙。吟絲詠竹向紅樓，沉醉便為身快樂。正是苦中常③取樂，蓋緣幻（幻）法染心王。須知酒是飛怨門，聚會之時☐☐飲。況是与人為恚物，於中切莫起貪心。火坑要滿没休時，仏道擬成應有遠（遠）。 不落三途遭苦楚， 此之非是等闲人。
從頭擬説幾時休， 生死輪迴人惣會。 事取釋迦調御主， 遂於此界
化衆生。 護明菩薩下天宫， 淨飰王宫伴託陰（蔭）。 乃至雪山修苦行，
證成无上大醫（醫）王。 常將妙法度衆生， 愛把正因教我等。
令覺真如无價寶， 徒（圖）人超越忘（妄）緣身。 三千界裏洒醍醐，
十六國中傾法雨。 當日擬將諸取衆， 毗耶城内駕三車。
幾多賢聖盡陪隨， 繫（擊）磬吹蠡（蠡）同引仏。 仏動尊高相好躰，
聲聞緣覺惣皆行。 天男金梳獻天花， 天女玉盤陳異果。
帝釋逶陁（委蛇）贊聖主， 梵王翔序遶慈尊。 一十七衆盡徘徊，
天雨四花長路上。 誰羨你鋪羅兼展錦， 不憐你天上及諸方。
祥雲寥寥蓋娑婆， 喜色騰騰侵碧落。 天樂淒清喧宇宙，
天人聚會（□）泉灑。 十方賢聖盡歌揚（揚）， 可畏釋迦牟尼佛。
毗耶大煞因緣重， 感得千般異事生。 君王鸞（鑾）駕出郊迎，
輔相車軒登路接。 要見大悲三界主， 直如孩子望慈嬭（嬭）。
人暗晧， 出城来， 瞻礼端嚴百寶臺。 有願有悲来救化，
捨身捨命數无垓。 紅日朗， 白雲迴， 天地傾遙（搖）吼似雷。
洞洞香煙和瑞氣， 輕籠遠日大如来。 人躍躍， 戯咍咍，
百鳥空中語似哀。 共命伽陵直甚事， 啾啾唧唧（唧唧）贊如来。
多異事， 實奇哉， 蠢動含靈盡到来。 滿目淚流
看聖主， 意徒（圖）各願捨肥胎。
何以如此？ 緣是世尊无量劫中死（無）分毫違倍（背）有情， 方
感如此。 云云。 又緣如来隊仗， 入赴毗耶， 衆生忻仰。 曰如何
隊仗， 念大聖維摩行。

44 如来往日入毗耶，。 隊仗莊嚴實麗佳。 雲散（散）碧霄呈瑞日，
45 路添清境雨天花。 慈尊緣（緩）步金蓮覲， 菩薩徐行喜色花。
46 帝釋威儀寧散乱， 梵王行李不叅差。 祥雲覲叉堪瞻仰，
47 瑞氣攢身好詠謌。 花捥滿成（盛）师子胃， 香盤合就象王牙。
48 天仙菿疮如春柳， 玉女莊嚴似晚霞。 霧濕匌前瓔落（珞）重，
49 鳳（風）揺頂上玉冠斜。 聲聞盡繞黄金相， 獨覺皆乘白鹿車。
50 近事男擎花散（繖）盖， 憂（優）婆夷獻紫加沙（袈裟）。 經行往往數
51 黄葉， 渡水時時見老植（槎）。 登路行程俱急急， 去城㱕歸（歸）有
52 些些。 王辞鳳闕威儀遠（遠）， 帝出龍宮道路奔（奢｜賒）。
53 仏竟（意）比来徒（圖）教化， 人心只是愛榮花（華）。 争知於（如）是一塲夢，
54 未會人為四毒虵。 生死往来无數目， 說倫（沉淪）没没似塵沙，
55 巍巍聖主誰能及， 浩浩凡夫莫側（測）涯。 仏向蓮臺宣妙法，
56 一時令入法王家。 高与下， 咲咍行（咍）， 曳紫袍（拖？）紅滿九垓。
57 喜色淺染④籠日月， 祥雲澧（濃）濬鎻樓臺。 宣宇宙， 吼春雷，
58 表我慈尊教化来。 遍滿（百？）憶中怒綑散， 滿三千界覺花開。
59 天与地， 白皚皚， 盡是天花到處堆。 似錦似綑遣（遮）莫（穖？）⑤悪，
60 如霜如雪覆塵埃。 十七衆， 自安排， 隨從空王少比裁。
61 高扇香風吹熱惱， 輕霏泔（甘）露嗔（鎮？）塵埃。。 人躍躍， 逆相催，
62 早入毗耶滅障灾。 獻草梵王行宕宕， 擎花帝釋相嵬嵬。
63 龍覺舞， 鬼神挨， 乾闥婆王百万垓。 頻奏清歌鳴四諦，
64 或吹雅樂滅三灾。 金翅鳥， 力无偕， 搦得高山碎若灰。
65 為喫龍多身似力， 幾椎摩（魔）衆吼如雷。 龍天八部惣崔嵬，
66 佛作光風去又迴。 弄影弄身左右轉， 駈雲唱電𢷏焮（焮）

67 三界主，唱奇哉（我），　這个威儀无可倍。　為衆四生除我慢，
68 与人六道作梯㮜（梯媒）。　君与相，礼如来，　无漏之言直敢猜。
69 舞蹈禁香争供養，　洗心淨意遶花臺。　男与女，惱情懷，
70 煩惱多應此日摧。　金色光中瞻於（相）好，　王毫香裏礼千迴。
71 實是好，卆難哉，　多少尊卑悟幻胎。　仏入菴薗宣此法，
72 有何人持蓋也唱将来。　經云：尒時毗耶離城有長者子，名
73 曰寶積，与五百長者子俱持七寶蓋。云云。
74 居士知仏入於毗耶，緣我於此國教化衆生，佛要
75 共我助弘大教，我須今日略用神通。今日与誰緣
76 熟？乃觀見寶積等退歡逐樂，我須教化，令滿道心。
77 況夫花散三春，尚假甘澤而洗蕩；佛登正覺，（☐）賴菩薩
78 以扶持。乃知花非陽和，佛憑助左（佐）。　居士讚曰：　三千界内
79 百憶（億）塵中，有巍巍獨步之尊，作宕宕超群之主。挈
80 慈悲杵，　能摧我慢之即（鄉）；　布智惠（慧）雲，　後覆貪
81 嗔之海。　四生六道，　八難三塗，救衆生而无始无終，
82 化傍（旁）頮（類）則莫窮莫盡。心如巨鑵，　能拔煩惱之根；
83 意若洪波，潑滅无明之火。　威儀罕比，　相好難儔。
84 髻珠如秋月初圓，　腕釧似寒冰乍潔。向蓮花臺上，
85 雙眉而払帶咲容；　處七寶堂中，　兩臉而長含喜
86 色。　作衆生之遵（導）首，　為幷之規儀。　入毗耶而不為
87 別人，　說妙法而全因是我。　我須今日，略用神通，　觀此城中，
88 与誰緣熟？　恰見金枝玉葉，　帝子王孫，　奏笙歌於
89 三殿之中，　動絲竹於九宮之內。　羅幃盡（晝）寢，　嬪妃添金艷

90 之香；　御宛（苑）春遊，　侍徒摘玉欄（蘭）之蕊。　无論時節，
91 豈揀秋冬。　醉眠於明月簾前，　夢覓於清風堂下。
92 跨香韀（鞍）而搖玉勒，　未滿高位；　飲酥醑而擲金杯，　只知
93 富貴。君（居）士遥叱，　呵寶積曰：　汝即貪於歡晏（宴），　染着色聲，
94 盡緣煩惱種深，　却為无明業重。　一无漸（慚）愧，　豈知於貧
95 賤之人；託躰英雄，　唯愛於奢華之事。　庫藏
96 有搓羅異錦，　香廚餘品味之飡。擧步千人，
97 一吟百謨（諾）。　身披錦繡，　寧知織女之新（辛）懃；　口食美珎，
98 不念　於農夫受苦。　此者是：　六道作往来之客，　三塗
99 為鎮居之人。　私為愚癡，无能曉會。　我今須教，
100 吾要提攜。　今令⑥伊棄此諠華（華—嘩），　追證取无為妙果。
101 云云。　念「𦬇」。　淨名无為忽思惟，　佛入毗耶更為誰。
102 嗟念衆生多我慢，　慜（愍）伊傍類足愚癡。　准承顏色長喜少，
103 將為身長不改（□）。　未□到頭要已老，　豈知終被死於（相）隨。
104 緩步頻頻多意愁（態），　徐行宕宕足威儀。　手如白玉當秋鏡，
105 目似青蓮出曉池。　接引衆生兮歀傪，　提攜含類沒勞波　。
106 此来隔是於（相）逢日，　共我如今教化時。　吾見九重長者子，
107 他緣五百帝王兒。　貪於鳳閣閑金鎖，　正向紅樓醉玉妃。
108 窓下青娥吟御製，　花間紅臉唱宮詞。　鸚藏綠柳朝霞散，
109 鶯語紅樑景像（象）褭。　堦畔桃花春雨洗，　簾前翠竹狂風吹。
110 綺羅香裹燈微暗，　絲竹聲中枕半攲。　殿下醉醒呼万歲，
111 庭前飲散嘆頻（嬪）妃。　只貪欲樂長為（為長）久，　不念人身有盛虧。
112 我自入言須教化，　令伊故命大年尼。　居士已作念了，

113 便入王宮，　見寶積逐樂追歡，　方便發言呵責，　令戢
114 奢華，　交歸三寶。　居士向宅中作念，　言了便行，　取拄梨（藜）杖
115 於簾前，　裁（戴）烏沙（紗）巾於鏡（鏡）畔，　不將侍從，　莊嚴而一且（切）　如
116 常；　不引家童，　行李乃宛然依舊。　含風白鬚，　空地
117 長衫，　擡頭如半夜里（裏）行，　動足似仙株老檜。　遙瞻帝闕，
118 千重之瑞氣騰籠；　遠望皇宮，　一片之祥雲掩映。　頻頻
119 緩步，　宕宕移身，　見御堤之柳色和煙，　覩禁宛（苑）之
120 桃花咲日。　纔入九重之內，　已聽笙歌；　徐臨三殿之中，
121 遍觀羅綺。　居士見寶積等：各呈武藝，
122 盡乎文才，　磬風月於五字詩中，　論妖愚言三
123 尺劍下。　堦前砌伴（畔），　清泉之遶竹潺潺；　林下
124 溪邊，　雪檜之搖風切切。　莫不各誇富貴，
125 竞（競）乎奢花（華），　騎俊（駿）馬於長途，　掛錦袍於
126 阡陌。　嬪妃簾下，　春鶯呼万歲之聲；
127 婔鑒（監）堂前，　秋燕語千般之韻。　而又紅樓醉後，
128 香散歸時，　金鞭揮柳樹花枝，　玉轡聳清風朗月。　陪
129 隨朱紫，　謌章章帝德之詞；　捧從衣官（冠），　合詞唱感
130 恩之曲。　珊瑚枕上，　翡翠簾前，　酪（醉）醒聞一弄之琴，
131 夢覺於三更之雨。　君王寵愛，　偏沾於雨露之恩；
132 皇后眷憐，　數受於珠珎之惠。　君（居）士語寶積曰：
133 此是嬌（驕）奢恣意，　煩惱愚癡。　汝等為色世之榮華，
134 我道是沉倫（淪）之苦「海」。　可極自娛自樂，　何知於万性（姓）
135 煎熬；　獨貴獨高，　豈念於生靈逼迫。　我今

136 特將誠懇，勸汝迷情，直須領納吾言，
137 便似花臺仏語。汝還知菴薗有仏，撈摭衆生，
138 有千般之福德嚴身，具万種之威儀在躰。
139 汝可併除（屏除）貪愛，開發善心，弃一塲之⑦虛幻之心，
140 礼金相莊嚴之貟。、汝須自戒，真（貞）堅自看，
141 儻若緣就閑因成，共你塞逐便去来。云云。斷
142 維摩言了出宮庭，梨（藜）杖將来拍手擎。緩步出門頻礼拜，
143 咲顏登路揖公卿。士流一一朝龍闕，君（居）士看看到鳳城。
144 滿路已逢車馬鬧，九衢遥聽管絃聲。
145 金堦還住人知識，玉殿何曾問姓名。正見弟兄誇藝業，
146 各將文武鬪英明。深宮快樂无人及，還往追歡有酒傾。
147 花蕊落時人半醉，柳煙深處雨初晴。高樓只見言安泰，
148 雙闕寧韋道爭戰（戰爭）。彩女咲嗔金閣鸞，嬪妃閑咲玉籠鸚。
149 紫雲樓下按歌曲，皇帝簾前排毂（□）。手（玉）鋻洗粧呈素面，
150 青驄捱（靖窗耀）日弄紅鸚。猧兒乱趂生人咬，奴子頻捻（攆）野鴿驚。
151 日落窗前翻惡令，月高樓畔李吹笙。貪歡未肯憂身老，
152 逐樂誰能念死生。遠見淨名皆去接，遥逢居士惣来迎。
153 維摩便語王孫曰，舊事從頭要改更。屹屹地貪於癡欲海，
154 忙忙維（推）入淤泥坑。千心曉了渾如夢，兩目分明恰似盲。
155 業水積来波浩渺，罪即（鄉？）添得勢崢嶸。不知有妙覔菴薗仏，
156 長說真緣度有情。身似黃金渾日色，心如明鏡照潭清。
157 齒排密密如山雪，意淨澄澄若水精。聖劍每持悲愍重，
158 法舡長用惠竿棹（撑）。一瞻一礼除灾障，或咲或歌具等平。

159 若要榮花（華）求礼仏， 共君今日廝修行。 一日，寶積菩承
160 居士教化， 當下心迴， 對居士面前， 敘其往日：四時遜
161 樂， 八節追歡， 不知皆是幻虛， 忘（妄）計已為長樂。
162 今者就（既？），萊於（相）勸， 便奉指蹤， 願陪大士之同行， 隨從
163 赴菴薗礼佛。 居士 ：況聞萌芽發秀，皆因節
164 序以推排； 凡俗修行， 全自諸佛而教化。 如汝等者，
165 正貪歡樂，覺闌榮華， 四時隨賞於花樓， 八節遨
166 遊於玉殿。 其春也， 柳煙初墜， 媚景深藏， 鶯飛
167 帶語之鸝， 花蕊半開似圻（坼）。 雨粧臺色， 風擲簾
168 韋， 一窓之春影喧喧（暄暄）， 滿地之日光脉脉。宮中麗美，
169 開門之碧沼添流；殿上韶光，枕上之高山疊衆生⑧。
170 其夏也，可謂 陽和澹薄， 暑氣深濃，
171 一欄之翠竹搖風，万樹之櫻桃帶雨。 長鋪角知⑨簟
172 如一條之 碧水初口； 淨拂玉床，若八尺之寒冰未散。
173 薄羅為帳， 輕徹染衣， 殿深而炎熱不侵， 閣迴
174 而清凉自在。 閑雲當戶， 如片片之奇峯； 老檜
175 倚携，似沉沉之洞（洄？）水。 其秋也，可謂
176 霜彫紅葉， 雨滴疎桐， 高天之鴈叫寒風， 遠
177 砌之蛩鳴朗月。 蒼蒼山色， 戴雲而揔入龍樓；
178 咽咽蟬聲， 和露而聲喧鳳闕。 丹庭半夜， 紫禁
179 初霄（宵）， 聞千家碪擣之時， 聽万戶管絃之處。 猗桐金
180 菊， 馨香直至於羅幃； 映閣寒松， 聲韻每穿於繡
181 握（幄）。云云。 其冬也， 可謂 霜凝玉砌， 冰潔

金塘，雪敲、夜枕之窓，風撼於寒庭之竹。星移碧落，寧知洞室之寒；燈影銀蟾，不覺錦衾之冷。比者：吾為歡樂，我作榮華，我為究竟之堅勞（牢），我作无來之資有。我為富貴，千年拾（恰）似於此時；我作超羣，万歲祇如於今日。寶積等，百生榮幸，累刧難酬，逢於長者維摩，喜遇於高人居士。實謂威儀濟濟，清風而颭颭射人；相皃堂堂，德岳而魏魏（巍巍）住（駐）日。今者：蒙居士巧施方便，接引吾曹，將一條之悲票堅勞（牢），練五百之心猿顛說。我等自今已後，鼓樂絃歌，无心貰翫於池亭，有意趂求於妙樂。笙歌瀝瀝（嚦嚦），聞如耳上之風；彩女雙雙，覩似眼中之刺。金盃玉盞，非傾不盡（于盡）舸⑩醨醑白醪，（不）醉於紅樓之行（上？）。朱纓白馬，錦襜紅韉，千人莫引於前頭，万騎罷隨於背後。橵香銀鴨，休添於五夜之香；粉閣佳人，不照於夕陽之鏡。因此愚癡絕跡，貪愛无蹤，併除於有漏之门，觀照於无為之理。皆是維摩指示，居士教招（詔），忽然異口同音，不覺礼瞻居士。居士感荷曰：善哉寶積，真是道師。汝為帝子王孫，汝是英賢達士，只合貪榮愛樂，御堤馳曜日之車；射俊爭能，紫陌是（走？）追風之足。何幸老夫輕語，教長者高懷，略將微鮮之言，便沐非常之重。 此者死生多幸，襄（曩）劫有缘，早蒙領納陳詞， 何感（敢）更消礼謝。 有弱（若）满輪明月， 讓光於星罕（斗）之前； 万刃（仞）青山， 崪峭拔丘陵之下。 寶積等罕維摩此語， 盡策發心神： 今朝須出王成（城）， 這日要歸於佛寺。 發言既了， 排歛威儀； 各擎龍鳳之衣， 別换新鮮之服， 陪從居士，寶蓋自持。一宫之朝士喧喧，满國之女郎隊隊，便使平持（治）⑪御路，掃洒天街，九衢之春雨作收，万井之祥煙整（正）合。其寶蓋者，千珎合就，万寶鬪成，如一林之花樹忽开，似万朵之祥蓮似⑫折（坼）。黄金乍（一作）骨，珊瑚之鸚鵡雙雙；白玉為條，翡翠之頻伽對對。其功異乎郢匠賢人。纖毫之卬中枝柯，細旋之起窠花樣。珠瓔卒（窣）地，香風吹敲磕之聲；光彩輝天，瑞氣瑣籠璁（鎖籠葱）之色。於是前引，寶積後隨，看看欲出離王城，未審擬於何處。

裁（一奇）羅異錦作衣裳， 只要莊嚴不淨物。
假使擣眉兼抴眼， 直饒塗粉与茶（搽）油。
西施婬摩（淫魔）得人憐， 迷得襄王抛國位。
煞鬼一朝来取你， 任君有貞及文才。
假饒端正似潘安， 擲棄盈車人惣會。

四相遷移身滅後，　空留名字也无常。
直饒韓信有英雄，　滅楚會垓扶漢帝。
没各心中酙（斟）酌取，　儘是虛幻一塲空。
威雄樊（樊）噲足功能，　踏倒弘（鴻）門來救主。
心猛負麁（粗）增我慢，　如今也是一長（塲）空。
前皇後帝万千年，、死了不知多与少。
君向長安城外看，　遍山遍野帝王陵。
維摩如此化王孫，　便請王孫皆惺（醒）悟。
異口同音謝居士，　特蒙除我忘（妄）心生。
從此後已悟 無常，　不樂世間五欲樂。
我根已前煩惱重，　四時逐樂不知休。
夏天雖即爁炎蒸，　我在深宮幸得所。
角簞（簟）上 頭寒色動，　玉床靜拂似輕水。
秋時景象葉彫疎，　雲散鴈飛多飲酒。
滿殿秋風蒐夢覺，　一輪明月醉醒初。
悟知万法惣成空，　曉了三乘唯是有。
爭行礼歸三界主，　不如親近釋迦尊。
王孫這日便排諧，　置得九宮人浩浩。
彩女嬪妃皆不要，　宰官居士盡相隨。
俱持寶蓋出城來，　掃灑天街如鏡面。
隊隊笙歌前後擁，　喧喧朱紫兩邊行。
祥雲冪冪覆樓臺，　春色輕籠於鳳闕。
陌上柳煙惹甘露，　途中花樹弄時光。

251 女郎万万遶長街，見道礼仏心躍躍。
252 願結良缘於此日，送伊王子到菴薗。
253 天与地，盡皆明，寶盖莊嚴實是好。
254 金錦縷成雙鳳舞，銀絲結就獻花先。
255 錯磨寒玉作枝條，彫啄（琢）琉璃為盖頂。
256 露散便如天織就，雲籠一似自然生。
257 持行揺動玉環聲，波過敲鳴珂珮嚮（響）。
258 這日佛聲喧宇宙，當時天樂滿乾坤。
259 彈指了，又虔恭，變却毗耶極樂國。
260 天雨四花呈瑞相，地揺六種佛遥知。
261 實是好，玉花新，綺錦綾羅七寶珎。
262 海岸香中瞻帝子，慈悲光裹見維摩。
263 當時寶積道心生，一切交招是浄名。
264 眼裏不觀妖艷色，耳中非聽管絃聲。
265 感（咸）持寶盖辞龍闕，各帯（戴）金冠出鳳城。
266 塞路王孫俱浩浩，未知皆向鄗邊行。
267 人隊隊，万千垓，為出毗耶礼法臺。
268 士女滿街行窈窕，英雄塞路娀俳佪。
269 万家つ口祥煙起，千户庭前春色開。
270 擬入會中逢聖主，作何礼拜唱将来。
271 經道：寶積等偈曰：
272 目浄修廣如清（青）蓮，心浄已度
273 諸禅定。久積浄業稱无量，道（導）

274 衆已鄰故瞽（一瞽）首。

275 維摩碎金一卷

276 靈州龍興寺講經沙門匡胤記

277 被原宗堅來，尤泥累日，寫盡

278 文書。緣是僧家，不欲奉阻。

279 朔方釋客派

〔校記〕

① 蘇聯藏符盧格（Ф223）編一〇一號。首殘，尾題「維摩碎金一卷」。

② 此句七字，照片中模糊不清。潘氏錄首字為「擬」，第四字為「花」。

③ 「帶」字，潘氏錄作「而」。

④ 「染」字，潘氏云：「疑當作『深』。」

⑤ 此句第六字，敦煌變文論文錄附錄及潘氏均作「□」，不錄。茲參照片，連前第五字，姑作如是錄釋。

⑥ 潘氏云：「『令』字原卷上有『子』字，但已塗去。」

⑦ 「之」字當為衍文。

⑧ 潘氏云：「此句有誤字。」

⑨ 「知」字衍。

⑩ 此句原抄有誤，當作「非傾于畫剎」。

⑪ 潘氏云：「『持』疑作『治』」。項楚以為「治」為諱字，故改

⑫ 潘氏云：「『似』疑作『以』，與『已』通。」

六 「須大拏太子本生因緣」①

「前闕」

迯者。」太子言：「此大白象是我父王之
不得与卿。若以（與）卿者，令我即天
者，逐令出国。」婆羅門言：「太子若不此施，我等
太子即自思惟：「我前有願，在所布施，不逆人
我本誓，當来何得 无上平等度意。聽當以（與）之
等之度。」太子言：「諾，大善。願以相與。」即勅左右被象
出来。太子左手持水灌道士手，右手牽象以授
象，即呪願太子。呪願已畢，累騎白象，歡喜而去。太子
「卿速疾去！王若知者，便来追还，劫奪於卿，不遂来
疾去。」國中諸臣聞太子布施白象與怨家，国皆
悲憂不樂。諸臣聚會，共詣王所。即白王言：「太子以国
寶象用施怨家。」王聞愕然。臣復白王言：「今王所以得天
此象也。此象勝於六子象力。摧滅怨敵，欽伏四方。一切倚仗
力，而今太子滅除却者☐☐☐②何存立？臣等了量太子
何意☐③積年酧著庫藏 散並惣空虚，白象亦以（與）
無疑 国中大禍，非是万人。主記臣今思忖：大王崩後，太子
継嗣社稷。臣恐舉国人民及其妻子以皆施以（與）人，我等終无生
路。」王聞是語，益大不樂。從床（床）而墮，悶不識人。以水灑，良久方
穫。二万夫人無不驚荒（慌）。王以（與）諸臣共議之，言：「如今太子須加苦
刑。」有一臣「言」：「以脚入象庭中者，當截其脚；手牽象者，當截

其手；眼視為者，當挑其眼。」或言當断其頭，或言身折百
諸臣共議，各言如是。王聞是語
不得穫心。徹聲共群
得此一子自小好
〔後闕〕

〔前闕〕
臣等慈悲看我
爭忍眼前見此□④事耳
無太子　苦自求天地　得此⑤嬌兒　不忍眼前死
□⑥諸臣等起慈悲　我之言教莫相違　乃可先殄断我命
然後方始殺我兒
中裏有一智臣，嫌諸臣語：「汝等出言，快不當理。此是国之太子，
王唯有是一子，愛之甚重，豈生如是悪心苦刑害矣」遂即進步
向　言臣亦不敢使王太子禁止拘閉也，但乃逐出宮城
置野山中十二年矣。坐伏身□⑦経□⑧苦事，合生慚愧矣。」
王即随此大臣所言。即遣使者名换（喚）太子，問言；「是汝何故持我
為施以（與）怨家，而不道我也？」白言：「前我以（與）王自有要誓，諸
施不違人意，是以不道也。」王語：「前誓要者，自謂珎寶
言：「此皆是王之所有物，何得獨　。」王語太子
著檀特山中十二年矣。」太子白王言：「□⑨王教命
徹心万出国去。王言：「汝為正坐□⑩施大劇。空我国

以家。速便出去，不聽．任也。」太子白言：「不敢違不復煩国家財寶，今我自有私財，願得布施盡王沉音（吟）不肯，二万夫人垂淚詣王，請留太子。王即聽右運出私財，普告四遠，聞看悉到太子宮門飲食，施以財寶，姿（恣）意而去。七日財盡，貧者于即入私宮，告其妻言：「汝好住宮，孝侍逐我著檀特山中十二年許。」妃聞是語「父王只唯有是一子，甚極憐愛。今作何過乎？」太子曰：「為我布施大劉空虚国藏

「後闕」

「前闕」

言汝中□[11] 樂何能忍是甘美，姿（恣）口所欲。悉至眼前飲即鹹水，脣口悉破。令人毛豎。我身苦者，我自作過，自取受之。汝柰何樂受斯苦也？」曼坻言：「君有寵祿，妾先受之。君今值苦，我何獨樂！苦樂同受，生死共隨。不可以（與）君而相離也。」太子言：「汝自少来，要暖得暖，要涼得涼，不出風塵，未曾經苦。又是山中，寒則大寒，熱則大熱。暴風卒雨，晝夜无停。霧露霜雪，昏黑常起。雷鳴閃電，驚怖人心。走石飛沙，　人眼口。加地有疾梨（蒺藜）瓦礫．　．毒草惡蟲。樹木之間，不可依止。汝爭心強，不取我言也？」

11 曼坻言：「交太子共我，生小以來，骨屬一般，擁寵無二。交太子
12 嗷菓服菜，遣我受用細軟帷帳，甘羨飲食，豈有是☐
13 我終不能以（與）太子相離，會當以（與）太子相隨也。王者以幡為幟，
14 火者以烟為幟，婦人者以夫為幟。我從　依佑太子耳！太子
15 者我之所天。太子莊宮圍（闈）布施
16 若我當供☐　子耳。」
17 我去兒索汝　，我
18 心則於汝
19 曼坻

「校記」

① 見後附說明。

② 「者」字後三字漫漶不清。

③ 「何」字下一字漫漶不清。

④ 「此」字下一字漫漶不清。

⑤ 「此」字下有一長橫，可能是「一」字，故此句可能是「得此一嬌兒」。

⑥ 「諸」字上一字漫漶不清。

⑦ 「身」字下一字漫漶不清。

⑧ 「經」字下一字漫漶不清。

⑨ 「言」字下一字似是「依」字。

⑩ 「坐」字下一字漫漶不清，似是「布」字。

⑪ 「串」字下一字漫漶不清，似是「嬌」字。

説　明

一

蘇聯科學院亞洲民族研究所簡報（АКАДЕМИЯ НАУК СССР КРАТКИЕ СООБЩЕНИЯ ИНСТИТУТА НАРОДОВ АЗИИ.第六九期（蘇聯科學出版社出版，一九六五年）載有古列維奇（И.С. Гуревич）佛本生變文殘片（ФРАГМЕНТ ВЯНЬВЭНЬ ИЗ ЦИКЛА «О ЖИЗНИ БУДДЫ»）一文，並附載照片。

古列維奇氏論文在我國國內及國際上流布不廣，見者不多。因此，下面先把我們摘譯的古氏論文的中文摘要刊出，再補充陳述我們的意見。古氏論文摘要如下：

可以有把握地斷定Дх-285（I，II，III）是迄今未知的太子須大拏經變文的片斷。

將此稿本與經文對照；發現以下幾點：

一、一般變文的寫法是先引一段經文，然後是較長的變文本文。但此稿本不符合上述常例。

二、此稿本有的部分同經文完全相符，有些地方稍有差別而不傷原意。另有某些地方，此稿本中有的經文中完全沒有，或者相反。值得注意的此稿本中有而經文中沒有的部分，這多半是敘述中富於感情色彩的部分（如太子向妻子描繪山中生活的困苦等）。

本來可以假定此稿本是經文的另一種漢譯文（我們用來對照的是大正新修大藏經卷第三，東京，一九二四年版，二一 418-424頁），但現有的另外的譯文，從版本學角度看，與此稿本不相符。

最有力地證明此稿本是某一變文作品的片斷的是，Дх-285．III中有五言、七言詩句（第三—五行），而經文全是散體。而且這是地道的漢文詩（押韻），而不是從另外的經文的漢譯文中摘來的詩句，因為佛偈是無韻的。

太子須大拏經變文很可能是變文這種體裁剛剛產生時的作品，所以形式不太嚴格。

經過以上的研究，可以設想，變文體裁的形成途徑之一是：講述者逐漸離開以文字形式固定下來的經文，還沒有自己的嚴格規律，用自由的想象的材料來裝飾經文。

以下略述拙見：

一、本殘卷所載須大拏太子本生故事，經與現存佛藏中本生經類材料比對，證明並非須大拏太子本生之別譯，而係僧人取太子須大拏經為底本，對經中字句或直接使用，或略加改動，或刪去；並增添若干詞句，包括與原引或改寫為經文融滙的散文，以及獨立成段的韻文。其中韻文顯非原經所有。

二、據周紹良、白化文對敦煌漢文遺書中說唱故事類作品分類的看法，變文應有「看圖唱卷」之痕跡，「講經文」應有法師、都講二人遞相讀解經文之痕跡。本殘卷中不見有以上兩種徵象，故決其並非變文，亦非講經文。

三、「俗講」系統作品中，有「說因緣」一類。其特點為一人說唱，敷衍經文。本殘卷粗具此種徵象。可以初步推論：本殘卷是「因緣類」作品中之一種最原始的、最初級的粗製毛坯。它是由正規經文發展為基本脫離經文而獨立的「因緣」類作品的過渡性產物，是二者的中間環節，由之可考察其間遞嬗之痕跡。本殘卷如有可貴之處，當在于此。

以上據古列維奇氏公布的原卷照片錄文，並作校記。古列維奇氏對原卷情況的描述記錄，亦譯其大略以供參考，如下：

三張殘片兩面有字。紙灰色。質粗。大網。楷書。無標題。年代估定為九至十一世紀。正面是上述文字。第一片 40×30 文字無首無尾。24行（完整者僅7行），每行23字。上沿損壞：第一至三和十二至二十四行各缺三至五字。（中間空洞情況略） 上邊空0.5cm、左邊空1.5cm，第二片 42×30 文字無首無尾。24行（完整者僅7行），每行23至25字。（破損情況略） 上邊空0.5cm，左邊空一cm。 第三片 21.5×30 文字無首無尾。19行（其中完整者僅7行），每行23字。（被損情況略）上、下邊各空0.5cm。

七 悉達太子修道因緣①

悉達太子修道因緣
迦夷為②國淨飯王，悉達太子厭無常，誓求无上菩提路，半夜③踰城坐道塲。
太子十九遠離宮，夜半④騰空越九重，莫恠不辭父王去，修行暫到雪山中。
二月八日野(夜)⑤踰城，行至雪山猶未明，父王憶念䠂跳(㘁咷)哭，慈母⑥搥(搥)兇(胸)發大聲。
雪山修道定安禪，苦行真心難更難，日食一麻或一麦，鵶雀巢窠頂上安。
太子行至檀德山，出家修道有何難，誓願發心離宮闕，降魔修道度人天⑦。
發遣車匿却迴歸，駐𩥇白馬淚雙垂，車匿聞言聲哽咽，渾搥自撲告夫人。
父王驚走出宮門，慈母䠂跳(㘁咷)問出曰，死⑧恨去時不相報，肝腸寸斷更無蹤。
父王為子納耶輸，容顏美貟世間無，綵女如仙都不故(顧)，一心修道聽真如。
既為新婦到王宮，將為(謂)君心有始終，准(唯)望百年同富貴，抛妾如今半路中。
踰城修道也從君，無事將鞭指妾身，六年恃(始)養宛(惡)家子，此事如何辯正真⑨！
父王聞說可唉⑩怒，聖主聞聲大噭嗔⑪，苦說万般交處置，中心更向阿誰陳？
勑下令交造火坑，羅睺子母被駈行，合掌乹(虔)恭發願重⑫，如來德⑬為放光明。
武士擁至火坑傍，含渧(涕)淚，落數千行，母身一个遭火難⑭，乞惜⑮懷中一子傷。
素⑯手金爐焚保(寶)香，頭面殷懃⑰礼十方，若是世尊親子息，火坑速為化清涼。
清淨如来金色身，多刧曾經受苦辛，今日出離三界外⑱，救度衆生無等輪⑲。
凡曰講論，法師便似樂官一般，每事須有調置曲詞。適来先說者
是悉達太子押座文。且看法師解說義段(段)，其魔(摩)耶夫人自到王宮，
並無太子，曰甚於何處求得？太子後又不戀世俗，堅修苦行。其耶
輸綵女修甚種果？復与太子同為眷囑(屬)？更又羅睺之子從何
而託生？如何證得真悟，同登正覺？小師略与門徒弟子解

說，惣交（教）省知，暫捨火宅，莫暄（喧）莫鬧，齊（齋）時應禍（過），　能不能？願不願？觀世音菩薩，大慈悲菩薩。

昔時本師釋迦牟尼求菩薩緣，於過去无量世尊（時）⑳，百〔千〕㉑万劫，多生波羅奈國，廣發四弘誓願，為求无上菩提㉒，不惜身命，常以己身及一切万物給施衆生。慈力王時，見五夜叉喫人血肉，飢火所逼。其王哀愍，与身布施濟餓五夜叉。歌利王時，割截身體，節節支解。尸毗王時，割顝（股）救其鳩鴿。月光王時，一一樹下，施頭千遍，求其智慧。報（寶）燈王時，剜身千龕，供養十方諸佛，身上燃燈千盞。薩埵王子時，捨身千遍，〔悉濟其餓虎〕㉓。悉達太子之時，廣開大藏，布施一切飢餓貧乏之人，令得飽滿。兼施所有國城妻子象馬七寶珠　珎，施与一切衆生。或時為王，或有　太子。波羅奈太子。波羅奈國是五天〔竺〕之境，捨身捨命，給施衆生，不作為難。非但一生，如是百千億劫，精練身心，發其大願，種種苦行，令得心願滿足。故於无數劫中，積修万行。只為功充果滿，上生兜率陁天宮之中。由前正願而成佛，以法化諸衆生。兜率陁天是補仏處。其波羅奈國者，是三千大千世界之中心，百億日月之窐。一切人賢多生此中。過去迦葉佛与釋迦牟尼佛授記，其釋迦牟尼佛与弥勒仏授記，汝於來世，當得作佛。故何（何故）㉔余（餘）天不補其佛，定〔補〕㉕在兜率陁天？己上之天則極泰，己下〔之天則〕極闇㉖。其兜率陁天是平等之處㉗。尒時淨梵　大王，為宮中無太子，優（憂）悶不樂。或於一日之中作一夢，夢見雙六（陸）頻輸。即問大臣是何意，大臣答曰：「即是陛下夢見雙陸頻輸者，為宮中無太子，所以頻輸。」大王又問大臣：「如何求得太子？」大臣奏大王曰：「城南㉘有一天祀神，善能求恩乞福。何方（妨）便去往求太子，必合容許。」當時大王排批（比）鸞（鑾）駕，親便往天祀神邊。甚生隊仗？

白月纔沉，形似紅日初生，儀仗纔行㉙，天下晏清㉚，爛湳（爛漫）錦衣花璨璨（璨璨）㉛，无邊神女皃熒熒。是時大王便到天祀神邊，索酒親自乳（度）恭啟願云：撥掉（棹）乘舡過大池（江）㉜，神前傾酒數千般，特來㉝不為諸餘事，男女相兼乞一雙。夫人道：「大王何必多求，貪其男女。若是一雙，應難得他。」夫人索酒親自啟願，甚道？禱祝：「若是得男，其神頭上傘蓋左轉「一」㉞匝，若是得女，頭上傘蓋右轉一匝。」遂呪願了，其傘蓋左轉一匝，便仍啟願道云：撥掉（棹）乘舡過大池，盡情歌歡樂神祇。所來不為別餘事，伏願大王乞一兒。當時大王与夫人㉟却迴鸞（鑾）駕，入於宮中。偶因一日，便上高樓㊱，謀悶之次，便乃睡着。作一誤（異）夢，忽然驚覺，遍躰汗流。遂奏大王，具說其事：「賤妾於高樓之上㊲，忽作一夢，從天降下日輪㊳，其輪之中，乃有一孩兒，十相具足，甚是端嚴。兼乘六牙白象，從㊴頂門而入，在於右脇下安之。其夢如何，不敢不奏。」大王遂話大臣，還乃說之，其大臣奏云：「助大王喜！」大王問諸大臣曰：「是何喜？」大臣奏對：「據夫人作此聖夢，合生貴子。」大王聞之，歡喜非常㊵。不經旬日之間，便則夫人有孕。然始懷胎，却乃愁憂。遂奏大王，如何計教（較），得免其憂。大王道：「夫人！來日後薗之內，有一靈樹，号曰无優（憂）之樹。天人往去觀看，得免其愁。」當時便遣排枇（比）於後薗觀看。甚生隊仗？且看，傳（敷）千重之錦繡，「張」㊶万道之華筵。天人㨿行，頻（嬪）妃從後。聖主摩耶往後薗，綵女頻（嬪）妃奏樂喧。魚透碧波堪賞翫，无優（憂）花色最光鮮㊷。无優（憂）花樹葉能青，夫人彼中緩步行。舉手纔攀榆枝葉，釋迦聖主袖中生。釋迦慈父降生來，還從右脇出身胎。九龍吐水早是說，千輪足下有蓮開。是時夫人誕生太子已了，無人扶接。「其此太子」㊸，東西南北，各行七步，蓮花捧足。其太子便乃一手指天，一手指地㊹，口云道：「天上天下，唯我獨尊。」大王聞之，非常驚訝：「我是金輪王，往（王？住？）㊺四天下，銀輪王往（王？住？）三天下，銅輪王往（王？住？）二天下，鐵輪王往（王？住？）一天下[46]，粟散天子往（王？住？）一國。此子口云「天上天下，唯我獨尊」者，何以？須詔取相師，合知子細。」大王遂處分所司，榜示令詔相師，忽有一仙人向前揭榜，云稱：「我善能解相。」大王聞說，即詔相師。号名阿斯陁仙人，其仙人蒙詔，直至殿前。大王告其仙人曰：「朕生一子，与世間不同，有殊異相，不委是聖？請願仙者与朕相之。」遂令宮人抱其太子，度与仙人，其仙人抱得太子，悲泣流淚。大王見仙人雨淚。便問仙者：「朕生貴子，歡喜非常，仙人悲泣，有何事也？」其仙人荅曰：「大王乞不怪怒，緣此孩子先證無上菩提之時，我不遇逢，所以悲泣。」仙人遂相太子了，便奏大王。仙人吟詞道：

阿斯陁仙啓大王， 太子瑞應極禎祥。
不是尋常等闲事， 必作菩提大法王。

是時相了，太子漸漸長大，習學人問遠勢（技藝）[47]，揔乃得成。或於一日之中，太子愁憂不樂，専心孝善，不戀人世。大王聞之，亦生憂悶。忽有大臣奏云：「主憂即臣辱，不如臣則死[48]。」大王道：「大臣已下有何計教（較）？」大臣奏曰：「但取一伴戀之人。」大王云：「何者為伴戀之人？」臣啓大王：「但取期（其）新婦，便是伴戀之人。」大王納於大臣之言，當時排批（比），欲擬与取新婦。太子忽（忽）聞，遂奏大王：「若与兒取期（其）新婦，令巧匠造一金指鐶，手上帶（戴）之。」說：「此事只是父王、夫人及太子三人同知，其餘諸衆並不知委。若与兒有緣者，知道手上有指鐶，道著便則充為夫婦。」大王聞太子奏對，遂遣於國門外高縛綵樓，詔其合國人民，但有在室女者，盡令於綵樓下集會，當令太子！自揀婚對。尋時縛了綵樓，集得千万个室女，太子即上綵樓上，便思（私）[49]發願：「若是前生合為眷屬者，知我手上有指鐶之人，即為夫婦。」是時釋衆婆羅門，一名摩訶那摩，其室女名是耶輸陁羅，便發願道：

前生殿下結良緣， 賤妾如今豈敢專。 是日耶輸重重請，太子當時脫指鐶。其諸室女，盡皆分散還家。只有耶輸陁羅一身，太子相伴。且問夫人「三從」之事：「有則在家從父，出嫁從夫，及至夫亡，即須任從長子。但某乙有一交（教）言語，今說与夫人，你從与不從？」耶輸荅曰：「爭敢不從」「若是夫人行道，太子坐禪，太子行道，夫人還須坐禪。」其夫人並取太子之言，到於王宮。後因一日之中，遂与父王同遊於王田所，以（政→正）[50]見時人耕種收刈，極甚勞力。復見壞里田（蟲）[51]烏鵲啄噉，深生悲愍。在閻浮提樹下，寂然而坐，思念欲世諸界苦惱之次。大王遂問太子，有何不樂。其太子走至殿下，奏告大王曰：「為宮中謀悶，所以不樂。擬往觀看，不敢不奏。」大王既見太子發言，遂遣車匿，令被（備）騃騌白馬，与太子騎往觀看。太子到於東門，忽見一人忙走。殿下見之，非常驚訝，便遣車匿問之：「有何遽事？」其人云：「緣我家中有一產婦，連稱痛苦，所以奔走。」太子聞之：「世人總還如此，為復只遮一人？」其人之（云）：「世人並皆一般。」太子聞其此語，愁憂不樂。却便歸宮。父王聞道太子還宮，遂遣宮人，觀其太子顏狀，必合歡喜。宮人奏大王曰：「太子還宮，更加愁悶。」大王聞說，亦与憂愁。更添音樂，百般悅樂太子。其太子聞樂，轉加不樂。大王遂處分車匿，來晨還被（備）騃騌白馬，亦往觀看。太子遂出至南門，忽見一老人，鬢白面皺，形容燋顇（憔悴）。遂遣車匿，問其老人：「曲齒（脊）柱（拄）杖，君是何人？」其人荅曰：「我是老人。」太子問曰：「何名老人？」其老人云：眼闇都緣不弁（辨）人之形色，耳聾高語並不聞聲。若行三里二里之時，須是四迴五「迴」[52]歇。少年何用君子，何用笑之！此「老」我不將去也，還留与後人[53]。太子遂問：「只你一个老，為復盡皆如此？」其老人荅曰：「世上不計尊高，老到頭之時，亦然[54]如是。」太子聞言，憂愁不樂，迴入宮中。大王聞道太子還宮，

114 遂遣宮人，存問太子。其太子蒙問，展轉憂愁。大王亦更陪（倍）添音
115 樂，歡喜太子，其太子終心不樂。大王遂處分車匿，還被（備）駷騌，令
116 向西門遊觀。其太子觀看之次，忽（忽）見一人就中劣瘦，兼有粥(55)椀
117 在於頭邊。太子遂遣車匿問之：「此是何人？」此人荅云：「我是病兒。」太子問
118 曰：「何名病兒？」其人云：「地水火風，百氣不條（調），起卧力微(56)，是名病兒。」
119 太子又問：「則公一、人，但是世人亦復如是？」其病人云：「價饒（假饒）殿下應有
120 尊高神將，有其拔劍敵兵万衆，平得四海之人，一朝病卧
121 在牀，枕上轉動，猶須要兩个人扶。」(57)念佛吟(58)太子聞之，悉（益）加不悅，便
122 乃還宮。大王聞道太子還宮，遂喚太子問之：「吾從養汝，只是
123 懷愁，昨日遊觀去來，見於何事？」太子奏大王曰：「西門觀看，不見
124 別事，見一病兒，倍加劣瘦。遂遣車匿問之：『則君一个(59)如此，諸
125 人悉然？』其人云：『殿下位即尊高，病来相侵，亦皆如是。』所以憂
126 愁。」大王遂遣宮人，引其太子，更往觀看，行至北門，猶（遊）觀
127 之次，忽（忽）見一人卧於荒野，肭（膨）脹壞爛（爛），四伴（畔）有人，高聲哭泣。遂遣車
128 匿問之：「此哭者是何人？」其人云：「我是空主。」太子問空主：「卧
129 於荒野是甚人？」荅云：「此是死人。」太子問道：「只此一人死？諸人亦然？」
130 空主荅曰：「殿下！國王位即尊高，煞鬼臨頭，無逃死處。」(60)太子見說
131 死相，更乃愁憂，便却還宮。大王聞道太子還宮，遂親喚問。太
132 子蒙說，遂見父王。其大王道：「人間恩愛，莫過父子之情。若說世
133 間因緣，莫若親生男女。假使百玉七鳥，駞駞猶自為子。此身墮
134 落五道三塗，皆是為男為女。金銀珎寶無數，要者任意不難。
135 若能取我眼精（睛），心裏也應濡得。取我懷中憐愛之子，万劫千生
136 實難割捨。然須尔多恩，作罪還須自當。」父王作罪父王當，

太子他家不受殃。　阿孃作，阿娘受，　女且不肯替阿孃。　自身作罪自身悲，
莫怨他家妻与兒，　自作業時須自受，　他家無回入阿鼻。　父与母，及妻兒，
欲擬相留且暫時。　爭郍此時緣業斷，　死王瞋怒怯来遲。　煞鬼不怕兄弟多，
君王眷屬惣樓羅（僂儸）。　黑繩繫項　牽將　去，地獄還交（教）渡奈河。　遮莫樓羅（僂儸）上陵天，
南莊[61]北郡置田薗。　未似[62]此身纏与謝，　男女商量擬分錢。　大兒要取道東畔，
小者只言要西邊。　惡業門徒自告（造）着，　別人不肯入黃泉[63]。仏念
太子見說如是罪事，更乃愁憂。遂遣車匿被（備）駯騌白馬，往出城。觀看
之次，在於路上，或（忽）見一人，削髮染衣，威儀祥序，直似象王。太子怱（忽）見，遂
遣車匿向前問之：「臣（君）[64]是何人？」云：「我是師僧。」「何名師僧？」云：「諸漏已盡，
无復煩惱。衣生棌（架）上，飯在盂中，此是師僧。」太子聞說，歡喜非常，
速便下馬，頂礼三寶。便問三寶：「汝[65]是誰之弟子？」云道：「我「師」[66]是　，
三界大師四生慈父釋迦牟尼佛，是我之師。[67]」太子聞說，便問三寶：「如
何修行，得證此身？」「沂牢[68]忍苦　六時終行，鐃（饒）益種種，乃獲此身。」太子聞
說，歡喜歸宮。父王聞道太子歸宮，遂遣宮人觀占（覘）　太子喜与不喜？宫人
奏大王：「今日太子非常喜悅。」太子　与　妻耶輸倍加精心　。六時行道，無有
非關。後至二月八日夜半子時　有四天門王嘆太子：「太子休戀無明之
睡！」道：「出家時至！」太子聞嘆，便遣車匿被（備）駯騌白馬，便擬往雪山。太子遂
告四天門王：「其諸處宮門，並皆鏁閉，所伴宮人，恚是不睡，如何去得？」
便被四天門王已（以）手指閑宮門開（關）鎖，應有守伴之人，便交（教）睡着　。太
子道：「我一身覔期（其）解脫，向後綵女苦難如何。」太子預見前事，遂
嘆夫人向前：「今有事付（咐）囑，別無留念，只有一辮（瓣）羙香，夫人若有難[69]
之時，但燒此香，遥告靈山會上啓原，必當救護。切須依此言語。」付（咐）
囑已訖，其太子便被四天門王齊捧馬足，踰城修道，迴手却著

玉鞭，遥指耶輸道：「有佛来世出現之時，生八王子，見大聖出家，亦須隨梵行引接。太子臨行，宫人睡著，綵女婚（昏）迷。太子思寸（忖）再三，恐慮宫人在後不知所去，遭受苦楚，遂於城上留其馬蹤。太子与四天門王，便往雪山修行。到雪山已經時久，耶輸生下一子。父王聞之，拍手大怒道：「我兒山間苦行，近及六年，囙何有此孩子？」其新婦荅云：「此是馬鞭指腹化生之男。」其大王搥鍾擊鼓，召集群臣。其群臣纔到殿前，問諸大臣：「已下諸卿等不為別事，只有耶輸養其乱宫之子，枉（望）大臣奏一苦楚来。」要罪耶輸、羅睺二人。大臣奏對：「苦楚之事，但於街兩邊立柱，将耶輸母子各縛在柱上，遣武士於母身上割一啖与子口中，於子身上割一啖与母口中，此是苦楚。」其大王恠：「此是甚苦：」大臣見大王别要苦楚，遂奏云：「将耶輸母子卧在床上，向下著火，應是博（縛）煞。」大王又轉大怒。據臣兩件苦楚並不入意，如似交（教）母子二人伏抗而死。大王自言：「苦楚莫越火坑是苦。」遂處分武士，令出王城七里，東西南北高下各堀七步。遂巡武士，便出王城。須叟奏對，火坑堀了。其大王差壯士，令擁耶輸、羅睺母子，出於宫門，推入火坑。其耶輸云道：「我既在王宫，即是新婦。若道擁入火坑，便是罪人。」兩步作一步急行。其耶輸告使者：「欲略歇生片時，得否？」其使者荅曰：「若放夫人命，即不得歇息片時。」即一任其耶輸到火邊。又囑使者：「請到王宫取一香爐，去得已（與）否？」使人荅曰：「約去王城七里，恐怕上命恠之。」耶輸既是使人不肯取其香爐去，尋時却蔟遣道：「将火只於手心中，若是乱宫之子，其無情之久燒手交（教）爛，或是馬鞭指腹之子，其火變作清涼。」耶輸道（遂）於裙帶頭取得太子所留美香一辯（瓣），只於手中焚燒，其香煙化為一蓋，直詣靈山。其世尊見於香盖，便知耶輸母子被父王推入火坑，遭其此難。世尊遂向靈山遥望火坑，以手指其一指，火坑變作清涼池，兼有兩朶蓮花，母子各生一朶，不若（苦）化生之子，莫論梵燒耶輸母子，直言耗（毫）一枝（支）不動。其使者却詣王宫，奏告大王，具此奏對，母子並焚燒不煞。其大王聞之，荅云：「三思而後行，再思而可矣，元是新婦不虚。」大王遂處分，令宫人五十，兼及細樂，却迎新婦赴於王城。大王有勑：「遣新婦却住後宫，不得与朕相見。仍賜雜綵十床，排斗錢十万貫，充新婦及羅睺孫押（壓）驚。」後回大王朝退，其羅睺忽（忽）於殿前作劇之次，大王忽（忽）見，遂問美人：「此个孩子是廓宫中孩子？」美人奏言：「此是遮月前火坑燒不煞羅睺之子。」大王見之，由（猶）有宜（疑）心。其世尊在靈山會上，觀見大王有其宜（疑）心，恐更遭苦難，遂修書一封，速差捷寀（疾）鬼使，秉一朶黑雲，直至王宫空中，墜在大王案上。尋己祥（詳）看書意，口口稱是馬鞭指腹化生之子。後又世尊更令上足弟子大目乹連，脚踏一朶紫色祥雲，直詣王宫，道：「世尊差来，傳語大王，乞於殿前鋪一道場，来日世尊親自降臨，說其宿世因緣。」尋至来，帝釋前引，弥勒諸天八部眷屬後随，世尊座（坐）於五色蓮花，赴於道場。其大王将兒下蓮花跪拜。有大臣奏大王曰：「此者世尊雖即是兒子，若要他跪拜，恐墮落大王。」其大王取其大臣奏言。尋時，大王自便礼拜世尊，纔礼一拜依舊，礼兩拜亦依舊，比至礼三拜起来，早己化作一千躯佛象，个个出来三十二相、八十種好，頂上元（圓）光，兇（胸）題万（卍）字，足躡千輪，身長丈六，紫磨金容。其大王見佛化為一千躰相，宜悟（疑誤）問言大臣曰：「卿个是前来者一躯佛，交（教）朕如何認得！」其大臣奏言：「臣亦不識。若要知佛，莫越是親抱養兩姨母即合知之。」其姨母荅曰：「大王！如人渴来，何（河）頭飲水，飲水了便来，如何度量期（其）水深淺！」亦言不識。又云：五百生前耶輸陁羅合知先来者佛。」其耶輸荅曰：「如人山上借路而過，何知樹林鳥雀多少。」其臣又奏請：「羅睺之子合知先来者佛。」遂詔羅睺。其羅睺奏云：「請金盤一面，寶珠一棵（顆），令壯士驚（擎）行，直到佛前便礼。其羅睺從頭弟一礼至九百九十九尊，直至末下一尊面前，放下盤珠。拽其波羅之袖口云：「世尊六年在於山間苦行，不審万福？」其世尊知被認着慈父，便与羅睺說其宿世因緣：「過去劫中，有王号波羅奈王，有於二太子。其王崩後，太子二人，大者不戀雲花（榮華），山間修道；小者太子承王寶位，主其天下。後還謀思師兄，遂遣一走馬使赴山間，詔其師到於閤門。先且閤門使奏對：『師兄見在閤門，未敢引對。』其王弟貪戀歌樂，不聽奏對。將師兄閉門，立其六日，慢易三寶，不敬師兄。其過去劫中波羅奈王，只今見在淨梵王是也。已前過去劫中，你王弟輕輸（轉輪）者，師兄只吾之身便是。你弟之身，為慢易佛法，不敬三寶，只你羅睺便是。當日將兄立其六日，却交（教）託生耶輸腹中，六年不見光明。其世尊却与羅睺摩頂授記三歸依：弟一歸依仏，弟二歸依法，弟三歸僧。其羅睺三歸依了，頭髮不剃隨自落，金蘭袈裟從躰自生，同登佛會，身長一丈，号曰大阿羅漢。今勸坐下聽人，此者因緣，希逢難遇。

更欲說，　日將沉，　奉勸門徒念仏人，　合掌堦前聽取謁（偈），　怱交（教）親自見慈尊。

弟一无常

一又紅羅八尺强　上頭更繡二鴛鴦
天邊織女誇道巧　月裏恒娥見便藏
夜来只知牕下坐　不覺元常闇取将

弟二壁畫和尚

壁上无年歲　人間絶往来
面麼何日洗　經卷已時開
髮乱無刀剃　袈裟是筆裁
若也無定准　墻塌是輪迴

「校記」

① 日本龍谷大學藏本。標題原有，首尾俱全。卷末有「無常」及「壁畫和尚」二詩。與本卷標題相同者尚有斯三七一一號、斯五八九二號，均為殘卷。其他內容、字句相同或相近之諸卷，有題悉達太子讚者，有題太子成道經者，我們有關這些卷子的見解，見於白化文對可補入敦煌變文集中的幾則錄文的討論一文中，請參看。今以此卷為原卷，校以其他兩殘卷並相關諸卷。

甲卷 斯三七一一號。首題與篇名同。至「為求無上菩提」止，以下缺。

乙卷 斯五八九二號。標題原有。以下僅存七十九字。

② 京皇七六號為「迦維衛」。

③ 甲卷、乙卷作「夜半」。

④ 甲卷作「半夜」。

⑤ 甲卷作「夜」。

⑥ 乙卷止此。

⑦ 京皇字七十六號以上四句在「雪山修道定安禪」四句前。

⑧ 「死」，甲卷作「怨」。

⑨ 京皇字七十六號「正」作「偽」，「踰城修道也從君」四句在「既為新婦到王宮」四句前。

⑩ 京皇字七十六號「說可笑」作「時可少」。

⑪ 京皇字七十六號此句作「釋眾聞之發大嗔」。

⑫ 京皇字七十六號「發願重」作「齊發願」。

⑬ 「德」字誤，京皇字七十六號作「時」。疑當作「特」。

⑭ 京皇字七十六號此句作「阿母一身遭火難」。

⑮ 「乞惜」，皇字七十六號作「不忍」。

⑯ 京皇字七十六號作「舉」。

⑰ 「面殷勤」，京皇字七十六號作「向殿前」。

⑱「外」字，京皇字七十六號作「內」。

⑲「輪」字，京皇字七十六號作「人」。

⑳「尊」字，斯二六八二、斯二三五二、斯四六二六、伯二九九九均作「時」。

㉑「十」字，原卷無；斯二六八二、斯二三五二、斯四六二六、伯二九九九有，據補。

㉒甲卷止此。

㉓「悉濟其餓虎」五字原闕，據伯二九九九號補。

㉔「故何」，伯二九九九號作「何故」。

㉕原無「補」字，據伯二九九九號補。

㉖「之天則」三字原無，據伯二九九九號補。

㉗伯二九九九號此句下尚有解釋兜率陁天文字及唱詞一段。

㉘伯二九九九「城南」二字下有「滿江樹下」四字。

㉙「行」字旁注一「橫」字，當是衍文。

㉚「清」字右下側注「淨」字，當是衍文。

㉛此句原作「爍爛滿錦衣花花」，據伯二九九九號改。

㉜原卷作「池」，據伯二九九九號改作「江」，以便與後「雙」字叶韻。

㉝原卷「特來」旁注有「傾丕」二字。

㉞「一」字原闕，據伯二九九九號補。

㉟伯二九九九號「夫人」二字下有「發願已訖」四字。

㊱「便上高樓」，伯二九九九號作「便上綵雲樓上」。

㊲「高樓之上」，伯二九九九號作「綵雲樓上」。

㊳伯二九九九號「從天降下日輪」上有「夢見」二字。

㊴伯二九九九號「從」字下有一「妾」字。

㊵伯二九九九號此句以下有詩四句。

㊶ 「帳(張)」字原闕，據伯二九九九號、斯二六八二號補。

㊷ 伯二九九九號此下有叙事一段：「喜樂之次，腹中不安，似欲(臨)產，乃(遣)姨母波闍波提抱腰，夫人手攀樹枝，綵女將金盤承接太子。」

㊸ 「其此太子」四字原闕，據伯二九九九號、斯二三五二號補。

㊹ 「一手指天，一手指地」，按正規佛傳，這個動作應在「東西南北，各行七步」之前。

㊺ 據斯二三五二號，「往」字應是「王」字之訛。以下三句同此。

㊻ 「鐵輪王王一天下」原卷缺，據斯二三五二號補。

㊼ 「遂藝」，伯二九九九號作「伎藝」，是。

㊽ 「不如臣則死」，伯二九九九號、斯二六八二號作「主辱則臣死」。

㊾ 「思」，斯二三五二號作「私」。

㊿ 「以」，伯二九九九號作「政」，旁通「正」。

(51) 「壞里田」，伯二九九九號作「蟲」，今據補。

(52) 「迴」字據斯二六二二號補。

(53) 自「眼闇都緣不弁人之形色」至「還留與後人」，伯二九九九號為七言四句二首。

(54) 「然」，伯二九九九號作「復」。

(55) 「粥」，伯二九九九號作「藥」。

(56) 「百氣不絛，起卧力微」，伯二九九九號作「四大，一大不調，百脉病起」。

(57) 伯二九九九號「其病人云」下至此處作「殿下尊高，並亦如是。拔劍平四海，横戈斂萬夫。一朝牀上卧，還要用人扶。」

(58) 此處標明「吟」字，當有詩句，今無，蓋脱。

(59) 「个」，伯二九九九號作「人」。

(60) 「其人云」至「無逃死處」，伯二九九九號作「表主答曰：『此是死人。』『即此一箇人死，諸人亦然？』『殿下：国王之位大尊高，煞鬼臨頭無處逃。死相之身皆若此，還□苦海浪滔滔。』」

⑥① 「莊」，伯二九九九號作「州」，是。

⑥② 「似」，伯二九九九號作「待」。

⑥③ 「入黃泉」，斯二三五二號作「與你入黃泉」。

⑥④ 原卷「君」作「臣」，據斯二六八二號改。

⑥⑤ 「汝」字下原有「師」字，伯二九九九號無，今依刪。

⑥⑥ 原卷無「師」字，據斯二六八二號補。

⑥⑦ 自「云道」至此處，京雲字二四號作「我是三教大師，四生慈父，為人天之☐☐，作苦海之舟船，釋迦牟尼如來是我之師父。」

⑥⑧ 「汗罕忍苦」，伯二九九九號作「捍勞忍苦」。京雲字二四號作「忍苦捍勞」。

⑥⑨ 斯二六八二號「難」字上有「灾」字。

⑦⓪ 「向」字，逕改為「自」。

八 「十吉祥」①

「前闕」
文殊師利，此云妙德；正梵語云「曼殊室利」，此云妙
吉祥。法王子者，從佛口生，從法化生，佛為法王，人為
☐☐。彼卄堪紹聖種，故名法王子。何以名為妙
吉祥？此卄當生之時，有十種吉祥之事。准文
殊吉祥經云云。且第一，「光明滿室」者，表卄光明
內融，身光外照，所以降誕先放光明云云。
其光滿室，咸如杲日。白日難偕，紅燈莫疋（匹）。
破幽夜之昏情，能曉了於寃室。其時所見異禎祥，表此閻浮菩薩出。
且看卄縱神光，照燭无私顯覆藏。
直如杲日出幽谷，恰似蟾輪入畫堂。
千道光明遐迩照，幾條明焰色如霜。
化緣卄出於世，所以名為妙吉祥。
第二，「甘露垂庭」者，且帝釋宮中始有此珎
味。天人飲宴，身心朗然，因誕文殊，露濡此界。
天垂甘露滿瓊枝，美味鮮香世所希。
滴土便能知稼稸（穡），人飡斟覺長光輝。
貞祥所感因王道，瑞應遐霑塊（愧）地祇。
緣為文殊興出世，虛空降遇不思議。
第三，「地勇（湧）七珎」者，表是金輪王，王四天下，既內
德圓滿，外感寶莊嚴，而能濟

象人也。

大地同時踴（湧）七珎， 剖開伏藏感龍神。
瑠璃花發珊瑚樹， 瑪瑙盤中琥珀新。
璨爛（燦爛）黃金欺碧玉， 明珠明徹照白銀。
表於𦬇居凡界， 、七寶相扶轉法輪。

第四，「倉變金粟」者，滿倉白粟，變作黃金。家僮踴躍而梵香，長幼忻忻而發願。云云。

忽然金粟自盈倉， 滿月長昏見寶光。
万国安排多積貯， 一家忻賀有餘粮。
諸人見者咸言差， 聞說難思實異常。
直緣𦬇来斯界， 感應名為妙吉祥。

第五，「象具六牙」者，其象六牙，七枝柱地，蔟（簇）三冬之霜雪，為千歲之身形。無嗔怒以跳踉，有喜歡而踴躍。

香象于時出母胎， 身高力大甚奇哉。
似笋六牙光錯落， 如霜一鼻勢摧（崔）嵬，
神通為表輪王寶， 相皃多饒海容財。
不緣餘事出於世， 為降文殊傳語来。

第六，「猪誕龍㹠」者，猪性下劣，多遊穢惡之中。夣產龍豚，為傍生之異端；詮其所表，狀𦬇之神胎。託陰凡間，生於濁世。是以猪表娑婆之穢土，龍胎者，如大聖之降生龍也。布祥雲於霄漢，洒潤澤於乾坤。𦬇道

圓，用慈垂於六趣，將喜捨為万有梯航。
所以聖胎將誕，夢啓貞祥，猪產龍豚，
其由嘉瑞，可為聖人降世，吉兆先彰，示跡
同凡，助佛楊（揚）化。云云。
十方世界未曾聞，　數猪忽尔誕龍七（豚）。
動步至霊行法雨，　吟時滿谷起慈雲。
玉角驪珠光獨耀，　紅鱗霜角色雙分。
貞祥出世緣𦬇，　應瑞朝天賀聖君。
第七，「鷄生鳳子」者，將欲誕聖，瑞應羣生。
吉運感筵，禎祥納慶。遂使神鷄入夢，產
育鳳鶵。嘉端既萌，彰文殊倏（倏）時而降。賈（檟）
鷄一鳴而天光洞曉，𦬇下生而大夜朗然。若
不累囑休，馬得鷲峯會上，決慈氏之
疑情，毗耶瓊中，答淨名之高問。可謂聖人
出而聖道遐昌，聖化臨而四☐廣俗。盛哉神
用，其儀不惑（慝），其彰焉……云云。
五德之鷄產鳳凰，　霊禽表瑞法中王。
毛分五彩雲遐（霞）翠，　目鬪雙珠日月光。
納瑞既能超則后，　伏降獨見出明王。
𦬇生時有此事，　所以名為妙吉祥。
第八，「馬生騏驎」者，聖母將誕文殊，其祥
入夢，覩神驥而卓異，狀龍庇之騰驤。產弃（育）
騏驎，彰𦬇降生之嘉兆。馬狀法王之十力，騏驎

如四无畏之狻猊。彰積善之徵猶（猷），厥有恩
矣。十力所謂建立能仁，四无畏乃群耶（邪）弭伏。
泊（洎）乎聖哲將欲誕生，神德預彰十夢，莫不
澤倫（被）四生，　恩霑六趣。
　花駿閑厩誕騏驎，　畜類雖同異絕倫。
西国現形人共說，東吳有聖出皆聞。
禎祥為赴文殊降，　瑞應還教賀聖君。
何事偏生獨角獸，　表於大聖獨稱尊。
弟九，「神開伏藏」者，地中之伏藏，排寶具
之甚多，表身內之真如，具塵沙之功德。
應是下地上古珎珠，知道降生，自然門坼。
　珠珎伏藏數无邊，　神鬼隄防豈近前。
𦬇生時表富貴，　須臾寶藏滿庭攔（欄）。
何勞奈重專持送，不假龍神相共般（搬）。
勇（湧）似流泉无間斷，　諸天更獻白銀錢。
弟十，「牛生白澤（澤）」者，　氣㗘㗘而喘月，行⿺辶疾
⿺辶疾（疾疾）以「追」風。鬼怪殄除，妖邪迸走。表文殊而出
世，名妙吉祥。外道邪魔當時消散。
　牛王能墾大荒田，　苗稼豐饒万類安。
白澤（澤）本來天界住，　託生牛腹向人間。
陰陽五運皆知委，　造化三才並揔閑。
　妙德降於堪悲界，　靈禽瑞獸悉皆歡。
佛子文殊𦬇當生之時，有此十般希奇之事，所以名為妙吉祥𦬇。

所以名為妙吉祥𦬇。
降誕曼殊極難量，　共知𦬇不尋常。
十年倉內看金粟，　五色雲中見象王
地勇（湧）珠珎招富貴，　天垂甘露滅災殃。
只緣是事多歡慶，　所以名為妙吉祥。

〔校記〕

① 蘇聯藏符盧格（Φ223）編二二二號寫本。首殘，闕題。孟列夫（孟西科夫）擬題作「十吉祥」，今從之。此卷似由一人說唱，應屬俗講中的說因緣類底本。

九　押座文①

押座文　作梵而唱

善哉大聖大慈尊，三世十方无數佛，各願衆花熏寶座，
惟願今朝降道場。无邊菩薩起慈心，擁護道場諸弟子，
大梵天王兼帝釋，願座(坐)祥雲降碧空。閻羅天子及將軍，
司命天曹諸官長，羅刹夜叉惡鬼等，加被今朝受戒人。
山中有廟獨孤魂，地土靈祇諸聖者，更有河沙諸眷屬，
願降慈悲入道場。先亡父母及公婆，亡過兄弟及姊妹，
願降道場親受戒，不墮三塗地獄中。平生現在及尊親，
惣願合家無障難，更願座中諸弟子，清淨身心戒品圓。
從茲發願速脩行，願證菩提不退轉。今(今？)辰疑(擬)說甚深文？
惟願慈悲來至此，聽衆聞經罪消滅，惣證菩提法報身。
火宅忙忙何日休，五欲終朝生死苦。不似聽經求解脫，
學佛修行能不能，能者合掌虔著恭，經題名字唱將來。
念「觀世音菩薩」，三説　此下受桼戒。

〔校記〕

① 蘇聯藏符盧格(Флуг)編一〇九號寫本。原題「押座文」，寫於八關齋戒文之前。據蘇聯孟西科夫(Л.Н.Меньшиков)所編影印敦煌讚文(一九六三年，莫斯科東方出版社)一書所附照片錄文。

敦煌變文集補編

第二單元

十 讚僧功德經①

詞辯菩薩譯

讚僧功德經

阿含經中略集出，歎大德僧聽我說，世尊②出廣長舌相，以大梵音讚僧寶。

如地堅牢承萬物，住持有情非情類，我末法中出家人，常住僧寶亦如是。

諸願擔重不退者，志求菩提微妙果，於濁苦惡世界中，常在如來清淨眾。

僧中或有求四果，或以證果在僧中，此等八輩諸上人，和合僧中常不斷。

或有頭陀行③乞食，或有山間樂寂靜，乃至於微細戒中，不犯如來嚴命教。

或有深廣學智慧，或有息慮習諸禪，並皆集在僧眾中，猶如百川歸大海。

殊勝妙寶大德僧，長養眾生功德種，能與人天勝果者，無過佛法僧寶眾。

善心僧中施掬水，獲福多於大海量，微塵尚可有算期，僧中施報④无有盡。

若人當來求遠離，越於生死貧窮河，應當速疾志誠心，於僧寶中竪(樹)⑤因果。

於此最妙良福田，若有種植功德子⑥，當來收獲无邊畔，由(猶)如雲中含大雨。

施者不籌量受⑦者，平等奉施无二心⑧，是人方可能堪任，受人天中勝妙⑨果。

无量功德具莊嚴，大悲世尊弟子眾，凡人肉眼難分別，由(猶)如灰覆於火上。

或有外現犯戒相，內祕无量諸功德，應當信順崇重之⑩，賢聖凡愚⑪不可測。

或有外現具威儀，或亦未能捨其欲，外相人觀謂凡夫，不妨內即是其聖。

由(猶)如四種菴羅果，生熟難分不可別，如來弟子亦如是，有戒无戒亦難辨。

是故殷勤勸諸人，不聽毀罵僧寶眾，若欲不沉淪苦海，常當敬重植良田。

若欲天中受樂者，亦當供養苾蒭(芻)⑫僧，勿以凡夫下劣心⑬，分別如來弟子眾。

若有清信士女等，能於一念生信心，平等供養苾蒭僧，是人獲得无量報。

若於僧中起耶(邪)見，當來定墮三惡道，世尊親自以梵音，金口弘宣誠不妄。

寧以利刀割其舌，或以捻⑭杵碎其身，不應一念嗔恚心，謗毀如來淨僧(清淨)眾。

寧以吞大熱鐵丸， 寧使⑮口中出猛焰， 不應戲論以一言， 毀罵出家清淨衆。
寧以利刀自屠割， 殘害支節毀肌膚， 不應戲笑調凡愚， 何況⑯打罵苾芻衆。
寧以自手挑兩目， 寧於多劫受生盲， 其於習行離欲人， 不應惡眼而睎視，
寧毀精舍及制多， 寧焚七寶舍利塔， 勿於僧中出惡言， 誹謗如來清淨衆。
毀呰之人自墮落， 經无量劫受諸苦， 好說衆生短長者， 自墮亦引无量衆，
是故智者善思量， 勿於僧中起輕慢， 善自防護口業非， 莫說此持彼犯戒。
若一惡言罵⑰沙門， 當墮泥犁受衆⑱苦， 從地獄出得人身， 即招聾盲瘖啞⑲報。
世間多有愚劣人， 談說僧尼諸過惡， 因茲墮落惡道中， 永劫沉淪沒苦海。
大悲世尊礼大衆， 尊敬和合大德僧， 諸佛尚自致殷懃， 何況凡夫輕慢衆。
世間多有信心人， 榮衆世尊弟子者， 聞說三寶短長時， 怨⑳於僧中起耶(邪)見。
因此退敗諸善人， 毀壞如來清淨衆， 不見賢劫千世尊， 是故智者應思忖。
昔有俱迦離苾芻， 以一惡言罵僧衆， 猶落鋒頭磨地獄， 舌被犁耕數万段。
亦有迦葉佛弟子， 謗毀无量世間人， 承斯惡業捨殘刑㉑， 還受耕舌地獄苦。
沙門懷忿毀諸人， 尚招无量口業報， 何況无戒白衣人， 罵僧免墮惡道者。
是故智人不應罵， 乃至草木塼瓦等， 況毀清淨出家人， 習行離欲善法者。
縱使慾火熾燒心， 點污尸羅清淨戒， 不久速能自懺除， 還入如來聖衆位。
如人暫迷失其道， 有目還能尋本路， 苾芻雖犯世尊禁， 雖然暫犯還能懺。
如人平地蹶脚時， 有足還能而速起， 苾芻雖暫缺尸羅， 雖犯不久還能補。
猶如世間金寶器， 雖破其價一種貴， 木器縱然全不漏， 不可比於破寶器。
破禁苾芻雖无戒， 初心出家功德勝， 百千万億白衣人， 功德縱多不及彼。
出家弟子能堪任， 繼嗣如來末代法， 万億㉒无量在俗人， 不能須臾弘聖教。
㝡下犯禁破戒僧， 供養由(猶)獲万億報， 是故世尊讚勝因， 天上人中受尊貴。
是故殷勤勸諸人， 勿毀如來僧寶衆， 今生習惡因緣故， 當來業成亦毀佛。

緣茲身口意業支，永斷世間人天種．當墮三塗惡道中，億劫沉淪无休息。
若於清衆起正信，無有毀謗名僧罪，常能防護口業過，不談如来僧寶衆。
若人㉓於僧有罵罪，應須志誠速求懺，於僧勿起憍(驕)慢心，来生受苦必當悔。
如僧剎那有功德，其福不容於大地，何況經月累歲年，堅持如来嚴禁戒。
是人持戒功德報，佛於一劫説不盡，況餘凡俗知其邊，福等虛空无有量。
當知功德廣莊嚴，釋迦如来僧寶衆；是故不聽在家者，毀辱打罵出家僧。
縱見沙門犯戒時，當寬其意勿嫌毀，如入芳叢採妙華，不應摘選枯枝葉。
廣大清淨佛法海，多有持戒精脩者，其中縱有犯威儀，白衣不應生毀謗。
譬如田中新苗稼，於中亦有稗莠草，應可一種敬良田，不應簡選生分別。
是以世尊制諸人，不聽毀謗沙門衆，唯當尊重生敬心，同此受勝諸天報。
佛日滅没雖久遠，僧寶連暉傳法燈，由(猶)如龍王降甘雨，大地萌芽普洽潤。
和合僧寶亦如是，雨於(如)如来妙法雨，滋潤枯渴諸群㉔生，長養善芽㉕功德種。
於多劫中宿植因，得為如来弟子衆，處在賢聖法海中，飲妙解説甘露味。
傳持世尊末代教，流化十方諸國土，利益一切諸衆生，令佛法輪恒不絶。
佛法久後滅没時，伽藍精舍毀成聚，龕塔尊像併荒良(涼)，設欲供養難可得。
壁畫僧形不可見，何況得聞於正法，人身難得生人中，佛法難逢今已遇。
如何於妙良福田，不種當来功德種，冥路懸遠不可逢，當辦資粮脩前所。
善福田中不種植，當来嶮路乏㉖資粮，是故諸人應善思，聞經㉗僧中應惠施。
依經我略讚僧寶，功德无量遍虛空，迴施一切諸群生，願共當来值弥勒。
讚僧功德經㉘

〔校記〕

所據凡九卷，原編號及校次如下：

原卷　京昃七〇　首尾完整。首題「讚僧功德經」「詞辯菩薩譯」。尾題「讚僧功德經」。

甲卷　斯二六四三　首尾完整。首題同原卷。尾題「讚僧功德經一卷」。

乙卷　京海七八　首題同原卷。至「應須志誠速求識」句截止，下闕失。

丙卷　京服六二　首殘，自「☒☒世尊弟子者」句起始有。尾題同原卷。

丁卷　京衣二二　首殘，自「是人方可能堪任」句起始有。尾題同甲卷。

戊卷　京生四〇　首殘，自「善心僧中施☒☒」句起始有。尾題同原卷。

己卷　斯一五四九　首殘，自「於僧勿起憍慢心」句起始有。尾題同甲卷。卷背亦題「讚僧功德經一卷」，無它字。

庚卷　斯二四二〇　首殘，自「我末法中出家人」句起始有。尾題同甲卷。

辛卷　斯六一一五　首題「佛說讚僧功德經」「詞辯菩薩譯」。四句一行，每行下二句均截去。至「謗毀無量世間人」句截止，下闕佚。各卷每行有寫兩句者，三句者，四句者。今按四句寫。

此外大正新修大藏經第八十五卷鉛印錄文，所出不明。首題僅「讚僧功德經」五字，無「詞辯菩薩譯」五字屬名，雖首尾字句完整，但中有闕失個別字句處。闕尾題。此卷，自注錄自斯〇六五二，但檢對原卷，係妙法蓮華經，並非此經。不知何故。今以大正藏鉛印錄文作為「壬卷」。

②

壬卷錄文第二句下闕五字，第三句全佚，第五句下闕三字，第六句全佚，第八句下闕三字，第九句全佚。在此一並說明。以下尚有個別字闕失，於下列注文表格中說明。

注③以下為了眉目清楚，又避免繁瑣，用表格方式列出。

校記編號	錄文行數	卷子編號									
		原卷	甲卷	乙卷	丙卷	丁卷	戊卷	己卷	庚卷	辛卷	壬卷
③	6	行	行	行					行	行	常
④	9	報	報	報			報		報		寶
⑤	10	竪	竪	種			樹		樹		樹
⑥	11	子	子	子			子		子	者	子
⑦	12	受	受	受		受			受	受	度
⑧	12	心	法	心			心		心	心	心
⑨	12	妙	妙	妙		妙			如		如
⑩	14	之	心	之		之	之		之		之
⑪	14	愚凡	凡愚	凡愚		凡愚			凡愚		愚凡
⑫	18	菖	菖	菖	菖	菖	菖		菖		匑
⑬	18	心	人	心		心	心		心		心
⑭	21	鉆	捻	捻			捻		捻	捻	捻
⑮	22	使	使	使		便	便		便	便	便
⑯	23	況	況	況			況		況		呪
⑰	28	罵	毀	毀		毀			毀	毀	毀
⑱	28	衆	極	極			極		極		極
⑲	28	亞	啞	啞		瘂	啞		瘂		瘂
⑳	31	恐				恐	恐		恐		恐
㉑	34	刑		形	刑		形		形		形
㉒	42	億	億	億	億	億	億		億		億
㉓	47	人	能	人	人	人	人		人		人
㉔	56	群	郡		羣	群	群	群	群		群
㉕	56	芽	牙		牙	牙	芽	牙	牙		牙
㉖	62	之	之		之	之	之	之	之		之
㉗	62	經	張		張	經	張	張	張		經

㉘ 有關此經應為一種講經文的說明，見後。

讚僧功德經一卷，日本學者錄自英倫，稱編號斯六五二。大正藏編者認為是佚典，因收入其第八十五卷。細檢經文，已經明白標出「阿含經中略集出」，結尾又說「依經我略讚僧寶」，都說明是根據阿含經經意選擇編製的。可見這篇讚僧功德經並非經典。

全篇共二百四十八句，全是七言韻語，體裁與大漢三年季布罵陣詞文相類，因之可以斷定，這卷讚僧功德經也是一卷詞文，它是俗講師為俗講而編撰的。

阿含經共有四種：長阿含經、中阿含經、雜阿含經、增一阿含經。「阿含（Agama）」，也有「阿笈摩」「阿伽摩」「阿含暮」等，其意译是「法歸」，意即「道無不由，法無不在，譬彼巨海，百川所歸。」後來，也有翻译為「傳」「教法」「無比法」等；「阿含」在小乘佛教的承傳上，視為根本佛教，阿含經是佛陀和他的真傳弟子言行的實錄，是奉行佛法的弟子們的根本教典。汉譯經文一般採三種形式：散文；五言韻語的頌和偈；散文和五言韻語頌偈的混合體。此卷則是七言韻語，是把經中的含意進行了鋪陳引申，而非字句的原文。

讚僧功德經的某些句子中的含意是可以用来與阿含經對照的，今節引如下：

「凡人肉眼難分別，……聖賢愚凡不可測。……是故殷勤勸諸人，不聽毀罵僧寶衆。……是故智者善思量，勿於僧中起輕慢。……若一惡言毀沙門，當墮泥犁受極苦。」這段的含意，實出長阿含經第三分阿摩晝經第一「佛告摩納：汝自卑微，不識真偽，而便誹謗，輕罵釋子，自種罪根，長地獄本。」

經文：「僧中或有求四果，或以證果在僧中，此等八輩諸上人，和合僧中常不斷。……若人當來求遠離，越於生死貧窮河，應當速疾至誠心，於僧寶中樹因果。於此最妙良福田，若有種植功德子，當來收獲無邊畔。……」出於增一阿含經．廣演品第三：「聖衆者，所謂四雙八輩（小乘四向四果，向、果為一雙，四雙為八輩），是謂如來聖衆，應當恭敬承事禮順，所以然者，是世福田故。……若念僧者，便有名譽，成大果報，……諸善普至，至無為處，……自致涅槃。」

經文：「或有頭陀常乞食，或有山間樂寂靜，乃至於微細戒中，不犯如來嚴命教。或有深廣學智慧，或有息慮習諸禪，」出于增一阿含經．弟子品第四：「我聲聞中，……智慧無窮，決了諸疑，所謂舍利弗比丘是。……十二頭陀難得之行，所謂大迦葉比丘是。……坐禪入定，心不錯亂，所謂離曰比丘是。……清靜閑居，不樂人中，所謂堅牢比丘是。乞食耐辱，不避寒暑，所謂難提比丘是。……樹下坐禪，意不轉移，所謂狐疑離曰比丘是。……奉持戒律，無所觸犯，所謂優波離比丘是。……不毀禁戒，誦讀不懈，所謂羅雲比丘是。……廣有所識，人所敬念，亦是貸利舍利弗比丘是。」

經文：「平等奉施無二心，是人方可能堪任，受人天中勝如果。……平等供養苾芻僧，是人獲得無量報。」出于增一阿含經．護心品第十：「是故長者當平等意而廣惠施，如是長者當作是學。……偈曰：

常當普惠施，……所獲福倍多，等共分其福，後得大果報。」

經文：「廣大清淨佛法海，多有持戒精修者，……唯當尊重生敬心。……善福田中不種植，當來嶮路之資糧，是故諸人應善思，聞經僧中應惠施。」出於中阿含經．優婆塞經第十二：「白衣聖弟子念眾如來聖眾善趣正趣，向法次法順行如法，彼眾實有阿羅訶、趣阿羅訶，有阿羅含、趣阿羅含，有斯陀含趣斯陀含，有須陀洹、趣須陀洹，是謂四雙八輩。謂如來邀我就尸賴，成就三昧，成就般若，成就解脫成就解脫知見。可敬可重，可奉可供，世良善田。……白衣聖弟子攀緣如來眾，心青得喜，若有惡欲，即便得滅，心中有不善穢污，愁苦憂慼，亦復得滅。」

經文：「最下犯禁破戒僧，供養猶獲萬億報。」出于增一阿含經．十不善品第四十八：「時我復作是念：我當盡施一切眾生之美。汝自持戒，受福無窮；若使犯戒，自受其殃。但憫眾生，非食不濟命。……爾時菩薩終無此心，此應施，此不應施。然菩薩執意而無是非，亦不言此持戒，亦不言此犯戒。是故長者當念平等惠施，長夜之中獲福無量。」

經文：「不應戲笑調凡愚，何況打罵苾芻眾。……其於習行離欲人，不應惡眼而瞻視。……勿於僧中出惡言，誹謗如來清淨眾。……白衣懷忿毀諸人，尚招無量口業報；何況無戒白衣人，罵僧免墮惡道者。是故智人不應罵，乃至草木磚瓦等。況毀清淨出家人，勿毀如來僧寶眾。……若人於僧有罵罪，應須志誠速求懺。於僧勿起憍慢心，來生受苦必當悔。……是故不聽在家者，毀辱打罵出家僧。」出於中阿含經·大品·教量彌經第十四：「若有罵彼七師及無量百千眷屬，打破、瞋恚、責數者，必受無量罪。若有一成就正見佛弟子比丘得小果，罵詈、打破、瞋恚、責數者，此受罪多於彼。」

經文：「緣茲身口意業支，永斷世間人天種，當墮三塗惡道中，億劫沉淪無休息。」出於中阿含經·大品·降魔經第十五：「彼時惡魔便教劫勅梵志居士，彼梵志居士罵詈精進沙門，打破、責數。彼梵志居士或以木打，或以石擲，或以杖撾。或傷精進沙門頭，或裂壞衣，或破應品。爾時梵志居士若有死者，因此緣此身壞命終，必至惡處，生地獄中。彼生已作是念，我應受此苦，當復更受極苦過是。所以者何？以我等向精進沙門行惡行故。」

以上是阿含經中與讚僧功德經中內容有關的材料，可見讚僧功德經是根據阿含經的內容進行了鋪叙，溶解了經文原意，而非抄錄原文。

依阿含經文意，其要點大致是：一、如來聖衆於戒、定、慧多有成就，應當恭敬承事禮順，是世福田。二、不識真偽而便毀謗，自種罪根。三、若有罵彼七師、打破、責數者，受無量罪；若比丘得小果，此受罪多於彼。四、菩薩終無此心，此應施，此不應施，亦不言此持戒，亦不言此犯戒，平等惠施，獲福無量。讚僧功德經即據以上各點意思敷衍而成。所不同的是，阿含經只言及「平等惠施」，並未言及對犯戒僧亦應敬重，所言應敬重者，只言及道高德重者。所言「不識真詭而便毀謗」，並未包括把犯戒者視為毀謗之意。讚僧功德經却強調了「最下犯禁破戒僧，供養由（猶）獲萬億報。」「縱見沙門犯戒時當寬其意勿嫌毀。如入芳叢採妙花，不應摘選枯枝葉。」以上強調的內容是讚僧功德經對阿含經的新發展，其編撰用意也就昭然若揭了。

十一「釋迦因緣」①

隊杖（仗）白說：　白月才沉形，紅日初生。擬杖才行形②，天下宴靜。爛満（漫）繡衣花璨璨，
无邊神女皃瑩瑩③　大王吟：　撥棹乘船過大江，神前傾酒五三瓮④；傾琖（杯）
不為諸餘事。大王⑤男女相兼乞一雙⑥。夫人吟　撥棹東船過大池，盡情歌舞
樂神祇；歌舞不緣別余事。伏願大王乞一箇兒⑦。迴鸞（鑾）駕却⑧吟生⑨聖主摩耶往後
薗。頻（嬪）妃綵女走（奏）樂暄（喧）⑩；魚透碧波堪賞翫，無憂花色最宜觀。△無
憂花樹葉敷榮，天人彼中緩步行；擧手或攀枝余⑪葉，釋迦
聖主袖中生。△釋迦慈父降生来，還從右脇出身胎；九龍灑水早
是叔⑫，千輪足下瑞蓮開⑬。△相吟別⑭：阿斯陁仙啓大王：太子瑞應極貞⑮祥；
不是尋常等閑事，必作菩提大法王⑯。△婦吟別：前生与殿下結良緣，
賤妾如今豈敢專；是日耶輸再三請，太子當時脫指環⑰。△老相吟
眼闇都緣不弁（辯）色，耳聾高語不聞聲，欲行三里二里⑱時，雖⑲是四
迴五迴歇。△少年莫唉老人頻⑳，老人不集少年春。此老老人不將去，
此老還留㉑与後人。△四吟㉒：國王之位大尊高，煞鬼臨頭無處逃。四相
之身皆若此，遞漂苦海㉓浪滔滔。△臨險吟：却嗟巵中也大巵㉔，雪
山會上急合知，賤妾一身猶乍可。：莫交辜負阿孩兒。△修行吟
夫人捜㉕辭別揚（陽）臺，此事㉖如蓮火裏開。曉鏡罷看桃李面，鉗
雲休揷（插）鳳凰釵㉗。无明海水從資（茲）竭。煩惱藂（藂—叢）林任意摧，努力
鷲峯修聖道㉘——新婦「吟」㉙：莫慵讒不掣却迴来㉚。
「尾聲」㉛長成不戀世榮華，厭患深宮為太子，捨却金輪七寶位，夜半逾
城願出家。六年皆（苦）行在山中，鳥獸同居為伴侶，長飢不食珎

修（饍）飯，麻麦將来便短終。得證菩提樹下身，降伏衆魔成正覺。鷲嶺峯頭放毫光，說此三乘微妙經㉜。

〔校記〕

① 本篇校記據李正宇同志原校記轉錄。李校原供排印本使用，今改寫錄本，故作相應改動。以下轉錄李校（此後各校記不再說明）。

篇題依故事內容及體裁特点擬補，說詳李正宇晚唐敦煌本釋迦因緣劇本試探（載敦煌研究總第十期）。原卷編號斯二四四〇（七）。系根據八相變、太子成道經變文（俱見敦煌變文集上集）改編而成。無題年，據書法、行款及相關寫卷推測，其改編年代當在晚唐乾符二年（公元八七五年）之前。

本錄文格式與標點、校記，參照以下諸家錄文或校本

一、王重民先生錄文。為三十年代王先生在倫敦就原件過錄者。手稿今存敦煌研究院敦煌遺書研究所。以下簡稱王錄。

二、劉修業先生整理的重民先生錄文，手稿今存敦煌研究院敦煌遺書研究所。以下簡稱劉校。

三、饒宗頤先生錄文。載敦煌曲二九——三〇頁。以下簡稱饒錄。

四、任半塘先生校訂本。載唐戲弄下冊八七五——八七六頁。以下簡稱任校。

② 「擬狀」，任校作「儀仗」，是。「才行形」，伯二九二四及斯二六八二兩卷太子成道經載此作「橫行」，是。朱雷論伍子胥變文「橫行傔奏」，引上林賦「扈從橫行」，王先謙補注：「橫行，諸軍士分校，就列天子周回，按部不由中道，行而旁出」，釋「橫行」之義甚確。朱文載武漢大學歷史系魏晉南北朝隋唐史研究室編魏晉南北朝隋唐史資料第七期。

③ 「螢螢」，劉校、任校均作「瑩瑩」，是。

「只螢螢」三字下方右側旁書「青」隊、黃」隊，熊踏」八字，書法筆跡異於正文，當系後来他人戲添者。所書八字，摘自盛唐劉瑕駕幸溫泉賦。此賦開天傳信記有所節載，敦煌遺書中有兩个抄本，編號為伯二九七六及伯五〇三七，兩本後部皆殘闕，但存全文大部。現引此賦開頭部分與此八字相

闕之文於下，以明究竟：

開元改為天寶之元年，十月後兮臘月前。辦有司之供具，導駕幸於溫泉。天門閶開，露神仙之輻塞；鑾輿駐出，驅甲仗而門（駢）闐。然後：雨師潑地、風伯行吹；紅旗閃天、火暮填煙。青一隊兮黃一隊，熊踏胸兮豹拏背；朱一團兮繡一團，玉佩珂兮金鏤鞍；車轔轔而海沸，槍欃欃而星攢。

晚唐鄭綮謂此賦「詞調倜儻，雜以俳諧。」或人以為此劇本亦屬俳諧之體，遂摘駕行溫泉賦鋪陳從行儀仗之文而戲書之。則知原非正文，故不錄。

「只塋塋」以上，為戲文開始，前導儀仗登場，其中一人（或謂之「行主」）所謂開場白。

④「瓷」，「瓷」俗體，或作「瓨」，瓶也，裝盛酒漿之器。任校作「缸」，是。

⑤「大王：」二字略小，偏居正行右半，表明為夾白而非唱詞。蓋淨飯王呼求天祀神之語也。

⑥以上四句為淨飯王求子、祝禱天祀神之演唱辭。

⑦「大王」，亦指天祀神。「乞」求也，亦予也，施受同詞。此處當用賜予之義，謂恭請天祀神賜給一個男孩。

⑧此四字為舞臺提示語，提示扮演淨飯王夫婦及從行儀仗之演員退場。以元明戲劇術語言之，即「做科」「做介」也。

⑨「吟生」，伴唱者。參照北宋趙德麟商調蝶戀花「奉勞歌伴，再和前聲」之語，可方之為「歌伴」。以下三首七言詩，即「吟生」所唱之詞。

⑩伯二九九九及斯四五〇四等卷太子成道經載此句作「奏樂喧」。

⑪「余」，太子成道經諸本載此句多作「餘」。當校作「與」。

⑫「早是」，當作「卓是」，亦云「着是」，時敦煌俗語「的確」「實在」之義。「早」「卓」「着」三字，唐宋時敦煌人皆讀「早」。同音而誤也。「衩」，「衩」俗體，訛也，亦同音而誤。說詳蔣禮鴻敦煌變文字義通釋「差、嗟、叉、衩」條。任校作「祓」，不從。

⑬以上三首七言詩為「吟生」之演唱辭，前兩首詠摩耶夫人遊園散心，觀景賞樂，即於無憂樹下生釋

迦。後一首咏釋迦降生之異，如右脇出生，九龍灌頂，步步生蓮等。其事雖出自佛經，而出以扮演實有不便不堪者，故以「吟生」之歌代之。亦若今時戲劇手法之所謂「效果」或電影手法中之「畫外音」者。

⑭「相吟」，相師阿斯陀仙人登場所唱。「別」者，較之前「吟生」所唱，角色易人，演唱性質有別（「相吟」為阿斯陀仙人代言體自唱，「吟生」則為敘述性他唱），故加「別」字以別識之。下「婦吟別」，亦仿此義。

⑮「貞」，劉校作「禎」，是。

⑯以上四句為阿斯陀仙人為釋迦占相之演唱辭。

⑰此指猜金指環定親事，故事見於太子成道經變文。

以上四句為耶輸陀羅演唱辭。

⑱「二里」，原作「五里」，「五」旁注有廢字符號「卜」，「卜」旁改添「二」字，故逕錄作「二里」。

⑲「雖」，當作「須」。唐宋敦煌方音「雖」「須」同音，致誤。

⑳「頻」，當作「貧」。伯二二九九號太子成道經在「雖是四迴五迴歇」下接云「既稱道者，何故衣裳弊破？老人答曰：『貧。』」

㉑「畱」，「留」俗體。見斯七八八正名要錄。

㉒「四吟」，據下文「四相之身」云云，當是「四相吟」之省。「四相」者，生老病死也，佛家謂之「果報四相」。太子成道經變文載此詩為喪主所答，故任校改作「喪主吟」。余撰晚唐敦煌本釋迦因緣劇本試探時，據太子成道經變文「死相之身皆若此」句，校作「死吟」。其後，再三思之，仍以此劇「四吟」為是。蓋改編者自不必處處拘泥於太子成道經變文之原文而照錄之。若此「四吟」「四相」也者，自是改編者斧鑿之處，後人豈可無視其用心耶？

㉓「苦海」，王錄誤作「苦海」，劉校回改為「苦海」，是。

以上四句，揭示生老病死，人所不免之義。唯演唱者角色身份不甚分明。據「四吟」之標題忖度之，當是生老病死四相之人共同登場之合唱也。

㉔「巵」，當作「危」。唐宋時，敦煌俗寫「危」字有時作「峗」或「峞」，此作「巵」，誤字。劉校作「嶺」，任校上一「巵」字作「崖」，不從。「也」，原卷先寫「耶」，復在「耶」右旁改添「也」字，故錄作「也」。

㉕「據」，疑當作「遠」。太子成道經變文所載作「己」。

㉖「此事」，伯二九九九號太子成道經變文所載作「此時」。

㉗「釗」，饒、任校俱作「紺」，是。「紺雲」，猶青鬢也。「揷」，插，敦煌別體。

㉘以上七句七言詩，既言「夫人」云云，顯非耶輸口氣，亦當系「吟生」演唱之辭。

㉙「新婦」，原卷二字上下各留一字之空，與前見之「大王吟」「吟生」「相吟別」「婦吟別」「老相吟」「四吟」「臨險吟」「修行吟」諸角色分辭之格式同，而同「大王吟」中之夾白「大王」二字字體縮小且偏置右側者不同，故知原非夾白。比照前列諸角色分辭，錄為諸「吟」之一，意補一「吟」字，作「新婦吟」也。

㉚此句為耶輸夫人緊承前「吟生」未完之曲所接唱者。「掣」，疑當作「擘」，說見蔣禮鴻敦煌變文字義通釋。

㉛此下三首詩，雜取太子成道經變文前後之大段吟詞略作改編而成。口吻已非耶輸夫人，亦當係「吟生」之唱辭。因無分辭標記，意補「尾聲」二字以標識之。

㉜以上三首七言詩，意為「吟生」所唱。唯押韻方式特殊，每首第一句和第四句的末一字押韻，謂之「首尾叶」格。第三首「身」「經」通押，蓋唐宋時代敦煌方音真韻、青韻互通，從知此劇亦敦煌人所作。

十二　榜題（洪字六十二號）①

〔前闕〕

須前 七寶具足當時逢佛號釋迦牟②
須一 往昔有一大國，名曰③
須三 妃有娠，至十月滿，便生太子④
須四 四千嘉賀時⑤。 須五 王置四乳母時。 時
須十一 太子好施，謀 鬬象時⑥ 須二 於山林神邊乞子時。
須八 太子生小以来好喜布施，唐設檀（壇） 時。⑦ 須六 太子至年十六伎藝惹倫。
須七 王為太子别作宮室時。 須九 并為納妃， 王女也，端正無雙時⑧ 須十 太子
出城，天王釋化作貧窮乞人，路傍而為太子見以（已），廻車入宮，愁憂不樂，思大
布施時。 須十三 時婆羅门至太子宮门，乞能鬬象，太子施時。 須十二 時有婆羅门八人
應募往太子所乞能鬬象時。 須十四 八婆羅门乞得白象——名須檀延，能破怨
敵——歡喜將歸。 第二扇⑨ 須十五 國中諸臣闻太子「以」白象施怨家，来白王言：「太子以象布施，
將恐失國」時。 須十六 王遂逐太子著檀特山中時。 須十七 太子欲去，大臣綵女送別時。
須二十一 太子既去，婆羅门問人，欲逐乞時。 須二十二 太子前行以（已）遠，婆羅门来從乞馬，太子
以馬施之。 須二十五 復有婆羅门来乞，太子解身上寶衣施時。 須二十三 太子以二子著車上
上，妃於後推，自於轅中步挽而去。 須二十四 婆羅门来乞車，太子与時。 須二十 太子布施既
了，辞大王訖，与大臣國人悲泣別時。 須十八 一万夫人請留太子七日布施時。 須十九 「施」「貧」乏「衣」
物時⑩ 須二十八 太子布施衣物車馬並盡，心無有悔，「與妃」各抱兒女去時。 須二十七 太子前行，
婆羅门又乞，太子以兒女衣裳布施時。 須二十六 太子復逢婆羅门来乞，以妃衣
裳布施時。 須三十四 太子入山，禽獸歡喜，来迎太子時。 須三十三 太子入慈三昧，有一山偃水，太子
与妃褰裳而度，令水復流時。 須三十一 太子語妃曰：「父移我著檀特山中。於此留

21 者，違父王命，非孝子也。」遂出城去。[須二十九]檀特山去〔葉〕波國三千餘里，去處
22 曠遠，大苦飢渴時。[須三十]天帝釋化作城郭，迎太子入時。[須三十二]檀特山下有深水，妻
23 曰：「且住！」太子不肯，至心發願，水為之淺，擔負兒女褰裳去時。
24 [須四十]時婆羅〔門〕入山，逢一獵師，問太子所在。獵者素知：太子生施婆羅门故，從
25 在山中。便縛着樹上搥打時。[須三十七]時二男女水邊共禽獸戲。男耶利
26 騎師子上，墮地傷面，血出，弥猴取菜拭面，以水洗時。
27 [須三十六]道人即指示處所，作草屋心。曼坻拾菓，跪授与太子時——作三草屋。男著
28 草衣，女著鹿皮衣。[須三十五]山中有一道人，名阿州陁，年五百歲，有德。太子作礼，道人言：「山中清苦，
29 云何将妻子来？」曼坻荅曰：「計有〔吾〕我人〔者〕，何當得道？」道人曰：「我實不及此事也。」[須四十七]時天王釋化作
30 婆羅門，從太子「乞」妃。太子曰善授永施妻時。[須四十五]曼坻採菓，眼目瞤動，棄菓歸来。天帝恐妃
31 敗〔其〕善心，化作師子，仐〔全〕不前時。[須四十一]時婆羅门從太子乞男女，太子与時。[須四十二]婆羅〔門〕恐走，反
32 縛与時。[須四十四]太子送兒女以〔已〕，諸禽獸至舊戲處，諸禽獸悲號宛轉時。
33 [須三十九]婆羅门聞太子好施，往乞男女為奴婢時。[須五十一]婦逆罵：「一何〔不〕恩！特此王種撾。更求可使来！」
34 [須三十八]時求鳩留國有窮婆羅門，有端正婦，索奴婢時。[須五十]婆羅門乞得太子男女入城
35 去時。[須四十三]時婆羅门將繩頭，兒女不肯去，以杖鞭之，血流汙地時。[須四十六]母来不見兒女
36 自撲時。[須四十八]時婆羅門乞得妃以〔已〕，知太子不悔，行至七步却迴，還妃：「今寄此妃，莫与
37 人也。」太子曰：何為不取，豈有悪也？」婆羅門曰：「我非婆羅门，是天王〔帝〕釋，故相試耳。」
38 隨張⑪
39 第三⑫
40 [食一]佛昔因作大國王，覆育人物，豊樂無極、王心念曰：「雖給資財，
41 無有法教。」即時宣令：「誰能与我法者，索者不違。」[食二]時毗沙门化
46 作夜叉，火從口出，来詣宮門。口自宣言：「我能說法。」王聞歡憙
47 出迎時。[食三]時王私以慰问夜叉時。

41 [食四]王引夜叉
42 入内，令坐高座，合掌請法。夜叉告曰：「學法事難，云何直尔欲得聞知？」
43 王曰：「所須不違。」夜叉曰：「若能与我可受（愛）妻子食者，乃与汝法。」[食五]時王
44 即以所受（愛）妻兒供養夜叉。夜叉得以（已），於高座上取而食之。諸臣百
45 官帝哭奥（懊）惱，慈轉于地時——此大國王名脩樓婆。
48 [食六]夜叉食以（已），為說一偈：「一切行无常，生者皆有苦。五蔭空无相，
49 无有我我所。」王大歡喜，心無悔恨如毛髮許，即便書寫閻浮提。
50 内戚使誦習時。
47 [食七]王使人書寫此偈處處宣示時。
50 [食八]毗沙门還其妻子，國王収得，共聽法時——時毗沙门
51 還復本形，讚言：「善哉！甚奇，甚特：夫人太子由（猶）存如故，還示於王，
52 我相試耳。」尔時國王脩樓婆者，即今世尊釋迦牟尼佛是。
53 [須四十九]婆羅门還太子妃：「令其在此，更莫与人。我非婆羅门，是帝釋。」即復
54 本形。為天帝釋，问其妃曰：「欲何等願？」妃乞三願：「一者，将我兒去，
55 願賣著我本國中；二者，令（令）我二兒不苦飢渴；三者，令我及（太）子早得
56 還國。」天王釋言：「當如所願。」太子言：「願令衆生皆得度，既（脱）生老病死（之苦）。」
57 釋言：「大哉所願！非我所及。」[須五十三]婆羅门行賣男女，至葉波國。大臣識，
58 欲棄。有長者諫：「太子施之，不宜棄也，可白王知。」時。[須五十五]王言：：「何故言（男）賤
59 女貴？」兒言：「後宮綵女彼（被）服珎賣（寶），飲食百味；王有一子，逐之深山。以是得知男賤
60 女貴一時。[須五十四]大臣白王：「大王兩孫今為婆羅门所賣。」王聞大驚，呼婆羅门
61 及兩孫入，哽咽问言：「何因得此兒女？」婆羅门曰：「從太子乞得。」王呼兒女欲抱，涕
62 泣不就。王问：「兒女索幾錢？」婆羅门未荅，兒便報言：「男直（值）銀錢一千，特牛王（一）百；
63 女直（值）金錢二千，特牛二百。」[須五十六]王聞兒女言，悲感（戚），發使持勅書追太子去時。

[須六十五]太子入宮拜覲於母，更增布施，遂致作仏。尔時王者，輸頭檀是；母，摩祁（耶）是；妃，瞿夷是；阿州陁，目連是；男，羅云是；女，羅漢末利母是；乞婆羅门，令調達是。[須五十七]使人馳驛發王宮時。[須五十八]使人出王都门時。[須五十九]使人路逆（逢）深水，使念太子，即得度時。[須五十二]婆羅门將男女衒（衒）賣去後，山中禽獸宛轉悲啼時。[須六十一]使人持書与太子拜勅讀書時——初太子不肯應命，曰：「王從我山中一十二年，由（猶）少一年，我不去也。」重得勅乃去。[須六十]使人度水到太子所。[須六十三]王乘白象迎太子時。[須六十二]太子著衣，与妃俱還。敵國怨家聞太子還，遣使將所乞白象、金銀鈳粟（粟），中路悔謝（以遺太子），太子曰：「如食百味食，吐之於地，豈可更食？謝汝國王，努屈相向」時。[須六十四]使婆羅门乘象歸國，具白於王。王聞歡喜，兩國和可時。第四⑬ [燈一]往昔有大國，王名虔阇忌（尼）婆梨，典令（領）諸國，人民豐樂。王心欲以法寶施人，宣令：「須是尔誰有妙法与我說者，當給所須，隨其所欲」時。[燈四]時王請婆羅（門）上坐，合掌請法。婆羅门曰：「我云（之）智恵（慧），積學不易。云何直尔欲聞？」王曰：「所須不違。」勞度叉曰：「能於身上安燃千燈者，乃為汝說。」王聞歡喜時。[燈七]時二万夫人一万大臣合掌諫曰：「有命之類，依侍（恃）大王，如孩仰母。（若）於（身剜）燈千（者），必不全濟。天何為一婆羅门弃此世界！」王曰：「勿遮我心。」[燈二]王懃近臣，宣令告示，訪知法人時。[燈三]時（有）婆羅门名勞度叉，来應王命。王喜，出迎（作）礼時。[燈六]諸小國王懷憂来諫時。[燈十]天帝釋下讚嘆問曰：「今者苦極，心中悔不？」王言：「無也。」釋曰：「今覩王身戰悼（掉），自言無悔，誰當知之？」王誓曰：「我心不悔，身瘡平復。」[燈五]王即遣人，乘六千象，告語一切：「虔阇（尼）婆梨王却後七日為法剜身，以燃千燈」時。[燈十一]王文誓以（已），身體平復。尔時國王虔阇尼婆梨者，即今釋迦牟尼佛是也。[燈八]王欲剜身，諸（人）投（投）地。王請說法，勞度叉即說一偈：「常者皆盡，高者必墮，合會有離，生者有死。」說此偈以（已），（王）剜身燃燈時。[燈九]諸天雨花供養王時。[釘一]世尊往昔作大國王，名毗楞（楞）竭

梨，典令（令—領）諸國。王好正法，即遣宣令：「誰有經法，為我說者，當隨真（其）意。」[釘三]王引婆羅〔門〕入宮時。[釘五]「□□乃与汝說」王即可之。尋時〔遣〕人，乘八千里象，遍告一切閻浮提内：「毗搒（搒）竭梨大王却後七日當於身上瑑千鐵釘」時[14]。[釘七]於時王語婆羅门：「願先說法，於後下釘。我命儻終，不及聞法。」時勞度叉便說偈言：「一切皆无常，生者皆有苦。諸法空无生，實非我所有。」[釘四]尔時大王引婆羅门，將至大殿，敷施高座，請令就坐，合掌白言：「唯願大師當為說法。」勞度叉曰：「我學勞苦，云何直耳（爾）欲聞？若能身瑑千釘□□」[15][釘二]有婆羅门，名勞度叉，曰言：「我有法。」王聞歡喜，出迎作礼時。[釘六]臣民聞之，宫中綵女而（面）諫於王：「唯願大王以我等故，莫為一人而取命終，孤弃天下。」王報之曰：「云何汝等遮我道心。」[釘八]說偈以（已），即於身上瑑千鐵釘時。[釘九]諸小王、群臣以身投地，如太山崩。〔大〕地六（種）震動，諸天雨花以為供養時。[釘十]天帝釋来下，问言：「無悔恨也？」王立誓言：「我心无悔，身體還復。」語以（已）平復時。[釘十一]天帝问王：「勇猛精進，為於法故。欲何所求？欲作帝釋、轉輪聖王、魔王、梵王也？」王曰：「我之所為，不求三界受報之樂。所有功德，用求佛道。」第五扇[16][坑一]過去久遠，有大国王，名曰梵〔天〕王。王有太子，字曇〔摩〕鉗，好樂正法。[坑三]尔時太子求法不獲，愁奧（懊）惱時。[坑六]引婆羅门坐，合掌請法。婆羅门言：「學事甚難，云何直耳（爾）欲聞？」太子曰：「所須告勑。」婆羅门曰：「作十丈火坑，投之乃說。」[坑七]群臣綵女諫俞（喻）太子，曉婆羅门：「唯願慈悲，勿令太子投於火坑。所須當与。」婆羅门言：「吾不相違。能者為說，不能不說。」[坑四]時天帝釋化作婆羅门時。[坑五]化婆羅门，詣王宫门，言：「我如（知）法。」太子出迎，接足礼時。[坑二]遺（遣）使推求，周遍四方，了不能得。[坑八]即遣使者乘八千里象告閻浮提時。[坑十一]衆各默然。輙自放身投於火坑。天地大動。虛空諸天啼哭，淚下如雨。即是（時）火坑變城（成）花池，太子於中坐蓮花臺，諸天雨花乃至（於）恙（膝）。梵天大王，淨飲（飯）王是；母，摩耶是；太子曇摩鉗是今釋迦牟尼仏是。[坑十]說是偈以（已），便欲投火。尒時帝釋并梵天王各捉一手，而復難之：「閻浮提内一切生類，賴太子思，莫不得所。今欲投火，天下違棄父，辜弃一切。」尒時太子報天王及諸臣民云：「何為退我无上道心？」⑰ [坑九]尒時太子立火坑上，白婆羅门：「願為我說。我命便終，不及闻法。」時婆羅门即便為說：「常行於慈悲，除去恚害相（想）。大悲愍衆生，矜傷為雨淚。脩行大喜心，同己所得法。救護似道心，乃應𦬇行。」[寫三]時鬱多羅闻以（已），歡喜，敬如来敬。即剥身皮，折取其骨，以血和黑（墨），仰白之曰：「今正是時，唯願速諸。」時婆羅门便說此偈：「常當攝身口，而不煞盜淫。不兩舌惡口，忘（妄）言及綺語。心不貪諸欲，无嗔恚妄相（想）。捨利（離）諸邪見，誓（是）為𦬇行。」[寫四]說是偈以（已），即白書取，遣人宣寫。閻浮提内一切人民咸使讀誦，如說脩行。[寫一]過去无量阿僧祇劫，波羅柰國有五百仙人師，名鬱多羅，恒思正法。[寫二]宣告：「誰有正法，為我說者，随其所須。」有婆羅门来應之，言：「吾有正法。」仙言：「唯願為說。」婆羅门言：「學法事難，云何直耳（爾）欲闻？若能剥皮為紙，削骨為筆，用血為黑（墨）寫法者，乃說。」[試一]佛昔過去脩𦬇行，住雪山中，唯食諸草，思惟坐禪時。[試三]天帝釋見以（已），念言：「菩提之心，難成易壞。我今施之——施如易（意）金二種——試以（已），乃知其真。」[試二]𦬇採藕根食時。[試四]尒時帝釋從天而下試𦬇時。[試十]是時𦬇即上高山，投身而下，未至於地時——虚空中出種種聲。[試十一]尒時羅剎還復釋身，即於空中接取𦬇，安置平地。[試五]即變自身為羅剎像，而說半偈：「諸行无常，是生滅法。」[試七]羅剎曰：「汝耳闻法施我身。」[試十二]尒時帝釋礼𦬇足，讚言：「善哉！真是𦬇，能大利益无量衆生，欲於无明黑闇之中燃大法炬。由我愛惜如来大法，故相嬈惱。唯願聽我懺悔罪咎。」[試六]是苦行者闻是說，於心大歡喜，即說偈言：「誰闻如是解脱之门？」作是語以（已），唯見羅剎，即前问言：「大王，何處得是半如意珠？」[試八]羅剎曰：「我甚飢渴。」𦬇问言：「所食何物？」曰：「唯人血宍。」卄言：「願說餘義，我當捨身。」羅（剎）即說：「生滅滅以，寂滅為樂。」

【試九】卄聞以（已），於石辟（壁）處處書：「諸行无常，是生滅法。生滅滅以，寂滅為樂。」⑱

第六⑲

時王使人乘八千里象閻浮提一切人時⑳

第六扇㉑

【鴿一】昔无量劫，（世尊）於閻浮提作大國王，名曰尸毗王，所住城号提婆跋提，豐樂無極。時尸毗王主八万四千諸小國土，八千億聚落，有二万天人，五百太子，一万大臣，行大慈悲，矜及一切。【鴿二】時天帝釋五衰相見（現），毗手（首）羯磨即前白言：「何為憂色？」天帝釋報（言）：「吾將終矣！世间无佛，无所歸依。」羯磨白言：「有大國王，名曰尸毗，行菩薩行。」帝釋復言：「若是菩薩，先當拖（試）之。汝化作鴿，我變作𪇰（鷹），急追汝後，相逐詣彼大王坐處，便求擁護。以此試之，即知真偽。」【鴿三】尒時此鴿被𪇰（鷹）逐急，投王掖下。𪇰（鷹）白王言：「應速還我！」王曰：「吾誓度一切，終不与汝。」王言：「与汝餘宍。」鷹曰：「得新熱宍，我乃食之。」王即取刀割其股宍，持欲（與）鷹，鷹曰：「以宍質鴿，宜秤使停。」即取秤来，置鴿一頭，所割身宍以置一頭。宍輕鴿重，全身上乃得停等。【鴿五】王見鴿重宍輕，全身上稗（秤），乃得停等。是時天（大）地大種震動，諸天帝（啼）哭，淚下如雨。諸天雨花而以供養時。【鴿六】天帝釋還復本形，问曰：「如是苦行，欲求轉輪聖王、帝釋、魔王也？」王曰：「不也，唯求佛道。」釋曰：「痛徹骨體（髓），將無悔也？」王曰：「我无悔心，使我身體平復如故。」誓乞（訖），平復。

【鴿四】王咼（剮）宍盡，禅（秤）由（猶）不平。全身欲上，閤（悶）絕倒地。深自策勵，乃起上禅（秤）時。㉒

【虎一】國夫人有三王子㉓

【虎二】昔有國王，名曰大車（寶），有其三子：一名摩訶波羅，次名摩訶提婆，小子名曰摩訶婆（薩）埵。【虎三】其三王子遊賞山林，至大竹林。第一王子曰：「我於今思甚驚惶。」第二王子曰：「我於自身无悋惜。」三子曰：「无憂。」

【虎四】此三子欲復前行，見一餓虎，產生七子，諸子圍遶。第（一）王子言：「此虎飢餓所逼，必還煞子。」薩埵言：「此虎常食何物？」答言：「唯食血宍。」是三子俱捨而去。

【虎十二】時有大臣即以王子捨身之事具白王知。王及夫人聞此事以（已），不勝悲咽。

[虎五]薩埵王子念欲捨身，慮其兄為作留難，即白之言：「兄等前去，我且於後。」
[虎十一]是夫人寢高樓上，夢乳被割。得三鴿鶵，一為鷹奪。悟以（已），大愁。[虎十四]時王命駕，騤
趍（趨）竹林，槍（搶）身之地時。[虎十六]王迴駕悲泣趍（趨）宮時。[虎十三]時王在路，仰天而笑，趍（趨）捨身
地時。[虎六]尒時薩埵遝取（趣——趨）竹林。[虎九]是時二兄見大地動，慮其捨身，但迴覓弟。
[虎十五]王及夫人至捨身處，盡衰（哀）歸哭，纓絡（瓔珞）不御。收取菩薩遺身舍利，起窣堵
波。命駕迴時。[虎七]脫其衣裳，掛竹林上。即上高山，投身虎前，是時大地六（種）
震動。[虎八]是時餓虎食噉盡。[虎十]見其衣裳在竹林上，體骨及髮處處縱
橫。見一（已）悶絕，投身骨上，舉手衰（哀）歸，死而乃蘇。　第七扇㉔
[頭一]過去无數劫，有大國，王名月光，統閻浮提八万四千國。三所住城名曰賢
壽。王坐正殿，念設大會，所須盡与。[頭二]即擊金鼓，造（告）遠近知。[頭三]須
衣与衣，須食与食。金銀寶物，隨病衣（醫）藥，一切所須，稱意与之
時。[頭五]貧窮孤老並雲集時。[頭六]施衣物時。[頭七]施貧弱食時。[頭四]王勅
內庫連出綵帛，用布施時。[頭八]邊小國王名毗摩斯郍，聞月光
王媚（美）稱高大，心懷嫉妬，即自思維：「月光不除，我名不出。」召梵至（志），
供設百味。[頭九]合住（往）除之。梵志（志）不肯。[頭十一]王下令曰：「誰能為我得月光王
頭，分半國治。[頭十]梵至（志）曰：「月光王慈恩惠澤，寧自煞身，不能為此！」遂
散去時。[頭十二]時婆羅门名勞度叉來應王命時。[頭三十]時毗摩羡王聞月光
王死，心烈（裂）死時。[頭十四]月光王國与（豫）有變怪，雷電霹磨（靂），拙（拽）電星落。諸
小國王各感惡夢時。[頭十六]諸天与夢警覺時。[頭二十一]即勅王人作令（金）頭時。
[頭二十]大月大臣即自思惟：「此婆羅门必乞王頭。當作七寶（頭）各五百敗（枚），用
貿易之」時。㉕[頭十八]首陁會天知月光王以此頭施於檀得滿時。[頭十七]時城
门神知婆羅门欲乞王頭，遮不聽入時。[頭十三]時婆羅门辯得衣粮，絆
王去時。[頭十五]小王夢月光王全（金）幢朵折，金鼓朵烈（裂）時。[頭二十二]婆羅门住（往）至

179 啟前，唱言：「我遠聞王一切布施，故遠来乞。」王聞歡喜：「所欲不逆。」
180 婆羅门曰：「欲得王頭。」王言：「却後七日，當与而（爾）頭。」大臣請換与七寶頭。
181 [頭十九]天於夢中而語王言：「汝誓布施，乞者在门。」王覺，愕然，即勅
182 諸门：「勿遮乞人！」婆羅门得入宫门時。[頭二十五]時諸大臣及王夫人投地
183 諫王：「莫為一人永舍衆庶！」王曰：「莫遮我心！」[頭二十六]王語婆羅门：「當智（至）後
184 薗。」王以髮繫樹，雲（云）其斫取。[頭二十七]樹神見此，以手摶婆羅（門）耳，失刀在
185 地時。[頭二十八]是時王語樹臣（神）：「我此樹下曾捨九百九十九頭，兼此一千。莫
186 遮我心。」樹神聞以（已）不遮。[頭二十九]婆羅门起，取刀斫至頭，頭墮手中。天（大）「地」六種
187 震種（動）時。[頭三十一]婆羅门將王頭去，近臣綵女戀慕啼哭，自投於地時。
188 [頭二十四]諸王感（咸）来，共諫大王時。[頭三十三]時婆羅门聞毗摩羡王死，忽吐血面（而）死，弃頭
189 於地。[頭二十三]王許婆羅门頭以（已），遣棄八千里象遍告天下：「却後七日，王欲施頭」
190 時。第八扇(26)[目一]過去无數（劫）時，有大國，王名曰決（快）目，令閻浮提。王有
191 太子，名曰式賢。其國豐樂。劫出庫藏，廣行布施。[目七]時勞陁
192 達拜決（快）目王，即善之，立為大臣。請兵往罰，王即許之。[目三]即堅（堅）金幢，
193 擊大金鼓，宣王慈教時。[目二]出其庫藏——金銀寶物，衣被（服？）飲食，所須
194 之具——着於城门及積市中，遍行宣令：「一切人民，有所之（乏）者，皆悉来
195 取。」[目四]有遠國，王名波羅陁跋弥，恃遠傲慢，不順王化。其政失度。
196 受性貪卒少於思慮，躭荒色欲，不理國事。王有智臣，名勞陁
197 達，以此諫王。王聞嗔恚，不從其言。達自念言：「不受諫，儻復見宍（殺）。」
198 即投大國。[目八]時勞陁達得為大臣，說波羅陁跋弥無道，請兵
199 問罪。王勅有司差發兵馬時。[目六]勞陁達入見王時。[目五]時勞陁達
200 見王嗔諫 即棄疾馬，投決（快）目王。小王出兵追捉，勞陁達善知射
201 術，凡十八術。兵衆雖遂（遠），不能敢近。遂得徹倒（到）「畐迦羅跋，見決（快）目王。

202 〔目九〕時决（快）目王遣人語之：「閻浮提内都勑發兵，當盡汝國。汝安坐耶！」
203 波羅弥闍，愁悶迷憒，有輔相婆羅门问王：「何憂？」王曰：「前勢陁達
204 决（快）目王邊發兵，来滅我國。」曰：「彼王好施，當乞其眼。」〔目十一〕時决（快）目王國種種
205 恠見，空中有聲，扯（拽）電星落，陰霧礔（霹）歷（靂），飛鳥悲鳴，師子虎狼處處
206 哮吼，臣民恠之時。〔目十四〕婆羅门漸到殿前，白言：「聞王好施，我今乞眼。」王曰：
207 「大善。」〔目十三〕婆羅门入王城時。〔目十二〕野獸鳴吼時。〔目十〕王受輔相計，令旨婆羅门
208 往决（快）目王所乞眼去時。〔目二十一〕旨婆羅［門］迴到本國，婆羅陁跋弥自出迎之，問：
209 「得眼不？」答言：「得眼。」「王存在不？」答言：「諸天来下，平復如故。」聞［已］憤結而死。
210 〔目十六〕諸王臣民聞王令以（已），普来奔詣大王所時。〔目二十〕時天人愕然。帝釋問王：
211 「剜眼苦痛，叵有悔不？」王自誓言：「我无悔恨。審不虚者，令我兩眼
212 平復如故。」誓已（已），平復。〔目十八〕王令唯覓黑色下視者，授刀令使剜眼，者（著）
213 王掌中，施婆羅门。婆羅门授（受）取，安眼匡（眶）中，即得見物。(27)〔目十九〕婆羅［門］言：「得一眼足。」
214 王便（更？）剜一眼施婆羅门。〔目十五〕王即宣令：「却後七日，我當剜眼施婆羅
215 门。諸欲来者，悉皆時集。」〔目十七〕諸王臣民以身投地，腹指（拍）王前，流淚而言：「願
216 王迴意，莫以眼施。」王言：「汝勿遮我无上道心。」(28)第九(29)〔血一〕各（過）去久遠阿僧
217 祇劫，此阎浮提有大國，王名曰慈力，領八万四千小國。王有二万
218 夫人，一万大臣，以十善化人。〔血三〕猶脩善，故菩［薩］、神護時。(30)〔血六〕時有疫［鬼］噉人
219 血氣，用自濟活。尔時人民脩行十善，惡疫不敢侵近時。〔血七〕五
220 野（夜）叉，王剗血脉，施令食之。(31)〔血二〕時王宣制，集國内人民，遣
221 行十善時。〔血四〕善神護门時。〔血五〕時諸人民脩行十善，疫鬼
222 不敢侵犯時。〔龍一〕如菩薩本身月（？）作毒龍，衆生在前，眼
223 視（氣）噓即死。厭悪龍身，於比丘處受一日一夜戒時。(32)〔龍二〕既受戒
224 已，入林樹间思惟，坐久疲懈睡時。〔龍三〕還復虵身，文章離（雜）色。猎

者見喜，剝皮取時。【龍四】以力剝皮。龍自念言：「我能傾覆此國。以持戒故，不喘不視，自取命種（終）。爾時毒龍即佛身是也。㉝【仙一】過去无量阿僧祇劫，波羅柰國有王，名曰歌利，此云「惡無道」。王與四大臣并諸綵女入山遊戲時。㉞【仙二】時王疲乏，遂就林中暫時眠息時。【仙三】綵女遊戲，遇仙人時。【仙四】其忍辱仙人與五百眷屬山中說法，綵（女）就聽。【仙五】（王）寤已，見就仙人聽法。王嗔，語仙：「汝得禪四空定耶？」仙言：「未得。」文（又）問：「汝得四无量耶？」仙言：「未得」。【仙六】時王怒言：「汝既未得如是功德，云何汝今觀我女色！」遂即遣人節節支解。【仙七】是時仙人五百眷屬飛騰虛空，告言：「大師，將不退耶？」仙言：「我今能忍不退也。」【仙九】時王拜跪，悔過罪愆。王（？）曰：「我今无嗔，何悔之有？」王曰：「何以證知？」曰：「若實不復如故虛乎。」㉟【仙八】時王迴駕。天龍嗔怒，雨沙礫石。王乃恐怖，迴駕就忍辱仙悔過去時。第十扇㊱【輪一】去此雷山五百由旬，有一城，名為翰羅波闍，設無遮大會。【輪二】時婆羅门女善支（伎）樓上遥望見㊲【傳二】聲闻衆，彼佛告侍者言：「是人過於卅劫後，當得作佛，号釋迦牟尼。㊳【傳一】我念往昔：有一如来出現於世，号曰尸棄。我於彼時，將无價衣覆彼佛上。彼佛告侍者言：「是人過於卅一劫，當得作佛，号釋迦牟尼。」【傳五】護明菩薩下生降神時。【傳三】我念往昔：於迦葉佛邊行於梵行，求來來世阿耨多羅三藐三菩提，得一生補處，受記盡，上昇兜率陁天時。【傳四】是時閻浮提地有五百辟支佛，聞此聲已，飛騰虛空，相共往詣波羅柰城。至彼處已，各各是（示）現五種神通，踊身虛空，出於烟焰，次第說偈，捨於壽命，入般涅槃。【傳七】時護明菩薩一心正念，從兜率（天）下託淨飯王眾大夫人摩耶右脇，安除（徐）而入。是時天人摩梵一切世间光明普照大地山河六種震動。㊴

248 [傳九]夫人夢已，明旦白王：「作如是夢。當入於我右脇之時，我受快樂，昔所未有。」即
249 召相師占之，相師說偈：「若母人夢見，白象入右脇。彼母所生子，三界无極尊。」
249 [傳八]　是時夫人於睡眠
250 中夢見六牙
249 白象，其頭米色，七枝拄地，以金裝牙，乘空而下，入於右脇。㊵
250 [傳大]是時摩耶夫人白淨飯（王）言：「我於今（令）夜欲受八禁清淨齋戒。」王
251 即報言：「隨夫人心，所樂者行。」　拘睒弥城　毗耶尼城　摩伽陀國　毗舍羅國
252 王舍大城　波羅柰城　舍婆提城㊶第十一扇㊷[傳十六]時王設无遮會，於城门外施貧乏時。
253 [傳十五]時淨飯王聞婆羅门說已，心大歡喜，於迦毗羅城設无遮會，須食与食，須
254 衣与衣，利益太子行。[傳二十]陁（阿）私陁仙相太子時，悲泣雨淚，自恨老朽，不覩佛與
255 時。[傳十四]淨飯王迎子入已，即为相師迎占相之。占已，白王：「大王，今者得大象利如此：
256 太子有卅二太丈夫相。」[傳二十二]時阿私陁仙相太子已，悲泣懊惱，恨不見佛，還太子時。
257 [傳十七]迦毗羅城內廣施貧乏飲食時。[傳十九]憂善耶尼去城不遠，山名頻陁，於中有
258 更一山，名阿私陁。（有仙人）於彼山住，以彼山故，即稱仙人名阿私陁，將一侍者，欲往迦毗
259 羅城相太子。[傳十]菩薩在胎十月滿足時，夫人父善覺長者遣使奏王：「我女摩
260 耶懷胎滿足，願發歸裝」時。[傳十二]摩耶出宮，報母家遣迎時。[傳十八]迦毗羅東
261 门施貧乏財物。[傳十一]是時淨飯王聞善覺使作是語已，即勅有司，於城內
262 外平治道路，香湯灑地；又光飾摩耶夫人，香花瓔珞（瓔珞）庄嚴其身，
263 從諸宮女，欲向父家去時。[傳十三]摩耶夫人安燃（然）端坐大白象上，諸天化作
264 寶帳，夫人坐去時。

〔校記〕

①．據京洪字六十二號卷子原卷錄文。本書前附照片乃據縮微膠卷翻印，攝照時若干破損處小有折疊，

有幾十個字未能攝出。應以錄文為準。本卷前後殘缺，失題。代擬「榜題」二字，亦系公名而非專名。相關的說明，請參看白化文所作變文和榜題一文。該文載于敦煌研究一九八八年第一期與第三期，敦煌語言文學研究一書轉載。

② 此行上半損泐，殘留下半十二字。觀其內容，似為另一故事之結尾，與須大拏太子本生無涉。

③ 此行上半損泐，殘留下半八字。「名曰」下可補「叶波」二字。

④ 此行上半損泐，殘留下半十一字。

⑤ 此行上半損泐，殘留下半十二字。顯為兩事，故分錄。

⑥ 此行上半與中部損泐，殘留十六字。顯為兩事，故分錄。

⑦ 此行中部損泐數字。

⑧ 此行中部損泐約三字，可補出：「名曼坻」。

⑨ 此三字寫于十行與十一行之間，以朱筆「ㄱ」闌入。

⑩ 此處節引過甚，為照顧原卷而又能使讀者大致了解內容，姑補出兩字。

⑪ 「隨張」二字，寫于粘連的第二張紙的中間，與卷中前後文字部分內容均無關聯。第二張于此二字後約半張均為空白，然後接粘第三張紙。又，第一張紙紙背寫有「佛家說訛」四字，字體與「隨張」二字相似。

⑫ 此二字獨占一行，上有朱筆「ㄱ」標誌。

⑬ 此二字在一行之中，上有朱筆「ㄱ」標誌。

⑭ 開頭部分與第九十三行「若能身琢千釘」可以聯接。

⑮ 結尾部分與第八十八行「乃與汝說」可以聯接。

⑯ 此三字在一行之首，朱筆「ㄱ」號劃在其下「坑一」正文「過」字之上。

⑰ 「天下違棄父」五字，應為「棄天下，違父王，何為自沒」十字之節略。

⑱ 「生滅滅以」四字，原單獨寫在一三五行行首，今移在「寂滅為樂」四字之前。

⑲ 此二字用朱筆寫，居第六、第七兩張紙之間（第六張紙甚短，只寫四行字）。今以之單計一行，則

全卷殘存二六五行。敦煌劫餘錄捨去此行不計，故著錄為二六四行。

⑳ 此十六字內容與下文上文均不相關。估計是抄完此十六字後發現應改抄其它內容，故于下接「第六翁」即改抄。

㉑ 此三字寫于行外，上有「┐」形朱筆記號闌入行內。

㉒ 「閻」字下有「浮提」二字，又用消除號「卜」消去。估計作者欲寫「閦」字，誤寫「閻」字，又因聯想多寫下兩字。

㉓ 此七字無所歸屬，姑係于前。

㉔ 此三字寫于一六四行之最下，其「┐」號朱筆勾在一六五行頂頭「過」字之上。

㉕ 「枚」字原寫作「敗」，徑改。「用」字衍寫一字，刪去。

㉖ 此三字為一九一行第二至四字。「八」字原寫為「七」，用筆塗去，改為「八」。其朱筆「┐」號勾在下兩字「過去」之上。

㉗ 「婆羅門」三字旁有重復符號，故錄文寫兩遍。

㉘ 「而言」之「言」字在行外，今補入。「願」字存上半。

㉙ 此二字在行間右側，硃筆「┐」號劃在「各」字上。

㉚ 此節過于簡略，顯有脫誤，今酌補一「薩」字。

㉛ 此節亦過于簡略，補不勝補，未補。

㉜ 「月」字臆測為「前」字之一部分，字未寫完；亦或為衍字。本節亦過于簡略，酌補一「氣」字。

㉝ 此節亦簡略，未補字。

㉞ 「與」字上有「以」字，「遊」字下有「喜」字，均用墨塗去，但消除痕跡不顯，原字相當顯明。

此二字均未錄入。

㉟ 第一個「王曰」之「王」，恐為「仙」字之誤。

㊱ 此三字居行首，「┐」號朱筆劃在「去此」二字之上。此三字之下，中有一字空。

㊲ 此句未寫完即中輟，以後至紙尾有六行字左右空白。

㊳ 「聲聞衆」三字前肯定有字。此紙為卷子現存最後一張紙，第二四〇行又為此紙最前一行，上一紙尾又有六行字左右空白未寫處。此紙所寫佛傳内容中間脫略不相銜接處甚多，故判斷此行前脫去大段文字。

㊴ 最後一句有因省略而致語意不明處。

㊵ 此節在兩行中前後書寫顛倒，今據文意乙正。

㊶ 極可能為壁畫中城市名稱榜題總錄于此。

㊷ 此四字寫于行外。朱筆「丁」號于「時王」二字之上。

十三　〔六禪師七衛士酬答〕①

〔前闕〕
貫習州　進城縣②
▨善府衛士姓常名貴賤▨
口過逢六箇禪師從山中出来▨
禪師何處去？」禪師答言：「貧道入
年，忽憶家鄉父母，暫往覲省。弟子愛
即請住一日一夜，借問山中事意。禪師
意一偈。　第一禪師名遠塵，偈〔云〕：
五蔭山中有一殿，琉璃七寶作四〔寺？〕院。裏有一仏二菩薩，旋
法善神擡迊(衍)迊遍。无名行者燒香火，懃心掃灑无人見。
第二禪師名離垢，偈云：　五陰山中有一堂，裏有一柱
帶千梁。安置高坐講般若，一法不說空擊揚〔激揚〕。擊揚〔激揚〕論議是
魔法，將身求解轉被縛。喻若醫師不識病，向他門前湯〔謾〕行
藥④。　第三禪師名廣照，偈云：　五陰山中有一房，裏
有禪師座〔坐〕繩床。飢飡禪悅食，渴飲般若漿。念念懃精
進，无心合道場。道場无憧相，法體无不現。无功无用惃惃
用，无行无願本来遍。　第四禪師名淨影，偈云：
五陰山中有一道，懸巖險峻无人到。裏有金銀如意珠，亦
有珊瑚无價寶。若有取得用，珎重莫輕賤。輕賤是愚人，
切道无過嗔。逢人省出語，忍辱成仏因。
第五禪師名智積，偈云：　五陰山中有一池，裏金〔池裏〕金沙

21 无人知。定水澄清取得用，開門大施貧窮人。貧窮人得用惣
22 安樂，善知識門前不着脚。念念精進自懃苦，身中無病
23 不用藥。藥病相投須和會，第一慎口淨持戒。你自犯藥
24 病（病藥）不差（瘥），不得懇師作闡提解。彼此相損不利益，汝病
25 歷刧忽不差（瘥）。我若貪嗔癡病除，誓願歷刧常同會。
26 第六禪師名圓明，偈云：　五陰山中有一燈，白日
27 盡夜明滕滕（騰騰）。无心（芯）⑤无油燈即滅，第一將護須避風。
28 說偈已訖，即至夜，并贈⑥五更轉。禪師各作「一更」。
29 一更淨（靜）坐觀剎郍（那），生滅妄想遍娑婆。客塵煩惱積成
30 刧，已刧除刧轉更多。　二更淨（靜）坐息心神，喻若日月
31 去淨（浮）雲。未識心時除妄相（想），只此妄想本来真。真妄
32 无来同一幹，一物兩名雖合會。合會不二大丈夫，歷刧相隨
33 今始解。　三更淨（靜）坐入禪林，息妄歸真達本心。本心靖
34 淨无箇物，只為无物悉苞（包）容。苞（包）容一切含万境，色空不異
35 何相㝵。故知万法一心生，却將法財施一切。
36 四更念定悟惣特，无明海底取蓮藕絲。取絲出水花即死，
37 不（取）絲⑦時花即萎。　二疑中間難啓會，勸今⑧學道莫懈怠。
38 念念精進須向前，菩⑨提煩惱難撩簡（料簡）。撩簡（料簡）煩惱是癡人
39 心心數法不識真。一物不念始合道，說即得道是愚人。
40 五更隱在五陰山，藂林斗（陡）闇侵半天。无明道師結跏坐，入定
41 虛凝證涅槃。涅槃生死皆是幻，无有此岸非彼岸。三
42 世共作一剎郍，影現世間出三界。若人達此理真如，行住坐卧
43 皆三昧。　第六禪師⑩无「更」可「轉」，即作勸諸人一偈：

勸君學道莫言說，言說行恒空。不斷貪癡愛，坐禪浪用功。用功計法皷，實是大愚庸。但得无心相（想），自合大虛空。弟子蒙禪師等⑪說偈，并五更轉及勸善文，弟子等戀慕禪師⑫，不知為計：「留得禪師共住脩道？」⑬ 各自思惟，各作行路難一首。

丈夫⑭怳忽憶家鄉，歸去來，歸去從來无所歸。来去百過空來去，不見一箇舊住處。住處皆是枷鏁杻，勸君學道須避䟦。法界平等一如如，裏中无有的親疎。君不見，行路難，路難道上无蹤跡。始知⑮：虛空以為屋宅，大地以為床席（席）。水火畢竟相隨，如風無有蹤跡。合即五家共一，離散各不相知。既委⑯自身狀跡，何處更有諸親。君不見，行路難，路難道上无蹤跡。父母⑰皆從貪嗔癡愛生我，祖父先是二十五有。眷屬元是色聲香味觸，妻兒即是色境五欲。万法畢竟相隨，徽塵以為同學。君不見，行路難，路難道上无蹤跡。衆生大大癡⑱，不肯着如來衣。常卧无明被，昏昏長夜睡。念念求財色，不覺死時至，空手入三塗，何期悔來此。君不見，行路難，路難道上无蹤跡。衆生⑲常被色財纏縛，没溺愛河。沉淪生死，處處經過。八風常動，六識昏波。常念⑳五欲，不念弥陁。生天无分，地獄對門。循環六道，迴換万身。欲得學道，須捨惡親。君不見，行路難，路難道上无蹤跡。常捏龜毛為罝網，磨鍊兎角作刀槍。大悲澤裏網得庶，鐵圍山中捕得羊。白牛駕車來運載，乾闥婆城中作宴會。二乘門外不忍看，𦬇

67 端坐意氣待。辟支四果心生疑，聲聞緣覺无所知。脩
68 道若達此法門，始能行得大慈悲。慈悲度脱諸衆生，先須
69 持戒不煞生。煞生偷盗皆討罪，地獄門前專相待。不見一法
70 成，急无一法壞。逆順平等一如如，是故名為大丈夫。
71 君不見，行路（難），路難道上无蹤跡。身騎精進，忍辱作鞍轡。
72 持戒作槍翻，慈悲為軍將。手把禪定弓，射破卅六
73 軍賊。獲得菩提勳，无心是官職。差作巡境使，四方和六
74 賊。大丈夫自恨，（自恨）無道德。虛食信施供，假名入山谷。忽若
75 得道果，歷劫相勞簾（勞碌）。欲得學无為，常須三不足。
76 六師捻得，尋思一遍，却受慕弟子，即自迴心共住脩
77 道。惣共十三人：尊一箇有德為師，兩箇親近承事，
78 十箇諸方乞食。和上即歎「安心難」：　安心難，欲得安
79 心无處安。一處不安是大定，无定无安是湛然。湛然清淨
80 性常住，无心无識是道路。道路過度諸衆生，唯多人踏
81 道更平。平道无過忍辱是，惡草棘剌永不生。
82 諸人脩道憎貪欲，不知貪欲是仙朴㉑。芥故向貪欲生，
83 无有欲心染世俗。世俗因緣貴貪欲，歷劫染愛无有足。
84 虎狼師子易伏棣，唯有財色難制勒。若能制勒得，
85 解脱當處得。　一念淨心入精屋，精屋即是无明窮。窮
86 道理中有真容，始知石內生金玉。不琱不琢不成
87 寶，无解无行无道德。解行相依如車輪，亦如空中鳥
88 二翼。破戒如鳥投羅網，亂定如車无有軸。因緣具備
89 須和會，定惠（慧）雙脩不孤獨。前念後念无間斷，始得名

為善付囑。

〔校記〕

① 知見者凡三卷，均無題目，今為代擬。伯三四〇九，首殘，存九十行。伯希和劫經錄王有三先生記云：「此卷當是記一文字遊戲應予重視記一人在五蔭山中逢六個禪師每禪師先各作一偈文各作一五更轉於是逢者作行路難」。斯五九九六，前後殘闕，存十二行。斯坦因劫經錄中劉銘恕先生簡記云：「五更轉」。斯三〇一七，前後殘闕，存二十三行。斯坦因劫經錄劉記為「五更轉 勸諸人偈 行路難」。並有說明：「此為所謂第六禪師某，與修道人眾所作詩文，前二種為禪師作，後一種為眾人作，但互相聯係，未可分割，茲試抄其前部」。下有錄文，錄其前半。行路難四首（第四首只存前二句，下闕）未錄。饒宗頤先生敦煌曲一書中，將此三卷內行路難與五更轉諸曲辭作為新獲之佛曲及歌詞中之「兩種」校錄。並指出：斯五九九六與三〇一七「兩卷可以綴合，其內容可以伯三四〇九參證」。日本田中良昭敦煌禪宗文獻の研究中亦有錄文並校證。按，斯五九九六與三〇一七，實為一個卷子中前後相聯的兩張。聯接處無闕字。此二卷應視為一個殘卷，即，斯五九九六首殘，尾接斯三〇一七之首，斯三〇一七尾闕。共存三十五行。可與伯三四〇九互校。通觀本文整體，以故事形式貫串僧偈佛曲。雖故事性不強，或者說，故事只是一種手段，但若我們想到，唐代許多傳奇，包括遊仙窟等名作，故事也較簡單，而其中串有許多歌詩時，便可恍然於此文是規橅傳奇的雛型作品。若準唐人戲稱俗講為「和尚教坊」之例，則可稱本文為「和尚傳奇」矣。今以伯三四〇九為原卷，斯五九九六加三〇一七為甲卷，參照劉、饒、田中三氏所錄，校訂錄文。

② 此上殘闕，所殘似不多。「習州」「進城（蓋誠）縣」及下一行「☐善府」「常貴賤」等地名、人名，包括下文六位禪師法號，似均有虛擬的雙關性質。論語中長沮、桀溺等名字為早期例証。唐人遊戲文字中常見，如毛穎、元無有、敬去文之類。不過，本文是佛門勸戒文字，詼諧性少而嚴正的隱喻性多。但也可看出來本文受當時流行的傳奇影響，于說教中注入些故事與趣味。

③ 「榼」字疑為「合」字之通假。

④ 「行藥」疑與「行樂」雙關通假。

⑤ 唐代無「芯」字，「無心」雙關「無燈芯」之「心（芯）」。

⑥ 斯五九九六自此處起。「并贈」作「更贈」。

⑦ 原卷「綠」字上闕一字，斯五九九六作「取思」。

⑧ 斯五九九六「今」作「君」。

⑨ 斯五九九六止於此「菩」字，恰與斯三〇一七「提」字一下相接，中間一字不缺。兩卷原係一卷中之兩紙。

⑩ 斯三〇一七於「禪師」下有「默然」二字。

⑪ 斯三〇一七「弟子」作「貴賤等」，「禪師」二字下無「等」字。

⑫ 斯三〇一七此二句作「兼與五更轉，把得尋思，即愛慕禪師」。

⑬ 斯三〇一七此二句作「不知為計：留得共住修道。貴賤等」，下接「各自思維」。

⑭ 斯三〇一七於「丈夫」前有「第一」兩字。

⑮ 斯三〇一七於「始知」前有「第二」兩字。

⑯ 斯三〇一七「委」作「知」。

⑰ 斯三〇一七「父母」前有「第三」兩字。

⑱ 斯三〇一七缺「眾生大大癡」一章，其第四章為「眾生常被色財纏縛」一章，且自「常念」以下闕失。

⑲ 斯三〇一七「眾生」前有「第四」兩字。參⑱。

⑳ 「常念」以下，甲卷闕。

㉑ 此字作「朴」，但非「朴」字。左邊先寫一「木」，右方以「卜」號即敦煌卷子中常用的銷除號點去。但未補新字。

十四　下女夫詞①

下女夫詞一本②

賊来須打，客来須看，報道姑嫂，出来相看。女答：門門相對，户户相當，通問刾史（史）③，是何祗當？兒答：　心遊方外，意逐恒④娥。日為西至，更蘭（闌）至此。人疲⑤馬乏，蹔欲停留，幸願姑嫂（嫂），請須⑥接引：　女答：更心⑦月朗，西⑧斟（斗）情⑨明，不審何方貴客，侵夜得至門庭？兒答：鳳凰故来至此，合得百鳥參迎。姑嫂（嫂）若無祗宜，火急返身却迴。　女答：何方君子⑩，何處英才？精神磊朗，因何到来？　兒答：本是長安君子，進仕（士）⑪出身。選得刾史⑫，故至高門。　女答：既是高門君子，貴勝英流，不審来意，有何所求？兒答：　聞君高語，故来相投，窈窕淑女，君子好求：（女荅）⑬：金鞍駿馬，繡𦉪（襦）⑭交横，何方君子，至此門庭？女（兒）荅⑮：本是長安君子，赤懸（縣）⑯名家，故来祭謁，料作榮華。兒（女）⑰荅：使君貴客，遠涉愎⑱，相郎⑲通問，躰內如何？兒荅：刾史無才，得至高門，皆蒙所問，不勝戰陳。再問：更深夜久，故来相過，姑嫂如下，躰內如何！女荅：庭前井水，金木為蘺（欄）⑳，姑嫂已下，並得平安。兒荅：上故（古）王嬌（喬）㉑是先（仙）㉒客，得問（聞）列（烈）㉓士有荊軻。今過某公来㉔此間，未知躰內有如何㉕？（女荅）㉖：孟春已暄，車馬来前，刾史貴客，躰內如何？兒荅：此非公管（館），實不亭（停）流（留），有事速語，請莫乾羞。女荅：亦非公管（館），實不亭（停）流（留），發君歸路，莫失程前㉗。兒荅：車行輞盡，馬行蹄川（穿），故来相過，任自方圓。女荅：何方所管，誰人伴

45 巽（奐—換）？次弟（第）㉘中陳，不須遼（潦）

46 乱。兒答：燉煌所攝，公

47 子

〔下闕〕

〔校記〕

① 敦煌變文集所收下女「夫」詞一本校記中稱：「又北京大學圖書館藏一卷，未入校。」此卷實為北京大學圖書館學系收藏。原卷為殘卷，高十四點五厘米，殘長八十五厘米，由兩張黄綿紙粘貼而成，第一張殘長五十八厘米，第二張殘長二十七厘米。正面有烏絲欄，殘存字五十三行，其中第一行至四十七行前一字為下女夫詞，未寫完，首題「下女夫詞一本」。背面存下女夫詞十行，無欄，首題亦為「下女夫詞一本」，占一行，後接正文九行未完，至「合得百鳥參迎」。此卷字體拙劣，顯係初學者所抄，正反面可能非一人所錄，但下女夫詞一本出自一人之手。背面下女夫詞一本磨損過甚，字跡漫滅，不入校。僅校錄正面下女夫詞一本。

據四个卷子互校，編號如下：

原卷　北京大學圖書館學系所藏。

甲卷　伯三三五〇。

乙卷　斯三八七七。

丙卷　斯五九四九。

校錄參考敦煌變文集及敦煌變文集新書，但由於所據卷子編號不同，不便直接引用，而於每一校記前說明。

② 篇題甲卷作「下女詞一本」。

③ 變文集校記：丙卷「史」作「使」。案：作「使」是。

④ 案：乙、丙卷「逐」作「遂」，誤。敦煌變文集錄作「遂」。敦煌變文集新書疑當作「逐」，得此

則為確證。「恒」當作「姮」。

⑤ 變文集校記：乙卷作「先」，丙卷作「卑」，應通作「痕」、「儻」等字。變文集錄為「先」。案：原卷此字不易認識，現參考隋董美人墓誌銘「疾」字字形，暫錄為「疾」。

⑥ 變文集校記：乙卷「須」作「垂」。變文集錄為「垂」。

⑦ 案：乙、丙卷「心」作「深」，當作「深」。

⑧ 案：乙卷「西斗」作「星斗」。

⑨ 案：丙卷「情明」作「齊明」。疑當作「晴明」。

⑩ 案：乙、丙卷此句作「本是何方君子」。變文集錄「本是」二字。

⑪ 案：乙、丙卷「仕」作「士」，變文集錄為「士」。

⑫ 案：乙卷「史」作「使」。

⑬ 案：原卷無「女答」，據乙、丙卷補。

⑭ 案：乙、丙卷「辱」作「褥」，變文集錄為「褥」。當作「褥」。

⑮ 案：原卷作「女答」。誤。據乙、丙卷改。

⑯ 案：乙卷「懸」作「縣」，當作「縣」。

⑰ 案：原卷作「兒答」，誤。據甲、乙、丙卷改。

⑱ 案：觀其字體疑為「慎」，但與上下文不合。周紹良先生認為當作「砂磧」，並分析「此篇多用韻語，『磧』與『客』協。」變文集新書校記：甲卷作「磧」，旁注「場」。案：「磧」乃「磧」之訛字，誤改為「場」。

⑲ 案：「相郎」甲、乙、丙三卷作「將郎」，似原卷更確。

⑳ 案：「難」，甲、乙、丙卷作「蘭」。變文集校為「蘭（欄）」。

㉑ 變文集校為「嬌（喬）」。

㉒ 變文集校為「先（仙）」。

㉓ 變文集校記：甲卷此句作「傳聞（寶玉案：實寫為『文』）烈所有經詞」，乙卷作「傳聞到便有荊

軻」，變文集新書校記：似當作「傳聞烈士有荊軻」。

㉔ 變文集校記：「今過某公」甲卷作「金過毋公」。案：丙卷亦為「金過毋公」。

㉕ 變文集校記：此句甲卷作「未知體內如何」。變文集據乙卷錄為「未知體內意如何」。案：甲卷此句下接抄「兒答：此非公管……」。

㉖ 案：原卷、甲卷無「女答一」，據乙、丙卷補。

㉗ 案：「程前」甲、乙、丙卷作「前逞」。疑當為「前程」。以押韻而倒置。

㉘ 變文集校記：乙卷作「遆」，當作「第」。

十五 〔散座文〕①

先闻有教益（益）群情，此說空宗令悟解；後向雪山談妙法，
益今利後不思議。忽然衆集雨天花，毫光遠照東方界；
弥勒共文殊親问荅，因茲衆會得闻經。二深先昌敬群情，
秋子上群偏頌解；翁拂糟糠令避席，问是悟入說真宗。
至者因喻曉（曉）深宗，說彼如来同長者；火宅门前化諸子，
引来齊上大牛車。四大聲闻悟一乘，例皆之心生信解；
還似世人無福德，忽因長者付家財。一雲使雨闰方（润万）苗，
三草闲花皆結實；五性三乘闻妙法，随根受道谷（各）修行。
為彼當来付仏時，國土因缘及名字；十号圓明皆具足，
荘（莊）嚴世界地瑠璃。過去東方万八千，久遠大通智勝佛；
我等須更聽法衆，早闻如理結因缘。三周凡利悉周圓，
三根惣受如来法；五百高明齊得記，還与親友示衣珠。
受季無季亦同愁，上中下品皆蒙記；正法像法經多劫，
地平如掌寶荘嚴。辟奴（如）鑿井向高深，見彼土乾知水遠；
濕土如遲知进水，淨水持取大乗（乘）經。適来和尚說其真，
脩行弟子莫因巡（循）；各自念佛歸舍去，来遲莫遣阿婆嗔。

〔校記〕

① 伯三一二八號所載敦煌遺書總目索引注云：「雜齋文一篇」。從結尾二句可知，是講經散座所吟諷者。詩題今依周紹良讀變文劄記（載於敦煌語言文學研究，一九八八年，北京大學出版社）中「散座文二首」一節中之說明擬題作「散座文」。

俗字表

一畫 乛(門)

二畫 一 匸(亡) 乇(乇) 世(世) 万(萬) 与(與) 与(與) 丶 乏(乏) ノ 个(個) 凡(凡) 兮(分) 丶 门(門) 兮(兮) 乛 止(止)

四畫 一 无(無) 切(切) 互(互) 无(無) 正(正) ノ 乞(乞) 长(長) 仏(佛) 凡(凡) 卆(卒) 乏(乏) 丶 收(收) 之(之) 乛 处(處) 问(問) 收(收) 双(雙)

幻(幼) 幼(幼) 五畫 一 走(走) 切(切) 节(節) 再(再) 升(升) 本(本) 龙(龍) 丨 号(號) 号(號) 叫(叫) 因(因) 足(足) ノ 伏(伏) 低(低) 今(今) 尔(爾)

必(必) 色(色) 丶 收(收) 安(安) 召(召) 礼(禮) 乛 闲(閑) 忙(忙) 斗(鬪) 刘(刘) 幼(幼) 六畫 一 妄(妄) 兆(兆) 求(求) 夹(夾) 再(再) 死(死)

投(投) 与(與) 或(或) 丨 师(師) 旦(旦) 史(史) 国(国) ノ 仰(仰) 丶 旨(旨) 忙(忙) 状(狀) 问(問) 争(爭) 色(色) 官(官) 定(定) 初(初) 学(學)

乛 尼(尼) 弘(弘) 状(狀) 七畫 一 麦(麥) 寿(壽) 形(形) 影(影) 旨(旨) 忘(忘) 坻(坻) 坑(坑) 巧(巧) 坑(坑) 赴(赴) 我(我) 劫(劫) 迎(迎)

龙(龍) 死(死) 来(來) 拘(拘) 或(或) 丨 共(共) 兒(兒) 坚(堅) 具(具) 助(助) 是(是) 国(國) 卑(卑) ノ 乱(亂) 忝(忝) 休(休) 貌(貌) 虫(蟲) 免(免)

舟(舟) 象(象) 各(各) 亦(亦) 亦(亦) 丶 广(廣) 弃(棄) 悴(悴) 间(間) 危(危) 角(角) 第(第) 沉(沉) 沉(沉) 状(狀) 肉(肉) 灾(災) 肉(肉) 宜(宜) 罕(罕)

乛 希(希) 闻(聞) 哭(哭) 孤(孤) 八畫 一 取(取) 所(所) 卉(菩薩) 坑(坑) 武(武) 起(起) 第(第) 枕(枕) 刺(刺) 拔(拔) 投(投) 捉(捉) 招(招)

戒(戒) 丨 贤(賢) 璣(璣) 果(果) 吠(吠) 男(男) 易(易) 咽(咽) 坐(坐) 追(追) 崩(崩) ノ 通(通) 我(我) 修(修) 俱(俱) 受(受) 鸟(鳥) 徒(徒) 役(役)

從(從) 那(那) 念(念) 念(念) 舍(舍) 盆(盆) 刹(刹) 皆(皆) 丶 洞(洞) 庄(莊) 座(座) 怜(憐) 若(若) 免(免) 沉(沉) 宝(寶) 宛(宛) 祇(祇) 乛 居(居)

弥(彌) 皆(皆) 姻(姻) 紺(紺) 陁(陀)

九畫

一

珊(珊) 珎(珍) 戒(戒) 妻(妻) 耶(耶) 逃(逃) 起(起) 甚(甚) 甚(甚) 荒(荒) 等(等) 恭(恭) 英(英) 荅(荅)

葛(葛) 葛(葛) 葛(葛) 柰(柰) 樹(樹) 樹(樹) 軌(軌) 專(專) 㦯(吏) 碎(碎) 殁(殁) 殄(殄) 勅(勅) 逕(逕) 拔(拔) 指(指) 指(指) 提(提) 恐(恐) 遠(遠) 怨(怨)

丨

乾(乾)

虎(虎) 昔(昔) 昇(昇) 晏(晏) 界(界) 鬼(鬼) 昭(昭) 師(師/獅) 崢(崢) 峻(峻) 恩(恩)

丿

耕(耕) 耗(耗) 哀(哀) 修(修) 俱(俱) 恐(恐) 遮(遮) 修(修) 役(役) 役(役)

船(船) 航(航) 那(那) 那(那) 含(含) 脈(脈) 股(股) 服(服) *逢(逢) 剎(剎) 逢(逢)

丶

哀(哀) 度(度) 度(度) 奇(奇) 彥(彥) 彥(彥) 怪(怪) 憫(憫) 惱(惱) 惱(惱)

聞(聞) 閣(閣) 逆(逆) 善(善) 悉(悉) 烟(烟) 急(急) 灑(灑) 流(流) 沒(沒) 淨(淨) 染(染) 淨(淨) 淨(淨) 泥(泥) 將(將) 炬(炬) 害(害) 宛(宛) 染(染) 剜(剜) 肩(肩)

被(被) 齊(齊) 冠(冠)

乛

誤(誤) 姤(姤) 妖(妖) 姤(姤) 案(案) 降(降) 綾(綾) 純(純)

十畫

一

珊(珊) 頓(頓) 瑤(瑤) 桑(桑) 恐(恐) 起(起) 莊(莊) 勒(勒) 曹(曹) 惠(惠) 桃(桃) 梵(梵) 救(救) 對(斗) 惡(惡) 聲(聲) 廟(廟) 啓(啓) 辱(辱) 殃(殃) 怨(怨) 振(振) 挽(挽) 根(根) 致(致) 怨(怨)

丨

財(財) 暖(暖) 通(通) 笑(笑) 國(國) 罷(罷) 崩(崩) 骨(骨)

丿

乘(乘) 垂(垂) 徘(徘) 倡(倡) 備(備) 蛇(蛇) 偏(偏) 獅(獅) 修(修) 從(從) 猴(猴) 航(航) 航(航) 船(船) 般(般) 那(那) 看(看) 脂(脂) 脫(脫) 股(股) 腦(腦) 留(留) 訖(訖) 議(議) 秤(秤) 庭(庭) 度(度) 疫(疫) 齋(齋) 胸(胸) 旗(旗) 座(座) 憫(憫) 美(美) 悉(悉) 勇(勇) 歸(歸) 遞(遞) 淺(淺) 添(添) 潤(潤) 淨(淨) 寧(寧) 寂(寂) 窕(窕) 宿(宿) 窈(窈) 最(最) 最(最) 覺(覺) 富(富) 冤(冤)

乛

剎(剎) *嫂(嫂) 婢(婢) 娛(娛) 翠(翠) 唯(唯) *貿(貿) 除(除) 降(降) 絹(絹) 綱(綱) 絲(絲)

十一畫

一

盞(盞) 堆(堆) 遠(遠) 遠(遠) 牽(牽) 果(果) 勤(勤) 葉(葉) 覓(覓) 輞(輞) 啓(啓) 殘(殘)

掲（揭） 捻（捻） 捨（捨） 虚（虛） 處（處） 膚（膚） 致（致） 丨 乾（乾） 监（監） 發（發） 賢（賢） 置（置） 晚（晚） 留（留） 矜（矜） 峨（峨） 丿 乗（乘） 種（種） 棃（黎） 傀（傀）

兜（兜） 衆（衆） 衆（衆） 侵（侵） 條（條） 鈍（鈍） 彩（彩） 飢（饑） 貧（貧） 惱（惱） 減（減） 哀（哀） 就（就） 喪（喪） 衰（衰） 座（座） 鹿（鹿） 鹿（鹿） 鹿（鹿） 旗（旗） 惵（惵） 閒（閒）

善（善） 蓋（蓋） 斷（斷） 敬（敬） 魚（魚） 逸（逸） 焰（焰） 渴（渴） 淚（淚） 最（最） 割（割） 突（突） 飛（飛） 窗（窗） *齋（齋） 乛 閑（閑） 皺（皺） 强（强） 慎（慎） 嫂（嫂） 墮（墮） 媚（媚） 遍（遍）

博（博） 能（能） 喻（喻） 貿（貿） 參（參） 陰（陰） 經（經） 經（經）

十二畫

一 髯（髯） 裹（裹） 違（違） 頓（頓） 趁（趁） 塼（塼） 堆（堆） *牽（牽） 堪（堪） 葉（葉） 勤（勤）

貌（貌） 輕（輕） 槐（槐） 索（索） 索（索） 索（索） 醉（醉） 爽（爽） 虞（虞） 捺（捺） 搏（搏） 换（換） 擠（擠） 損（損） 丨 疑（疑） 疑（疑） 輩（輩） 歸（歸） 發（發） 裹（裹） 嘆（嘆）

嗔（嗔） 厭（厭） 曼（曼） 號（號） 號（號） 魅（魅） 歲（歲） 過（過） 圓（圓） 丿 稗（稗） 筵（筵） 策（策） 總（總） 傷（傷） 體（體） 猛（猛） 般（般） 遥（遥） 饑（饑） 饑（饑）

解（解） 解（解） 象（象） 丶 滅（滅） 庶（庶） 竟（竟） 適（適） 惜（惜） 愧（愧） 愕（愕） 闊（闊） 眷（眷） 鹿（鹿） 兼（兼） 願（願） 願（願） 象（象） 須（須） 漢（漢） 淫（淫） 滴（滴）

淚（淚） 濟（濟） 奬（奬） 寬（寬） 宴（宴） 寄（寄） 窗（窗） 殷（殷） 稗（稗） 禪（禪） 禄（禄） 乛 遍（遍） 屬（屬） 遲（遲） 辭（辭） 發（發） 參（參） 墮（墮） 隨（隨） *陰（陰） 緑（緑） 經（經） 經（經）

幾（幾）

十三畫

一 琢（琢） 頓（頓） 魂（魂） 夢（夢） 聚（聚） 趨（趨） 塲（塲） 鹽（鹽） 報（報） 趣（趣） 臺（臺） 藍（藍） 鞍（鞍） 輕（輕） 輕（輕） 遭（遭） 整（整） 歷（歷）

願（願） 整（整） 劇（劇） 丨 業（業） 鑒（鑒） 對（對） 量（量） 賤（賤） 厭（厭） 厭（厭） 厭（厭） 照（照） 跋（跋） 疏（疏） 還（還） 還（還） 幡（幡） 丿 聰（聰） 偃（偃） 樂（樂）

獲（獲） 般（般） 鉢（鉢） 飯（飯） 解（解） 解（解） 解（解） 丶 詣（詣） 設（設） 誕（誕） 說（說） 設（設） 漿（漿） 遮（遮） 爽（爽） 竭（竭） 敵（敵） 憍（憍） 鬪（鬪） 養（養） 糧（糧）

煎(煎) 象(象) 臨(臨) 漢(漢) 潑(潑) 潘(潘) 淚(淚) 怨(怨) 寰(寰) 寰(寰) 審(審) 殷(殷) 福(福) 寫(寫) ㄱ 開(開) 彈(彈) 嬌(嬌) 戮(戮) 陰(陰) 繼(繼)

十四畫 一 髣(髣) 靜(靜) 瑣(瑣) 聰(聰) 鼓(鼓) 散(散) 散(散) 藏(藏) 歎(歎) 園(園) 鞍(鞍) 薛(薛) 敷(敷) 飄(飄) 遷(遷) 遷(遷) 歷(歷) 碪(碪)

奪(奪) 顧(顧) 靈(靈) 據(據) 擔(擔) *換(換) 攄(攄) 壞(壞) 虧(虧) 丨 慕(慕) 散(散) 賤(賤) 踈(踈) 噓(噓) 疏(疏) 跪(跪) 踏(踏) 蟬(蟬) 嘆(嘆) *影(影) 咲(笑)

， 舞(舞) 辭(辭) 魏(魏) 穩(穩) 稽(稽) 毀(毀) 罪(罪) 徽(徽) 衛(衛) 槃(槃) 貌(貌) 勝(勝) 腸(腸) 勝(勝) 解(解) 、 潔(潔) 凝(凝) 漿(漿) 彰(彰) 韶(韶)

遮(遮) 遮(遮) 塵(塵) 塵(塵) 懷(懷) 懷(懷) 義(義) 竭(竭) 養(養) 獸(獸) 滌(滌) 潛(潛) 寢(寢) 種(種) ㄱ 辟(辟) 慢(慢) 隱(隱) 繩(繩) 十五畫 一 鬘(鬘)

髮(髮) 馱(馱) 驅(驅) 環(環) *瓅(瓅) 讚(讚) 夢(夢) 趣(趣) 壞(壞) 境(境) 懃(懃) 鞋(鞋) 薄(薄) 蔭(陰) 薩(薩) 極(極) 樓(樓) 齎(齎) 輒(輒) 輒(輒) 轅(轅) 奪(奪)

顧(顧) 擬(擬) 權(權) 撥(撥) 戲(戲) 膚(膚) 慮(慮) 丨 勸(勸) 睡(睡) 號(號) 器(器) 喚(喚) 喚(喚) 蹤(蹤) 號(號) 罷(罷) 嶇(嶇) 嶇(嶇) ， 毀(毀) 獲(獲)

錢(錢) 鎖(鎖) 腸(腸) 勝(勝) 、 識(識) 戀(戀) 癡(癡) 廣(廣) 遮(遮) 廕(廕) 龍(龍) 龍(龍) 敵(敵) 競(競) 懽(懽) 顧(顧) 灘(灘) 漫(漫) 溺(溺) ㄱ 閻(閻) 殿(殿)

殿(殿) 嫌(嫌) 縛(縛) 緣(緣) 纏(纏) 繩(繩) 綺(綺) 緣(緣) 十六畫 一 髻(髻) 騎(騎) 壇(壇) 喜(喜) 叢(叢) 歡(歡) 鞠(鞠) 蔬(蔬) *覲(覲) 藥(藥) 槾(槾)

機(機) 轉(轉) 暫(暫) 磕(磕) 醜(醜) 顧(顧) 擡(擡) 樸(樸) 盧(盧) 丨 瞻(瞻) 題(題) 數(數) 數(數) 雖(雖) 羅(羅) ， 儀(儀) 儀(儀) 盤(盤) 劍(劍) 膠(膠)

鮮(鮮) 、 誕(誕) 獻(獻) 應(應) 雁(雁) 龍(龍) 競(競) 翻(翻) 瘖(瘖) 襜(襜) 劈(劈) 嬪(嬪) 雖(雖) 歎(歎) 繩(繩) 十七畫 一 瓔(瓔) 聽(聽) 罄(罄)

舊(舊) 鞭(鞭) 難(難) 藕(藕) 蘇(蘇) 檀(檀) 檀(檀) 擊(擊) 礙(礙) 奪(奪) 」 睿(睿) 覺(覺) ， 檐(檐) 蟬(蟬) 䭔(䭔) 餓(餓) 膻(膻) 龜(龜) 、 謌(歌)

變(變) 癡(癡) 懺(懺) 爍(爍) 瀝(瀝) 澤(澤) ㄱ 雛(雛) 繽(繽) 縷(縷)

十八畫

一 難(難) 蘇(蘇) 繫(繫) 礰(礰) 雙(雙) 醫(醫) 丨 獸(獸)

， 鎖(鎖) 龜(龜) 、 護(護) 謬(謬) 顏(顏) 類(類) 願(願)

十九畫

一 麗(麗) 攝(攝) 丨 舊(舊) 曠(曠) 類(類) 獸(獸) ， 籌(籌) 簽(簽)

軀(軀) 職(職) 鐵(鐵) 鎖(鎖) 、 謗(謗) 謙(謙) 鬚(鬚) 寶(寶)

二十畫

一 醫(醫) ， 籌(籌) 籤(籤) 蟾(蟾) 鏡(鏡) 、 奪(奪) 魔(魔) 釋(釋)

爐(爐) 寵(寵) ㄱ 闊(闊)

二十一畫

鸛(鸛) 彎(彎)

二十二畫

鬱(鬱) 讚(讚) 灑(灑)

二十三畫

驟(驟)

二十四畫

驛(驛)

躡(躡) 爛(爛)

二十七畫

鷰(燕) 鸛(鶴)

敦煌變文集補編

圖版

雙恩記第三
經：如是我聞一時佛在王舍城耆闍崛
山中 六種成就 如是兩字信成就我聞兩
字聞成就一時兩字時成就 佛之一字
教主成就 在山中已下處再成就 如
是者為如是之法 我從佛聞或云
我於佛邊遍聞如是法 皆指法之詞
也智度論云生信也 信為能入智
為能度信為入法之物基 在為究
竟云玄述 又云佛滅度時 阿難
等 請四事 佛令依四念住 如何 觀身不
淨 觀受是苦 觀心無常 觀法無
我 佛在之日以佛為師 佛滅度後
室憑此我父 還更有何教法 答有
舍利弗 及諸大羅漢等 向耆闍崛
山 畢鉢羅巖間 結集三藏教法
是時會中 千个羅漢數內只有佛弟
子阿難 未證果位 會中維那 白
其上座 遣出阿難 不令在會 阿
難既被遣出 不部之何 遂合掌望
空 哀苦世尊 我佛在日偏休佛恩
佛隱雙林 我偏失所 仗頭慈尊
還垂覆護 小賜威光 却得會中
同集教法 既啓告世尊了 遂礼

图 1-1

還垂覆護 小賜威光 却得會中
同集教法 既啓告世尊了 遂礼
佛三拜 合掌流淚 告於世尊 ：：以
一道光 照其阿難 光纔照身 尋便
自在 湧身虛空 高七多羅 樹身上
出水 身下出火 東湧西沒西湧東
沒或現大身 遍滿虛空 或現小身
我既得此神通却往畢鉢羅巖間石
門已閉 便即打門 問向誰却舊處座
排比結集如是一代時教 會中維那
便乃從頭礼請如是次弟並推年老
無一受者直至阿難再三商量堅請
阿難昇座 說法未說 阿大衆有疑忽
然聞道如是我聞大衆方知是阿難所
以經頭上先置如是信如師子乳皮乳一
滴入於衆鐵血中盡變為水皮若作絃
一彈 衆絃皆斷也 韻
牛羊蘇乳能奇異 變造多般諸巧伎
照作樓臺纖綺羅 卧成撲酪能香美
若遇西天師子時 不銷一滴皆成水
妄緣情 也如是 念念與人為感魅
境勝難為別是非 心頭豈解分真偽
轉轉牽將不覓知 頭頭感却如沉醉 般若種生信心
前來妄念皆除弃 大慈悲父演雷音 決調和理
極深 師子乳能除假乳 信誠心解遣邪心

图 1-2

前来妄念皆除弃　大慈悲父濃雷吾　法調脩秋理
慭深　師子乳能除假乳　信誠心解遣邪心
乳無純正醍醐乱　信不堅牢妄念犍
若解信心堅固得　大難苦海鎖漂沉
一時者師子合會　説聽究竟悤言時
揀異餘時　又諸方迸但空故　言時佛
者覺也　自覺々他覺　行圓滿稱之為佛
王舍者梵語曷羅闍姞利　呬城唐言王舍
初頻婆娑羅王都在上　第宮猶户々家
頻遭火宮有勅立令更有火者罪後王
宮自失火王遂自遷寒林又無城攝後
舍豐君欲興甲馬討於頻婆娑羅王々
遂築戰城因此呼為王舍城
他方比是屬封邦　國法遷流矣者
梨庶遭殃既伺於　帝宮差罪須依化
吠豐君闡位羅縣　探候欲尋興甲馬
脩急尋時築戰城　因茲立号稱王舍
國名王舍為頻婆　别上第都自據升
叠招害脩無彼此　英明立勅揀偏頗
天聽感化人何倦　聖德既從日更多
吠舍豐君通道事　當時不敢舉干戈
耆闍屈山者梵語姞栗陁羅矩吒唐言
就峯又去鷲臺在上第東北十五里接
北山之陽孤摽特起既栖鷲鳥又類高
臺空翠相明濃淡分色佛得道後

图 1-3

臺空翠相明濃淡分色佛得道後
十五年間多居此山廣説妙法思益攝
伽等山此乃　孤高迴聳　香麗偏奇
分明之銀漢通降　皎潔之星宫據里
清風颼々流桂香於洞前碧霧霏々
送猗簷於座側而又只栖瑞鳥不宿
凡禽草數々之苗僧宴三生之定
雲騰瀑浴聽龍子吸呻吟　鶴過深於
覺神仙而引笈　分殿之珂珠入瞻櫩
之斗色流光　仙樂不斷於晴靈瑞彩
長飛碧落　子時送曉　伏日生寒　是
身即之奇居乃中天之勝地　簡　通霄
接漢獨奇秀　荐蕩旋迴遮宇庙桂
畔鹰雞離野禽　松澗只是栖靈鷲
壯千峯光万納　不以炎涼分節候
正夏庇生送臘寒　子時雖叫矣星盡
澄潭隐々聽龍吟　古洞深々聞虎嘯
落硎榆張瑞鶴飛　佛廉雲過仙歌奏
截銀河　很北斗　插押欄杆光焰透
磬盡鐘殘飯已餘　尚聞王舍移更漏
休誇出水妙高山　並比耆闍又即難
隊々香庇生桂畔　群々鷲鳥宿松間
露珠入僧窗分殿　月色添光於枕櫩
若要上方勝帝釋　出門輕把白榆攀
問佛何故不於諸國諸山説經偏於王舍

图 1-4

若要上方勝齊釋　出門輊把白椅攀
何佛何故不於諸國諸山說經偏於王舍
鷲峯說經　答緣國勝餘國　山勝
餘山　所以世尊　緣緣說此處　如何知
所以法華疏云　王都既是王舍　佛住
鷲峯山都　兩處雙彰　自他二化
但說讓云　席公圓就者　此法門亦現
有二種義　一者一切法門中最勝故　如
王舍勝一切諸國　國乃摩竭之正中　仁
王所都處表一乘乃三乘之道法也
所信境國勝餘國　經勝餘經也
二者亦現自在　切德圓就也　如耆闍
崛山　山勝餘山　顯此法勝此山獨嶷
高而復顯出過二乘　自在觀之功德
滿故　又云國勝餘國　無麗物而不
出法勝餘法　無衆德而不具山勝
餘山　謂瑞鳥之所栖止　法勝餘法
謂上人之所遊儀　還有甚人　莫不
是諸方菩薩各門舍利弗等遊此會
中　[illegible]
鷲峯王舍兩但美　餘國餘山雖可此
莫說人皆智惠人　氣緣地惣是靈地
足珠珠　多錦綺　軟草祥花咸備
九夏無勝遠之數　三秋鎮有長長
娟　大乘經　也如是　諸教諸經雖可比

图 1-5

九夏無勝遠之數　三秋鎮有長長
娟　大乘經　也如是　諸教諸經雖可比
菩薩無非現化身聲聞各惣居擁地
遣彼邊　明不二　接物投機皆得備
流有還逢破有居　讀空或說非空義
鷲峯山勝法會殊　王舍國強經不異
所以如來何此中長時說擴三根記
國強山勝地英靈　武會人人皆節相
文儒个个是公卿　八方禮義曾無乱
四海尼儀別有情　是以世尊怜遣事
長於此處說真經　山又好　法能嘉
山法無偏聖所諳　法貫深根生道
種　山栖就鳥拆祥花要來王舍程
非遠　擬往香峯路不賒　說報恩經
於此處　有幾多羅漢冒將來經与
大比丘已辦梵行已立不受後有如
摩訶那伽心得自在　摩訶迦葉　与者　魚井井
能樹云一處一時一心一戒　道同一解脫是名
共大比丘者一云怖魔比丘　若行一切魔怖
皆當礼敬緣有五種德　一者發心出家
懷佩道故　二者毀其形好應法服故
三者永割親愛　無的莫故四者委
弃身命　遵崇道故　五者至求大乘
救度人故創發此心令魔恐怖故云魔
怖　[illegible]　剃除鬚髮堅持戒　妄念邪情専

图 1-6

怖　諂　剃除鬚髮堅持戒　妄念邪情專
破懷意地非論毀相儀　心中無已離
恩愛　求菩提心不背　誓與有情慎若
海　為有如斯德在身　魔惡所以長驚退
清高節操伏王侯　三事由衣信腳遊　恩
愛豈曾開口腹　於儀未省學攀緣　有插
心處生穿鑿　無益門中不囑求　長遣
魔惡懷怕懼　方得名為大比丘　二者名
乞士出家之人虛心求道　無所貯畜外乞
衣食　以資色身內之門法　度之人眾　故云乞
士　能　持盂眾落求餐飯　濟給身軀摧
我慢　隨物外之言不掛心　情中境像專除
毀　伏利名閑松　長使俗塵生仰羨　討覓
真經度脫人　方契當時出家錄　身無
拘繫隨清幽　大似平江不繫舟　既解情中
無境像　應難閑事掛心頭　盂中香飯時
閒化　傑上田衣不亂求　長使俗家生仰仰
羨　方得名為大比丘　上來比丘竟
此經比丘是大阿羅漢　梵語已久　不受
後有已下　毗婆沙九十四云　何故名阿羅
漢　答應受世間勝供養故　名阿羅漢　復次
阿羅者　謂煩惱　名能害用利惠刀　害煩
惱賊此　羅漢等　或是久成正覺　權作聲聞
新伏無明　令無餘故名阿羅漢又阿羅漢名生阿是無義漢名生故　名阿羅漢彼於諸界趣生死法中不復受
生也又漢者賊　一切惡不善清　緣昇果位　計數即塵沙莫及　都揀
即二万八千　阿羅者即遠離生義　遠離諸惡不善法者　名阿羅漢此　同

图 1-7

生也又漢者賊　一切惡不善清　緣昇果位　計數即塵沙莫及　都揀
即二万八千　阿羅者即遠離生義　遠離諸惡　不善法者　名阿羅漢此　忍惡者理不善業不善者理一切煩惱障善法故　同
於佛會之中聽說報恩經典　斷惡不善女住勝義中惡
供養　貪嗔背祈　盡是阿羅漢　東往得逍遙　生死
難榮絆　惠鎮　錚鋌智月長圓滿　龍天釋梵人
見者皆稱讚　會中難好儀形　月面長眉眼紺
青身掛衲袍雲片片　手攜金錫響玲玲　行時每
遣香明起　定裏長栽竜樹榮　恐與如來為弟
子　願名故入大乘經　一隊隊遠金臺　還對列高
仮次第排　親聽三祇除見執　希聞一法得心通
伏緣自到居巖谷　誓與群生滅障災　不可交
聲聞空在會　合應有菩薩也唱將來　般菩薩摩
訶薩　三萬八千人但　此諸菩薩　久植德本无於量
百千万億諸佛所常修梵行　圓滿大歟　具名曰菩薩
菩者提此云覺即所求佛果　薩者據此諸有
情即所化眾生　摩訶薩大也　謂此有情信大法　解大
義　發大心趣大果　修大行　證大道　故云
菩薩摩訶薩　若據梵語全呼　唐言好略
今此經　更着摩訶薩　具大菩薩　又菩薩　所求
義薩埵義　勇猛義　不憚辛苦　求大菩薩
有者有能　故名菩薩　相者也其時也　梵行已下真在家
雖居塵俗情高邁　恤物憂貧無暫歇
見苦長聞起對治　於人未省生怨結　保行藏
持不懈　念念中間專省察　堅固身心雖在家
此人也得名菩薩　雖居俗舍渾塵　別有
刀大鬼神　無根忍辱無愛春不憐意留不斷貧

图 1-8

此人也得名菩薩　雖居俗舍渾家塵　别有經
切伏鬼神　無恨怨酬無愛眷不憐豪富不欺貧
破除己物如他物　保惜他身似己身　堅固徹頭行道行
也得名為菩薩人　經中菩薩者　不同此輩　本
是位超十地　果滿三祇　垂悲願而往還須淨現
神光如周遊剎土　世無二佛　國無二王　是以權善
薩之形儀　切在助釋迦而宣揚萬八千之名号故有
差殊　四塵大之堅心略無高下　但持瓔珞各掛天
衣礼巍峩調御之法王　聽法滿幽深之妙典賭
三僧祇劫除煩障　百億分身曾供養　釋梵諸天起敬
心　龍神鬼魅生迴向　為眾生心敷廣誓把塵勞
與掃蕩　見道如來說此經　所以權為菩薩相
修城葉滿覺圓明　不異從頭遍礼名　旋遶
寶花飾玉腕　發揚金口歎珠瓔　多異利便緣
含識　廣起慈悲為有情　知道釋迦宣此教
故來同聽大乘經　悲愍一切　救輪迴見者須發業
障摧　現頂寶冠申請益　隱眉毫相侍蓮臺　隨
天衣動香風起　逐足旋行瑞蕋開　嚴飾得道場
只首好　更應有天眾也唱將來　經復有無量百千
欲界諸天子等各與眷屬　齎諸天上微妙香花　作天
伎樂　住虛空中　欲界
並有身光閃爍脫日之無體　相莊嚴共諸天齊
異幾言正座　寶殿盤旋撥道開遊　彩雲捧擁身
披妙服輕可三銖六銖　頂戴星冠　花有百般
朵　眷屬也無非玉女　侍從也莫不天男　似閑宮內

图 1-9

披妙服輕可三銖六銖　頂戴星冠　花有百般
朵　眷屬也無非玉女　侍從也莫不天男　似閑宮內
一盞明燈　如眾星中一輪朗月　知佛欲說大報恩
經　與天眾俱咸離上界　雨名花於空裏　奏仙樂
於雲中　只遍尉中門愍到耆闍法會
欲界諸天無量　聞說報恩演暢
他也整頓威儀　各乃排比隊仗
披妙服以忻歡　躡彩雲兮陽御　日月寧敢爭光
天地不能攔障　花亂雨以繽紛　樂同音兮鏘鏘
毫　麦地空中頓下雲　各自持花申供養　當時
欲界及諸天　聞道真經我佛宣　各整威儀離
寶殿　但來眷屬下人間　鼓神仙樂勝三界
雨妙香花遍大千　只似如今彈指頃　一時已到
法王前　經諸天龍夜叉至退座西若論大眾
不異側量或聖是賢或是龍鬼个个執持幡
蓋个个整頓威儀　以星蔟高天　如鳥奔陽海
或有小小个个勤榮威即降龍也有老老大沙
門力能伏虎　或有能揚邪辯擊論越而
魔黨頃心　也有妙運法音　說志理而天花
落座　或有身披百納　袈裟上點點雲生
也有意悟三乘　口海內滔滔義泛　或有長者
居士　抱榮貴而出家　也有帝主后妃慕高
閑而求道　阿難即攝諸法　乾闥婆即呈
少青歌　乃如斯便數若聞向沙　眾圍遶

图 1-10

闍而未道 阿修羅即攝諸法曲乾闥婆即呈
妙清歌 乃如斯便數若門向沙衆圍遶
釋迦化主 聲聞菩薩魚龍鬼浩浩如砂難
摠記 風之旋來海角清 神仙亂下祥花
墜 滿虛空 遍天地 埃羅未省纖起

雙恩記第七

經介時太子聞是語已悲淚滿目世間衆生造
諸惡本衆苦不息憂愁不悅即迴即車還
宮
太子比意出遊翻招苦惱爲觀前耕織等不
免淚流盈目塵埃滿身嗟衆業之極多慈二
若之太甚殺翻斷者幾時解息於冤家冒後
貧人何日破除於辛若是以迴車上路整隊
還宮音樂聞如不聞舞袖見如不見驚訝
滿堤之嬪婇五五三三惆惶閒國之生靈千千万万
如雲急過似鳥奔飛正在高量已却歸殿

偈月

憫念衆生業所爲 袖淹雙淚發還憂
行行舞伎似無見 接接笙歌如不知
揭地聲鼓喧緣野 帳天塵土絞紅旗
滿城驚訝出門看 人聞馬嘶皆怨歸

图 1-11

揭地聲鼓喧緣野 帳天塵土絞紅旗
滿城驚訝出門看 人聞馬嘶皆怨歸
既迴不樂王問曰汝比出遊行今何故不樂樂
太子曰父王我比出遊看菌苑不知人世有此
辛
爲骨肉之營換 致衣食之傷害 耕者出虫而
烏啄 織婦紡縷以子勞 屠宰殺剝於牛羊 捕
獵羅鉤於魚雀 禾興損害 終結冤家 苟事
謗心 以強欺弱 所以不忍觀見 車爲却迴
衆人既迫於煎熬 獨自何須於快樂 偈月

只管尊高處帝宮 未知門外苦千重
烹爆唱叫恨屠子 網捕啼嗁傷鉤翁
少婦車前乞然縷 老烏梨草過旋銜虫
都由然害兼衣食 所以歸來不願逢

王曰汝極錯吴人之世間貧富隨業皆須衣而
裹軀復籍食以養身不紡而何致衣裳不種
而何求粟麦至如飛禽走獸大軀亦然隨果
報而雖別形儀配業緣而未相食敵鼠爲貓之
然害匪自人教蝶遭蛛之網並盡隨天使汝莫
傷嗟乞益常觀若勞我之精神又何名爲孝道

詩曰

天配人生豈自由 有親有愛有冤酬

图 1-12

天配人生豈自由　有親有愛有冤讎
福深盡為多良種　貧薄都緣不廣修
貧女製衣巧紡織　耕夫種植仕田疇
思量總是尋常漢　何必歸來獨致憂
太子曰然即如此不敢違王欲擬上聞請乞一願王曰
汝但取吾意音樂自娛凡有所須我皆隨汝
吾唯有汝偏憐惜　滿国黄金未為直
豈獨憂愁世苦辛　何偏傷悲人駈使
閻浮提　隨業力　但自安和莫遊逼
又説別懷弘願心　一依所要无違逆
初問見汝載愁歸　未測因由擬貯疑
貴賤豈關今世作　短長皆自宿緣隨
何消挽恩加憂恨　但自寬懷好保持
若有願心隨速説　一看所要必无違
龍顔頻覩事難裁　子未披申水鬱懷
寸步含疑何日了　霞眉蹙恨幾時開
臣寮惕惕隨班望　嬪婇兢兢出出難
只候諸官言奏對　大家安樂喝持來
経 太子自言願欲得父王一切庫藏所有財寶飲
食用施一切
太子曰王是我之父我是王之兒既有私願心合細其敍
奏願得王之飲食濟接飢人願得王之珠金布施貧

图 1-13

奏願得王之飲食濟接飢人願得王之珠金布施貧
士使織婦不勞於機杼耕夫罷使於犁牛漢翁
斷釣於江河攬士辭　於林野屠宰放豬羊之命木
結冤酬捸捕捨鷙雀之生斷除鷙鳥怕咸令充足普
使安寧伏乞聖慈許令開庫　偈曰
我為生靈苦憔拘　並緣衣食作崎嶇
耕桑累累忙三際　營宦門門役九衢
願使煞傷皆總免　欲令疲弊盡能蘇
乞王庫藏捋充施　未委天心捨得无
王曰隨汝所要不逆汝意太子遂喜選日開庫般
物以五百大象載出四城外宣令国土凡有所要不
逆其意具在経文
於是鑠鑰齊開封題並圻珠珍卸榴寶具分擠併
工般運於天庭簇手騰移於御庫差羅異繡畫雄
藩朝貢之儀瑞錦音綾皆大郡謝恩之禮玉帶盤
鞋而積屋金瓶束模以排山鏤花之疊幞何窮
起突之舡連莫數見錢等般尖可等雜綵並海水方
齊五百象䭾而以夜繼明四城門擁而自高及下降勅召
羇孤之者道路如流齊鍾集耕稼之邑村国覓集
逐所要而一任般取隨希求而不障往來何言於大有之
年遠謝於無虞之歳
君王為子傾諸庫　五百象䭾排四路
錢消綾羅洩指埠　金銀珠玉何窮數

图 1-14

君王為子傾諸庫　五百象馱排四路
錢絹綾羅泛挹埠　金銀珠玉何窮數
瑜珠瑙　宣沂轄　綺猶普天唐滿
但是貧寒速通告　無論好醜濟濟赴
国王應願念生靈　李施財與濟度
一取表求不障閒　任取所要無遮護
衆皆知　悉奔來　狀星簇兮如雲
攜幼少孤寒窮人　惣教滿足無貪嫌
象馱出国並流傳　聖主搜尋有教令
一表帝主修淨施　二就太子結良緣
依時集士如雲赴　終日般財似蟻旋
應是人家皆快活　排門比戶散與錢
州州縣縣是珍財　只管生歌醉盡
頻奔耕桑惰業　永拋經紀走塵埃
悅歎天子恩波及　感荷王孫庫藏開
正是国人般取次　阿誰諫謀唱將來
經時庫藏臣即入白王所有庫藏太子今已三分用一王宜思之
此臣正直為心忠孝成節非論情實却為勤王憂国
庫之空虛必朝綱之散亂遂啓白王曰太子取寶布施貧
窮自數月來三分已一不敢遮障合具奏聞請王誡之勿令
外外
臣主珍財合盡忠　促防急疾要須供
保持鎌鑰貴身力　校察奸邪致少容
府縣凋殘填納庫　生靈指血進王宮
[illegible]

图 1-15

府縣凋殘填納庫　生靈指血進王宮
數旬太子般馱施　已是三分減一空
王言我子不欲違拒又經旬日轉取多送隨王臣衆議憂
煩曰凡是国城須憑庫藏財寶既竭国力如何不可撓
惜人情更須奏聞天聽主藏大臣又再奏
揭月
謀忝為王主藏臣　佩奧衣紫入朝門
惜言却是不忠孝　有事直言先奏聞
賜罪任隨刀下喪　誅家何懼失中焚
適來點檢諸珍寶　太子三分竭二分
王聞臣奏又勅去吾子不欲違拒然卿小出稽遲莫
稱其心所貴校却時光不取矣之主藏臣雖依王勅
暫出　太子依日時節開庫不遇遂怒曰此小人爭
敢逆我心意多必是父王教矣　太子遂少後思量
曰夫為孝子不逆君心未可自要結緣傾竭父母庫
藏須是別求財寶救接貧窮若不設計營摸何名
施主我今誓不取庫內諸珍財願集勾智人商量
別營運
忠孝仕君親　不合逆王意　忝作丈夫兒
爭合為天地
若有悲心慈憔悴　直須別有天生智
免有君王心撓煩　歸教臣下言勝滯

图 1-16

免有君王忌撓煩　錄教臣下言勝沸
惟財惟力要親招　惟福惟緣不相庇
願集城中衆老人　別撲營條埋施
免招愚逆捷王情　又得依錢塵藏盈
立使臣寮咸滿願　永除主掌别流名
深知自過為人錯　莫泥他冤出舍行
何似集賢商議取　共施智計与營生
濟人須是自豐財　多才協時耳意懷
自即我能施濟足　少時他不為添陪
嗔嫌豈可因緣就　歡喜方能智惠開
敢問在朝卿相等　阿那邊足利將來
經曉尒時善友太子即集諸臣百寮共論議言夫
求財於何業最勝
太子前作念　之　遂選日詣諸大臣問
輔弼朝臣世共知　名聞諸國計難過
匡扶社稷咸忠政　陶鑄生靈盡叶和
理乱境無傷象暴　統田臣不怨煩苛
籌應也會求財路　那箇門中利最多
太子纔問了中有弟一大臣白太子曰吾聞財唐莫若
營農今年本種五斗來歲利收於十斛不費人之遠
計只煩牛以角耕太子出自於天時太半無婦於地宜
潤息村田更不過　無論夏麥与秋禾
三卅今歲壠三畝　一粒來年收一科

图 1-17

三卅今歲壠三畝　一粒來年收一科
種日役牛雖困倦　熟時排穗無窮
既蒙太子垂言問　只有耕農利最多
善友却答　之　倡月
深謝強摸計出先　思量未甚是佳言
僕蒙熱去誰愁地　忽若早來須恨天
朝日尚難期晚日　今年早晚到明年
比來怕見臣辛苦　特地教人却種田
別有一大臣曰不欲種田無過養畜或牛羊駝馬或
鵝鴨雞猪隨水草以滋生逐放牧而肥盛牛即以駕車
般載馬即以涉路乘騎猪羊而祭鵝鴨以供承卿相宴
者必買無日暫停方表利多更難過此　倡月
養畜全因水草肥　深宮太子也應知
牛於要路公私載　馬向門出入朝騎
鵝鴨烹炮供輔相　猪羊宰煞祭神祇
是人家要須教買　得利偏多更莫疑
正太子聞之又却答　之
此計思量更不名　大能邪見濫朝庭
發言爭使我重問　塞耳轉教人嫌聽
束縛堪嗟靈惡極　佩臭可惜乱公卿
比來怕業慎愆債　特地好今却煞生
此既不稱太子意穷後有一大臣精神爽
明伺辯分明曲身而走出班行御目而直言

图 1-18

明詞辨外明曲身而走出班行御目而直言
啓白太子　我見太子非是凡人有慈有悲
有智有惠嫌煞生恐債不欲煞生知營種
辛苦不欲營種意令普令含識無事安
寧着自然之衣食天賜之飭破貪慎癡
之窟宅出離塵勞重戒定惠之身軀圓
通法行莫若入大海内拜謁龍王求摩
尼寶珠与衆生利益要飭即雨飭要衣即
雨衣要金銀即雨金銀要珠玉即雨珠玉不
傷物命不使心機除非菩薩以能行難可
凡夫ゝゝ去得
我知太子嗟生老　廣運慈悲太能好
豈是凡人見解切　直為菩薩修行道
在遲ゝ切草ゝ　必与有情除熱惱
若欲皆令免苦辛　無過求得摩尼寶
海龍珠寶号摩尼　求者千人得者希
要飭便教須美飭　須衣立使雨名衣
放ゝ羅綺皆能出　種ゝ金銀一切隨
必若辨心覲去得　是名太子不思議
菩薩行　且慈悲　凡小人已莫可知
太子往來无障難　切能轉更不思儀
雖切ゝ　在遲ゝ　善事多摩施俑移
却怕衆生薄福德　不逢太子却迴歸
臣雖設計盡風懷　去住臨時好剩裁

图 1-19

却怕衆生薄福德　不逢太子却迴歸
臣雖設計盡風懷　去住臨時好剩裁
比要身安希償禄　莫教王怯却成灾
傍偟失次唯憂恥　戰汗交并未敢迴
太子當初聞此語　恆意不恆意唱將來
經善友太子言善哉ゝゝ唯此快耳即入宮中上白
父王太子今欲大海採取好寶
善友聞此臣說忻喜異常移時激讚於善哉眾
顧猶揚於快耳再三感謝實是智人不覺舉身合
掌偈讚
方信朝庭有智人　此之高紂未曾聞
菩提路上逢良友　熱惱城中覩惠雲
實為共心修利濟　真名同力救沉淪
願吾来往死摩難　外一半切能奉獻君
善友太子說偈讚已即入王宮白父王曰我
為濟貧闕王庫藏又恐虛竭不欲破除既
乏力而無門願入海而求寶請王教去不要
憂煩遠至半年便即朝覲
我今入海求珠寶　普向閻浮濟孤老
大把憂愁煎心腸　廣將貧困全除掃
日不遠　入滿道　隨分行裝便應對
特故朝參辭父王　願王令去与憂惱
坦然平道並淂　商侶稠多不至難
去約數旬接誘　來朝半歲便歸還
可尚半途非容誤　自有程粮逐意飡

图 1-20

何消辭遁排宗族　自有程粮逐意將
只願父王深鑒察　莫將憂惱作遮闌
保持平善却迴過　必須龍神与作灾
損物人心終致惡　利生天眼第應衞
稍寬日月時通信　暫假恩情莫難聽
想得父王聞語語　太應不樂也嗚將來
經　王聞此辭如人噎亦不得咽又不得吐語太子言国是
汝有庫藏珍寶隨意取用何為方便自入大海汝為
吾子生長深宮卧則帷帳食則恣口言今者遠涉途
路飢渴寒暑毒誰得知者又復大海之中衆非或
有惡毒龍湍浪猛風迴波涌復水池之山摩竭大魚往
者千万達者一二汝今云何欲入大海吾不聽汝
佛報恩經第七

图 1-21

報恩經第十一
經　得到此岸見弟惡友問言汝徒黨伴侶今何所在
善友既蒙龍王差鬼兵送出海岸送已却迴見弟
惡友問五百商人今在何處　下經答云
善友船舶沉没一切死盡唯弟一身幸持死屍得全
濟衆伴財貨一切已盡　偈云
短壽長年莫定論　烟濛咫尺豈能分
久濟船舶由為可　乍見波濤必喪亂
翻覆任言天上寶　傾危何惜國中尊
諸多商侶皆沉没　唯我將心偶得存
善友聞已曰深益財寶閑事天下所重莫若己身但
得身安何愁珠玉　惡友曰我即不尔今願富死不貧而
生何以得知我曾至塚間聞諸屍鬼作如是論我所

图 1-22

得身安何愁珠玉　惡友曰我即不尔今願富死不貧而
生何以得知我曾至塚間聞諸屍鬼作如是論我所
重寶不能重身　、、經意元是誘兄珠之去處矣
偈告兄曰
兄見珠金寶等閑　我於此檢最為難
有財到國喜方滿　空手却歸心怨嗔
是事不知長欲飢　見人少語也成煩
争如富貴身殘歿　大勝貧窮住世間
善友心信貧且所貴安在弟意恐海中沉却珠寶倍
生惆悵只弟語弟曰汝不要惆悵沉没船舶條是閑
事吾已得龍王如意寶珠　惡友尋問兄曰珠今在何處 △
答曰吾得寶珠見在髻內朝夕守護動止隄防貴必涌父母
之憂憐愍救生靈之貧困　弟喜慶莫至勞心雨謂
寶時大家寫耆
寶珠常在我頭髻　今日分明言告弟
暮去朝來受苦辛　勞心在意須藏附
雨珠金　和椒等　平等利生濟困
若為人來莫遣知　免遭劫奪違言誓
此來已是有前期　蒸蒸行程似不遲
每憶當初辭国出　且望今際得珠歸
傾心大作和慈憫　雨寶偏施救困危
除却路途分付弟　別人借問莫教知
謂之悲喜雨眉攢　大願今朝已允諧
既有難思珠内寶　何須憂着海中財
希求外深為錯　散失尋常不足哀
惡友聞兄如此說　算應設計也唱將來
經　弟聞是語心生嫉妬憂恚懊惱作是念言父母
偏心愛念今復更得摩尼珠寶我身今者父母惡賤
其心元藥　惡友因此念、、　遂重起念曰

图 1-23

經 弟聲是說心生殊妙寶奇特 惜 什是公言ゝ今世[illegible]
偏心愛念今復更得摩尼珠寶我身今者父母惡賊
甚於瓦礫 惡友因此念ゝゝ 遂重起念偈
善友承恩衆具瞻 頭頭情語增添
行時貨保千花從 卧則帷帳百寶嚴
未到先排珂貝倚 追來已奉水精奩
此時更得朱歸去 看我如窮耕被焦ゝゝ
儻自語心偈已尋即起合掌白兄曰快善甚善得此寶珠
今此險路宜加守護ゝゝ 善友直心語惡友曰外取此珠勤
加保護我若眠息汝宜看ゝ汝若睡眠我自看守
如是數日相隨皆如前說
寶珠解下汝收取 在意著心勤守護
行座串ゝ共保持 睡眠[illegible]ゝ相分付
防惡人 看險路 見聞覺知必[illegible]
忽然參差失墜他 攢於何處論訴
此珠希有覓難求 不是龍王不易回
汝睡必兄專意護 我眠託弟著心看
惡人奸巧[illegible]計[illegible] 踏崎嶇來兄[illegible]
莫眠莫橫莫居再
必若因循遭失墜 種陂羅蜜大難[illegible]
莫信因偏莫好修
莫遣違心於弟誤 莫教失事把兄催
幾多孤苦希今力 無限貧窮望此財
知是相隨經數日 阿誰看守也偈將來
經 爾時惡友次應守珠其兄眠卧即起求二乾竹刺兄兩
目 奪集珠而去
惡友設計等兄睡著次當守珠ゝゝ 求二乾竹刺 何目
道途辛苦睡深更 善友沉然夢寐成
上士保持雖意[illegible] 惡人計校已心生

图 1-24

道途辛苦睡深更 善友沉然夢寐成
上士保持雖意[illegible] 惡人計校已心生
斷量地里應難赴 須望天何必未明
取二竹枝參眼損 偷珠更夜發先行
善友既被竹簽目損連變惡友名字惡友ゝゝ 此時大眠
損我雨目 不知已先去矣既覺不應又更大聲唱叫
惡人ゝゝ 我目已損若要珠任將去莫損我弟ゝ 應 次
望空叫喚 語賊曰
海寶摩尼一任將 自緣不解別收藏
却憂我弟身疲駁 伏願慈悲莫損傷
如是叫 喚求[illegible]亦無人應 遂感樹神ゝゝ 故下 疑云 如是
高唱聲動神祇經久不應爾時樹神即發聲言汝弟惡
友是汝惡賊刺汝雙目持珠而去汝今喚惡友為
以偈告曰
不在高聲唱叫頻 更深空便動龍神
偷珠將去非珠類 損汝眼傷是汝親
休貴語言求彼弟 謗恩憂憎他身
要知賢弟今消息 便是將於全下手人
善友曰苦哉ゝ 何知此事
仰天深底倍號哭 霑眼痛ゝ痛難留
不易知他嫉妒情 如何枝得乾枯竹
何悲酬 何骨肉 合面草頭血流灑
比者將為真弟兄 誰知有此心中毒
錯疑錯為賊來侵 此行乖差嘆古今
珠遂惡人星夜去 血隨乾竹草頭霖
語多種ゝ傷慈盡 哭斷聲 痛轉深
[illegible] 誰知懷此毒身心

图 1-25

語多種種傷無盡 哭㪷聲 痛轉深
將為慈悲真我弟 誰知懷此毒身心
和身合面嗽啼迴 石作心肝見也摧
走獸由啼咸悵望 飛禽鍛翅盡悲哀
不惟永夜無辜逝 兼向長途遍主埋
惡友既將珠走去 還到何國去也留將來
經爾時惡友齎持珠寶，還歸本國，與父母相見，白言父母：
我身福得而得全，濟善友太子與諸從伴，薄福德故，沒
永死盡，此即惡友太子偷珠先去，歸到本國，白父母
善友前生業所為 泛滄波裏獨身危
幾多珠玉被風墮 無限經商遭水吹
未發精誠由可慎 上船悔恨已難追
人間此命將知定 只我安寧却得歸。
問父母聞此如何 下經云：父母聞是語已，舉聲大哭，悶絕
躃地，以冷水灑面，良久乃蘇，語惡友言：汝云何乃能存
是而來
一遍啼多血滿腮 肝腸寸斷幾千迴
擲使惡人送命祿 却教善友掩泉臺
不曾傷物之何怨 無事禍天天送災
永漂使合相隨去 更赴今朝作甚來
惡友遭父母嫌棄，心轉懊惱，此凝將珠出去，我得後聞此語
遂埋土中
既遭父母相嫌責 轉轉思量惟生毒惡
門外雖行強破除 宮中住惣無依託
便非心嗟 暗斟酌 已是薄生曾淡薄
莫謂將珠送与他 不如掘地深埋却
如今設使取珠呈 雖免悲啼只憶見
事事嫌非此世 騃騃罵出多多生
欲擬計策詐宮內 又恐傳揚哭國城
直得珠寶千方種 思量也是不垂情

图 1-26

欲擬計策詐宮內 又恐傳揚哭國城
直得珠寶千方種 思量也是不垂情
争如深掘土中埋 斷却多生之命權
向我垂情非世願 与他為子是天差
半年出國受千種 一日歸宮罵百迴
這箇也為閑處事 問善友到何安消也唱將來
經 爾時善友太子被刺兩目，乾竹簳刺，無人為拔，非個婉
轉，麄知所趣，當時苦惱大患，飢渴，求生不得，求死不得
漸漸前行，到利師跋王國界
惡友將珠到宮，遭父母嫌污 其珠已埋却、、
見在後䟽多漸行
草中擡得身 捫摸覓途路 朱門雖半醒
疼痛何申訴 徘徊自慰心 疲困誰相顧
便是盲之人 無物堪防護
嬌癡惡友何生毒 忽起此心刺兄目
我即雖然行步遲 憂伊算得程途遠
於我無情却是閑 將我寶珠恐傷觸
騃示都由神鬼迷 仰天不覺連聲哭
一聲斷了哭一聲 念但癡騃嘆伊名
我心終不見但過 願得身安歸帝京
聖賢保護今無難 父母見歸思念生
到為長大緣思寸 長短却來尋兄兄
如是啼哭，伴行數日，到利師跋王國界內，其善友太子
未入海時，父王許利師王女結親姻，後知入海溺水
太子欲到國數十里，於路上詐為盲乞之座，恰遇牧
牛監官為王放五百牛，其牛王遂以四足騎太子身
放諸牛過，以舌舐眼，拔出竹刺，良久牛王遂去
後牧牛人顧視知異、、 偈問
觀 汝雖然兩目盲 感拔牛枝竹簳行
已前詳常難知事 此日希奇卑不驚

图 1-27

觀汝雖然兩目盲　感得牧牛枝竹策行
已前祥瑞雖閑事　此日希奇亦不驚
莫是中彩藏幻術　為曾上世奉神靈
免君種種疑心起　幸望通傳何姓名
善友聞問尋自思惟：我若實說，其惡友必遭損害。
緣利師王是外舅矣，遂只答言：我是盲乞人矣。
深慚陋賤無名字　乞食偶然行至此
幻術都來莫會他　神靈也不曾相仕
牧牛王　與杖刺　應是殘身未當死
人者今朝何必疑　我身只是孤貧子
我無家住復無嗟　乞食求天信腳為
此世孤寒甘賤陋　前生亂薄致窮危
非關竹刺藏深術　都是牛王具大悲
見定形容皆總見　忽然何得又相疑
莫於姓名亂疑猜　我此形軀必不柞
託母未知何相貌　生身終日走塵埃
遭逢竹刺緣償業　值遇牛王為息災
爭那牧牛人不信　再三發念也唱將來

經　時放牛人遍體觀望人相有異，即語言：我家在近，當供養汝。瞎牧牛人即將善友還歸其家，與重重飲食，誡勅家中男女大小：汝等供侍此人如我不異。

善友雖如此分疏，牧人終不信，云云。遂將歸，偈語曰：
眼目雖盲託賤身　耶何不稱受飢貧
雲霞眉髮入數鬢　兩耳稜稜垂墜輪
平正人中高鳳鼻　分明指上旋螺文
莫嫌我向村間住　盡要此生充養貴君

盲人遂盲去，牧牛人將歸家養，語其大小：令勿輕慢。
引前文云云：如是經一月，共家歡忠有語。
善友聞聲不樂，即自思惟，明日早辭欲去。

图 1-28

引前文云云：如是經一月，共家歡忠有語。
善友聞聲不樂，即自思惟，明日早辭欲去。
牧牛人曰：莫是我家大小公？答曰：不然，非汝家大小不
無情，自為無分矣，云云，故不宜久住也。偈辭：
常度飢貧每自謙　眼盲遠物懶難捨
臥身席是汝恩送　洗面水今賢子添
嘿嘿惡嗟緣去乞　明明爭肯侍為嚴
今朝所以相辭別　不可直須教剝嫌

牧牛人曰：不可去矣云云。善友曰：不然，須去矣。如是再三留不得，遂問：去要何物？云云。盲人曰：汝若怜念我者，為我作一面琵琶送我，看州城多人之處坐置我，自彈曲乞食矣云云。牧者遂求得一琵琶贈之，送在利師王国市內。
留連雖切無心住　懇至拜辭須欲去
盲士然知說憂煩　牧人未免生疑慮
我貧居　況村墅　難辦珠金相借助
奉獻家中一面琵　送君安置多人處
主人無念容分明　難似今朝主客情
寒感咽煩言切切　主懃忙忙寞淚盈盈
居家概闊三時飯　送路那申一面琵
彼此禮儀皆總足　相隨直到利師城
凭肩入國座長街　別牧牛人請卻迴
倚託故難頻洗蕩　從過信任樸塵埃
摩抄頭面情懷喜　調弄琵琶曲韻排
多少人民皆總看　何似生音指也喧將來

經　善友好善彈琵琶，其音和雅，悅可眾心，一切大眾皆共供給飲食，乃至充足利師跋王國內伍百乞

图 1-29

經　善友巧善彈琵琶其音和雅悅可眾心一切大眾皆
共供給飲食乃至飽足到師跋王國內伍百乞
人皆得飽滿
既到國內遂彈琵琶一切人皆看　遂五百乞人
倍加彈得感人情　終不必談出姓名
曲上只能少節拍　緣中更許貼音聲
非唯樂候闍宮內　兼又傳揚動國城
應是街坊相屈喚　無論高下總來聽
因此街坊人眾遞互相傳其果衣裳供給茶飯
且空飽一身盲士兼普淨五百貧人皆蒙曲調之二
因依盡自質歌之處
街坊每日彈歌曲　到處看人千萬簇
惣道乞兒別有家　盡言可惜教無目
飯食盈盤衣薄複　無問高低更願錄
莫說盲兒一個身　兼供五百貧兒足
朝朝座市弄絃歌　婦女雲奔又奈何
雅調之高兼又穩　清音能美復能和
非空飯味人人足　兼得衣裳日日別
五百貧夫皆飽暖　阿誰福力敢如他
自憐自悅暢情懷　每日人聽滿六街
儀白鏡燈梳瘦垢　衣裳都總樸塵埃

图 1-30

五百貧夫皆飽暖　阿誰福力敢如他
自憐自悅暢情懷　每日人聽滿六街
儀白鏡燈梳瘦垢　衣裳都總樸塵埃
終無姓字傳人耳　只以歌詞渾世界
正是逍遙安樂處　被阿誰借請也唱將來
經　時王有一果園其園茂盛常患鳥雀時
守園監語善友言汝當為我防護鳥雀
我當相供給頭
佛報恩經第十一

图 1-31

經云諸寶臺上乃至以為供養
即於前來臺伴更有無量諸
皆作百千種種伎樂供養日月淨明德
及聲聞衆 是音樂中讚嘆仏德不
世間鄭衛之音皆是煩惱之[illegible]
間前樂部好笙歌 音樂清冷辭合和
花下愛淮南浦子 延中偏送剪春羅
聽時一段滋看送 聞了令人[illegible]多
因此業緣相繫伴 永沉生死瀑流河
其日月淨明國中諸天人衆所奏音樂即
不如是 只向七寶臺畔更有無量諸天
瓔珞莊嚴 祥雲擁坐 各呈神變
曳羅眼以飄飄 咸現威光 散綵霞落落
於是共呈伎樂 齊奏笙歌 調龍笛以
冷冷 吹鳳簫而歷歷 不吹大石 不唱

图 2-1

於是共呈伎樂 齊奏笙歌 調龍笛以
冷冷 吹鳳簫而歷歷 不吹大石 不唱
黃鍾 聲聲讚嘆六波羅 歷歷宣揚四諦
諸天各各奏音聲 聞者皆能悟本情
笙篥調中宣四諦 琵琶聲裏韻無生
聲聞坐畔難堪聽 菩薩臺邊更好聽
若有凡夫聞此曲 塵沙罪業當時輕
諸天奏樂實奇哉 只遣聲聞菩薩臺
聞者菩薩長延 聽時西方業盡凋摧
不知聖主慈悲意 令為衆生賜弁才
未審寶花座上 說何教法唱將來
經云爾時彼佛為一切衆生喜見菩薩及衆
菩薩諸聲聞衆說法花經 此唱經文是
日月淨明德仏甚憫念故為諸衆生
法花經經言爾時彼仏為一切衆生喜見
菩薩 嚴也 意云此菩薩有慈悲心故令

图 2-2

菩薩 献也 意云此菩薩有慈悲心故今
一切衆生皆起喜見之心故名喜見
菩薩身心精練 久發慈悲大願
救接六道无偏 提携三塗皆遍
逢人發語温柔 到處行心[illegible]善
只緣長起和顔 所以名為喜見
淨明上足家慈悲 性行温和衆共知
未省輙施無義語 [illegible]揖失威儀
聲名處處皆欽仰 位次看看作道師
應是衆生咸喜見 都緣菩薩福難思
即何淨明德仏何以偏為大衆說法花經
答喻如草木須得天雨時時溉灌方能滋
茂 若以井水終不得盛 聲聞菩薩亦
復如是須聞法花經方速修行而成仏
道若聞餘者終不精進矣

图 2-3

道若聞餘者終不精進矣
欲得園林速長成 直須頻遇天甘雨
欲得善芽疾長滿 直須勤聽法花經
若將井水溉田園 任責人心難見長
若說餘經相教化 雖即修行道晚成
如來當日化衆生 唯說蓮經不改更
實好行徒為軌則 偏堪座下事修行
暫聞定得拋煩惱 久聽必君[illegible]悅
不等未來三世仏 盡皆同說法花經
淨明德端坐寶花臺 普為人天啓弁才
万億聲聞皆喜悅 百千菩薩唱奇哉
諸天雖起修行意 喜見偏為道眼開
未審愛修[illegible]行 承何三昧唱將來
經云是一切衆生喜見菩薩樂習苦行於日月
淨明德仏法精進修行一心求仏滿万二千歲
已得現一切色身三昧 得此三昧已心大歡
喜 此唱經文是喜見菩薩為一切衆生故

图 2-4

已得現一切色身三昧 得此三昧已 心大歡
喜 此唱經文是喜見菩薩為一切衆生故
樂習苦行以求三昧 如丈夫樂於武藝
終日習於弓矢 云
丈夫天然受性 愛向轅門用命
長時鋒鏑磨弓 只待射於兇猛
菩薩為經入性 一段慈悲熾盛
尋常發意用心 只待行於苦行
菩薩悲憫心生 徧於苦行樂修行
飢鷹擒即渾身肉 病者剜將兩眼睛
我等擺頭嬾底事
若言大段慈悲重 喜見還應獨得名
經云爾時喜見菩薩既愛修行即自思惟
我今一身為於衆生應不徧布我須求
仏一法扶助此身長劫修苑欄敗 云
只為樂修苦行 專欲捨身捨命

图 2-5

只為樂修苦行 專欲捨身捨命
恨此一个形軀 難赴衆生啓請
不求萬魯聲聞 不託尋常賢聖
唯憑我仏世尊
駈駈精進淨明前 未省將心樂睹眼
每日志誠吟寶偈 終朝盡力拜金仙
若逢妙法皆稱讚 遺還真經惣結緣
精進不須別物色 唯求禪定早周圓
爾時喜見菩薩日來月往 不以經古滿千二百
歲 蓋緣菩薩求法心切懇志情深 雖經多時未
曾勞倦 不同凡夫 將齋奉戒 不得牢固又
緣彼仏壽命猶長 修行無遠
蓋為如來長壽 菩薩精勤已久
豈同我輩凡夫 造善不能堅守
礼仏未省暫閑 持經不曾住口
直經千二百年 定忽然蒙傳受

图 2-6

直往千二百年　禪定忽然蒙傳受
善緣心內為乘出　精進何時暫改更
夜夜焚香都不睡　朝朝行道豈曾停
懸頭道志虛傳法　鑿壁匡衡枉得名
千二百年勤苦了　方獲三昧得圓明
經云何名一切色身三昧三昧者唐云等持是
定心化出故名一切色身三昧　喻如舡
幕能現傀儡　三昧如舡幕　色身如傀儡
欲弁鋪陳舡幕者　共於三昧更何殊
欲別幕中傀儡身　共一切色身無有異
何居傀儡因何見　總銜鼓笛出頭來
即向色身難異逢　總發信心便得遇
即向誰人能撥弄　須知元簡得聲名
三昧名為現色身　今朝求得救沉淪
慈悲菩薩心專請　大聖牟尼又所陳

图 2-7

慈悲菩薩心專請　大聖牟尼又所陳
遂即六時行苦行　直經萬歲廣精勤
忽然接得心中願　歡喜重重賀世尊
千年菩薩座花臺　願滿心中也暢哉
大似慈親逢愛子　還如和尚遇甜餛
怡顏禮拜千千度　合掌歸依萬萬迴
未審既能得此定　作何報答也唱將來
經云即作念言我得現一切色身三昧皆是
得聞何法經力我今當以供養日月淨明德佛
及法花經　此唱經文是喜見菩薩求得三昧
之歡喜無量推尋三昧何人所致乃云是
如來及法花經力　喻如官寮身得上
道非甚喜悅推尋榮貴皆因他提挈
無生愧感云云
身居出群富貴　心內非常喜歡
思量全賴大官　方得遷昇祿位
菩薩既獲禪定　歡喜生於意地

图 2-8

思量全賴大官　方得遷昇禄位
并既獲禅定　歡喜生於意地
思量全賴如來　方得如思美事
當初喜見自修行　求得心中所成
從此三塗定永息　這迴天道若應停
遂頭礼拜生歡喜　合掌温言荷浄明
即问所求争得遂　都緣可看法花經
色身三昧實奇哉　可類身形盡總諳
遂即發心申報賽　欲謀随分表情懐
既爆世上尋常物　又恐凡司取此財
未審入於三昧處　何化物色唱將來
經云即時入是三昧於虚空中雨曼陁羅
花细末堅黑旃檀满虚空中如雲而下
七唱經文喜見菩下取世司種々諸物以充
供養及入昧〻三現大神通而雨寶花
經云曼陁羅花者梁言適意花大適意凡
夫秋見便悦暢　仙出仏藏方現一朶

图 2-9

夫秋見便悦暢　仙出仏藏方現一朶
喜見感恩無量　向佛心生瞻仰
片時便現神通　化現而申供養
天花不是尋常　朶〻飛来天上
衆生纔若見時　心内當時悦暢
適來天花下碧空　馨香不与世間同
如霜葉上含朝露　似火枝頭帶晚風
地上似看春雪降　仏前如坼玉芙蓉
當初大衆纔看了　喜歡之心方〻重
纔雨花了又雨何物　經云又雨细末黑
旃檀如雲而下
天花落於雲内　會下人天惣捷
忽然更雨旃檀　映日如雲靄〻
琉璃地上纔多　寶貝林间可愛
衆生聞此馨香　滅却無涯重罪

图 2-10

衆生可此馨香　滅却無涯重罪
心中更又雨旃檀　香氣氛氛滿大千
龍腦渾成無染息　麝香睽得却腥膻
聲聞取入金爐內　菩薩將來玉案前
寺日淨明猶讚嘆　此人供養極周旋
神通化現實奇哉　衆寶香花遍遍排
大通吾花吹作聚　黑旃檀末擁成堆
猶嫌此物非難得　菩薩其時不遂懷
未審更求何寶物　重興供養唱將來
經云又雨海此岸旃檀之香此香便直娑婆
世界以供養仏　此唱經文菩薩雖供養心猶
未足遂現神通於海此岸而求旃檀重申
供養　言海此岸者對南閻浮提說彼此
即須弥山下第七重海外第八重海裏此香
生在第七重香水海岸上故名此岸便極貴
此香少分可以買得娑婆世界
此岸旃檀極貴　凡夫大難又市

图 2-11

此岸旃檀極貴　凡夫大難收市
切緣守護香園　自有無邊神兕
若也得大神通　取得分毫市施
意言此香難求　樵察不生慢易
此香便數家難遇　世上珍奇莫比他
休說須弥兼趙璧　莫誇宮錦及爪羅
凡夫要見無因得　聖衆求之尚不多
經內皇閑依價　六殊可以買娑婆
前來供養豈難哉　我等千生不易階
貴便旃檀鋪滿座　希奇花朵積成堆
凡夫見即生驚怪　菩薩看時未愜懷
未審停騰何物色　撰重供養唱將來
經云作是供養已從三昧起而自念言我雖
以神力供養於仏不如捨身供養　十唱經
文意云菩薩於三昧起大神通而雨香花末
足為難未侵己身　何成感見何名重
者我今不如捨身供養於仏　又思惟云希聞

图 2-12

足為難未侵己身 何成感恩 何名重
法我今不如捨身供養於仏 又思堆云帝釋
仏說此身 如雲中電 如芭蕉等不如捨却
身着 又念世間之財通五家之分 縱將布
施未為殷重 如人父母疾重 雖申藥餌不
如割股供養等
亦等生身父母　恩德殊非[illegible]魯
雖然藥餌醫治　孝順不如割股
菩薩形尊聖主　恩德實難禪補
雖呈無量香花　不如身為供具
百千万劫受沉淪　終驗日驗為此身
九見力光尊怕怖　數謀衣食[illegible]飢貧
夏中柰糜勤消息　冬日茶湯用養神
保重恩憐猶未足　忽然倒地便為塵
當初菩培泡胎　知道終須卧土堆
若不把伊將供養　多應隨例作塵埃
[illegible]

图 2-13

若不把伊將供養　多應隨例作塵埃
慈悲既發應難改　善弱纔興定不迴
未審經於多少日　與何物色唱將來
經云即眼諸香旃檀薰陸 兜婁婆畢力迦
沉水膠香又飲占蔔 諸花香油滿千二百歲
此唱經文意 菩薩既發大願 欲捨於身 遂與
一諸香油 兜婁者即草香 畢力迦者 此云丁
香 沉即沉水 膠即膠香 菩薩既與諸油 遂得
身輕光潤 如食人身輕爽云
將身欲擬獻如來　更服香油日之來
遍體時時除垢穢　渾身何處有塵埃
皮膚乃似紅蓮朵　骨髓還如白玉堆
不是暫時淨潔　一千餘載苦形骸
多時[illegible]香油花　滌滿身心[illegible]可論
五藏盡香無穢染　四肢皎[illegible]絕纖塵
身形雖即精嚴毀　菩猶嫌不得佳
檢審更將何物色　身中[illegible]未唱將[illegible]

图 2-14

210

未審更將何物色　手中燒香唱將來
經云香油塗身於日月淨明德佛前以天寶
衣而自纏身灌諸香油　此唱經文喜見菩
薩香油了服內清淨由如蓮花又取香油澡
身皮令身肉淨如宮內有摩身粉菩香
湯澡了方着天衣大公之衣上又取香油灌
注如臘燭

图 2-15

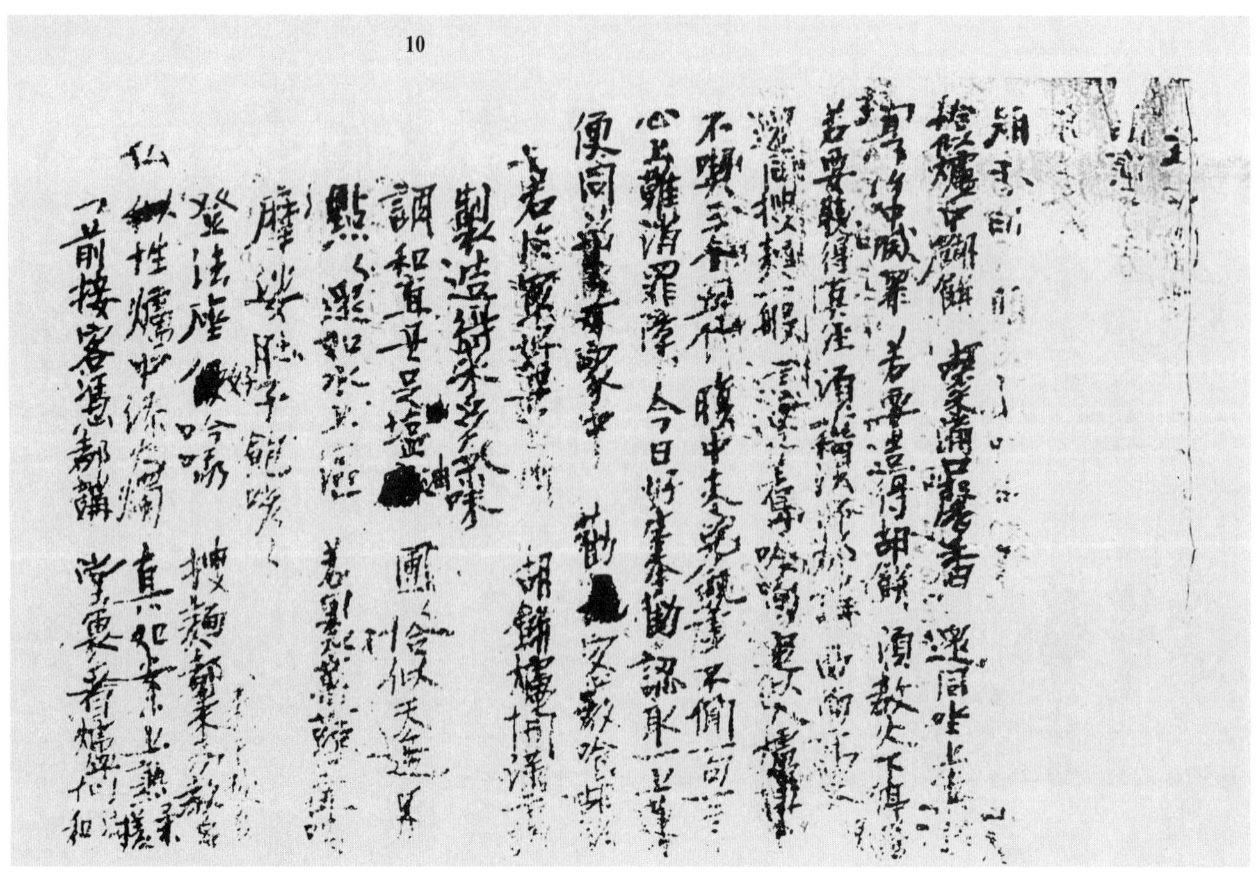

图 2-16

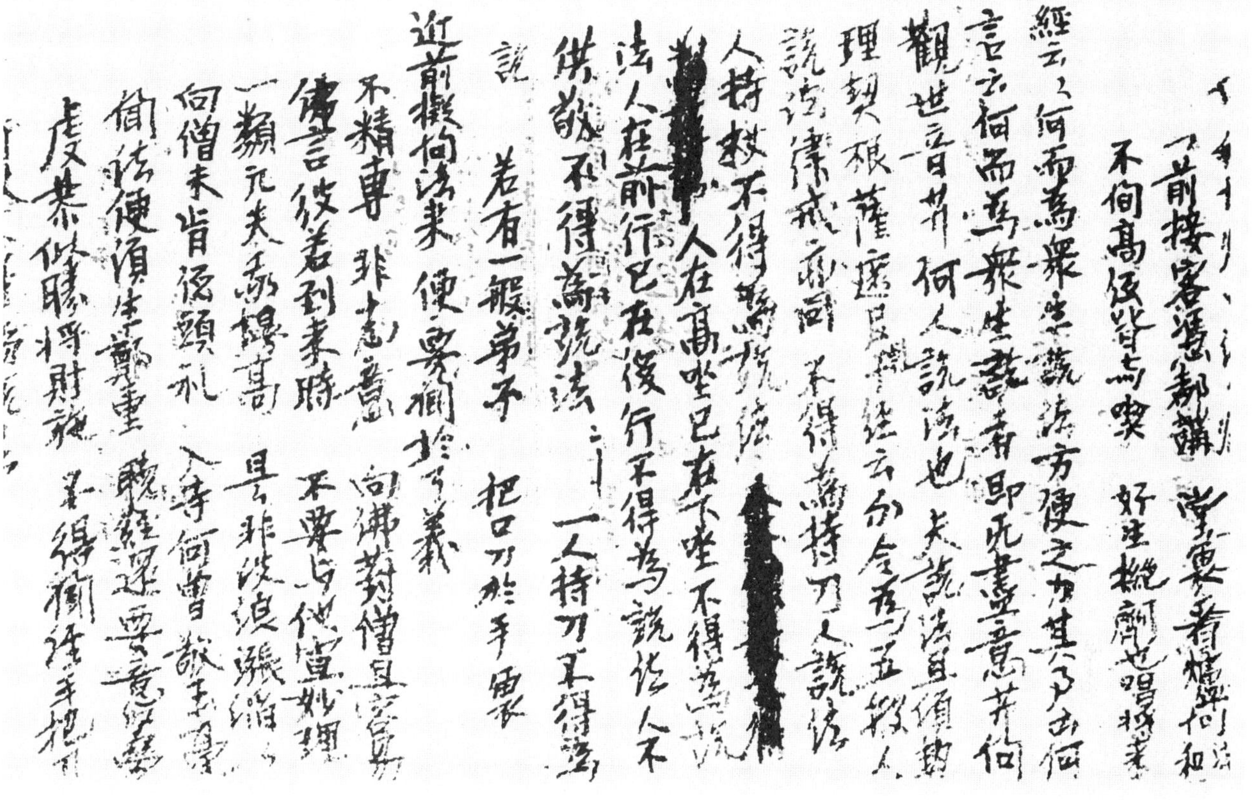

图 2-17

图 2-18

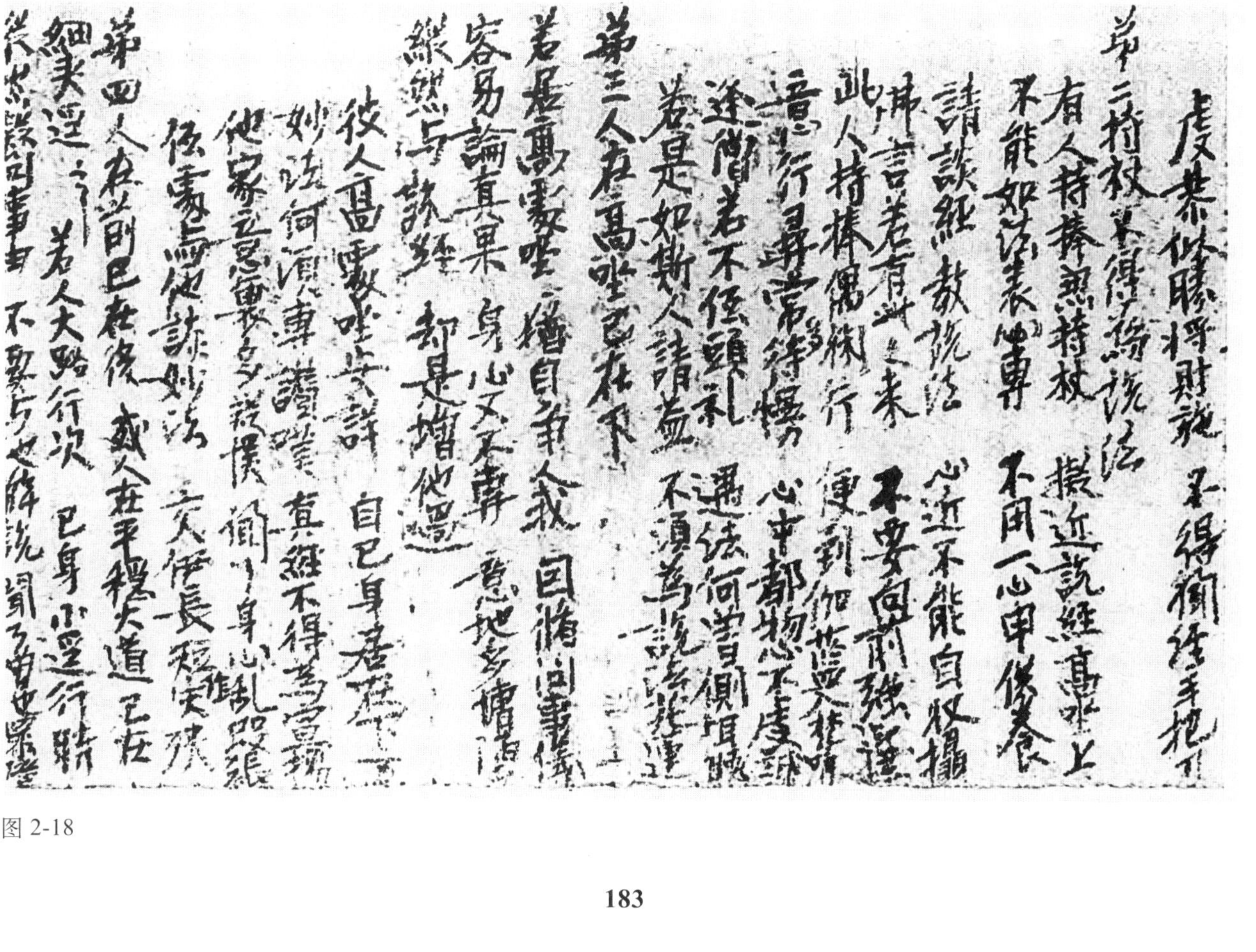

細尖逕ニ 若人大路行次 已身小逕行時
縱然擬伺事由 不要与他解說 聞了增後果隆
聽時心也不專 只緣仏法難聞 不合容易解說
他居大道極遍容 已在僻處小逕中
彼見安然無障滯 自遲屈曲有西東
直饒要說難聞法 不聞官[illegible]解脫[illegible]
不見世尊惜妙法 緣他根自不堪禁
第五不恭敬 或喜笑 不得為說法
若有一般弟子 [illegible]高聲咲怪們 不往[illegible]
只要解說經偈 或請師僧和尚 家中們[illegible]
或談雜語雜言 但要歡情解悶
如此之人請和命 不須与說法花經
這人年少又無知 爰向經中那次疑
或請法和唱弟子 或教[illegible]
不徒擬羅想增福 且要歡心展歌喜
經內分明仏教約 莫教与說不思議
當
說
有三種人樣伺法 一者好樂大乘經典
二者深求外邪教 如雪山童子因半偈已
捨身ニ
若人深信表專精 纔遇經文便志聽
[illegible] 長於五性 五[illegible]主

图 2-19

捨身ニ
若人深信表專精 纔遇經文便志聽
只說未求解脫 長於五性悟無生
逢僧合掌專禮 見仏虔心步遲
世上有人長似此 便須与說法花經
一者不受外道邪教ニ
若人修道行無邪 [illegible]邪神[illegible]
[illegible]衆未曾嚴酒肆 仏前長見覆香花
若逢外道無心近 忽遇真僧有喜說
如似善人真帝敬 始堪与說白蓮花
講
所以世尊並意言 云何而為衆生說法方便
之力 其乃云何 經有三種方便 何時世
尊從三昧安詳起而 告舍
利語方便 諸仏智慧甚深難解
入意方便 尋念還去仏 思惟不說法
第一意方便
若論諸仏所歸止 清淨之心難可議
群生歷劫不曾知 那輩千生難可值
仏慈悲 與二利 出世殷勤心莫比
故於靈鷲道場中 方許千方相指示

图 2-20

故於靈鷲山道場中 方計千方相指示
世尊實性太難尋 杳杳冥冥理甚深
既似礦中有白玉 還如礦內見黃金
也同土內泥中沒 好似明珠水內沉
直為能行意方便 遂令示衆識真心
第二諸方便者 諸法本性自離 故仙家以第一
領教 為天人說如此法 諸方便也 云云
真如妙道本難宣 故仙慈悲為有緣
聲聲句句悲心重 字字行行妙理全
一 先向鹿園談四諦 又來鷲嶺說真詮
此是經中方便力 為般妙法與人傳
第三分方便 佛為真身本來生滅 為衆生
故示有去來 云 降生王宮 雙林入滅
出五濁之塵囂 登三身之清淨 如指岩水之蓮新
似秋潭之日影 隨機感以無窮 應物緣而不定
大化小化 遞從[illegible]形而興 億身万身
皆是慈光而分散 云云
佛身方便無華景 能滿三千与十方
煩惱海中為道業 漂流彼岸作舟航
[illegible]

图 2-21

[illegible]
煩惱海中為道業 漂流彼岸作舟航
隨機隨念示慈力 如月如霞擂恩光
若是分分方便者 須知四有法中王
觀音亦以智光明 方便分形更分推
普[illegible]時合掌向 世尊使与說分義
[illegible] 見影分應機陳[illegible]
十九種分隨類化 示於作佛[illegible]
經云 既盡意菩薩男子 若有國土衆生
應以佛身得度者 觀世音即現佛身而為
說法 畫 云云
人家若要收財利 須向堂前安下畫
一從若要善緣多 須要時心收妙義
有分財 長富貴 四世不再受名稱意
聽經念仏的 一分到千生長出離
不收分 便寡擇 因困[illegible]惡不止
分偷妙法聽真經 六道輪迴何處躲
法花經 好道理 還似金銀与羅綺
奉勸一徒同意聽 還似[illegible]
置
[illegible]

图 2-22

置

淨奉勸一徒同意聽，迎仏寶座上穩安

引徒入寺近花臺，迎仏收身寶壇衆排

向下金銀手丁提，角頭鎖繡百千旗

送來人客前來待，散花喝備把掾椎

都講共君[illegible]喚去，揚備人壇著唱讚來

般

經指前至即現仏身而爲說法，若以[illegible]華衆生

只要見仏身觀音菩薩現仏身而爲說法

即以三身菩薩現者即化身也　若其法身

仏居法性土中凝然常靜　諸仏所證之理

若在衆生身内名爲仏性　成仏名大法身

在經即名如來藏

若說十方諸仏　惣看清淨法身　凝然常住之

菩薩未能得見　乃法流行之本　凡夫共以來知

直須論道者　方乃一般證悟　香冥

法身無形復無形　不要隨緣[illegible]

然　轉々[illegible]迎自在　[illegible]來[illegible]

證

從小初滿功能正　功德圓滿自[illegible]

仏性凝然常寂靜　[illegible]

第二報身分為二種　一者自受用報身　二者

图 2-23

第二報身分為二種　一者自受用報身　二者

他受用報身　且自受用報身即是大智

惠即是自受用廣大法界於此身上爰

起十重他用身爲十地菩薩說法　自用身

不爲說法　果起酬因　名報身　酬三大劫

修祇劫所得故名報　直至十地滿心

等覺位後念以無量無邊同類菩薩

此菩薩色究竟天上以一高座　此名大寶

花王座　此菩薩登此座身圓無量無邊

法界眼耳鼻舌皆遍法界　無量善根

所引故名自受用　亦爲菩薩說法　唯仏與仏乃

能相見

所仏行已滿　三業[illegible]圓　十地頭已畢功

同類菩薩相隨　送上此中高座　菩薩上座已

身[illegible]須報[illegible]　向色究竟天上　座名大寶花王

六根遍滿十方　百千功德皆嚴　始名報身自在

三祇行圓　始座花王究竟天

無限善根皆起引　[illegible]智惠自超然

酬報因中行願　故教所用滿三千

對此座中[illegible]　十方化仏總應眉

[illegible]

图 2-24

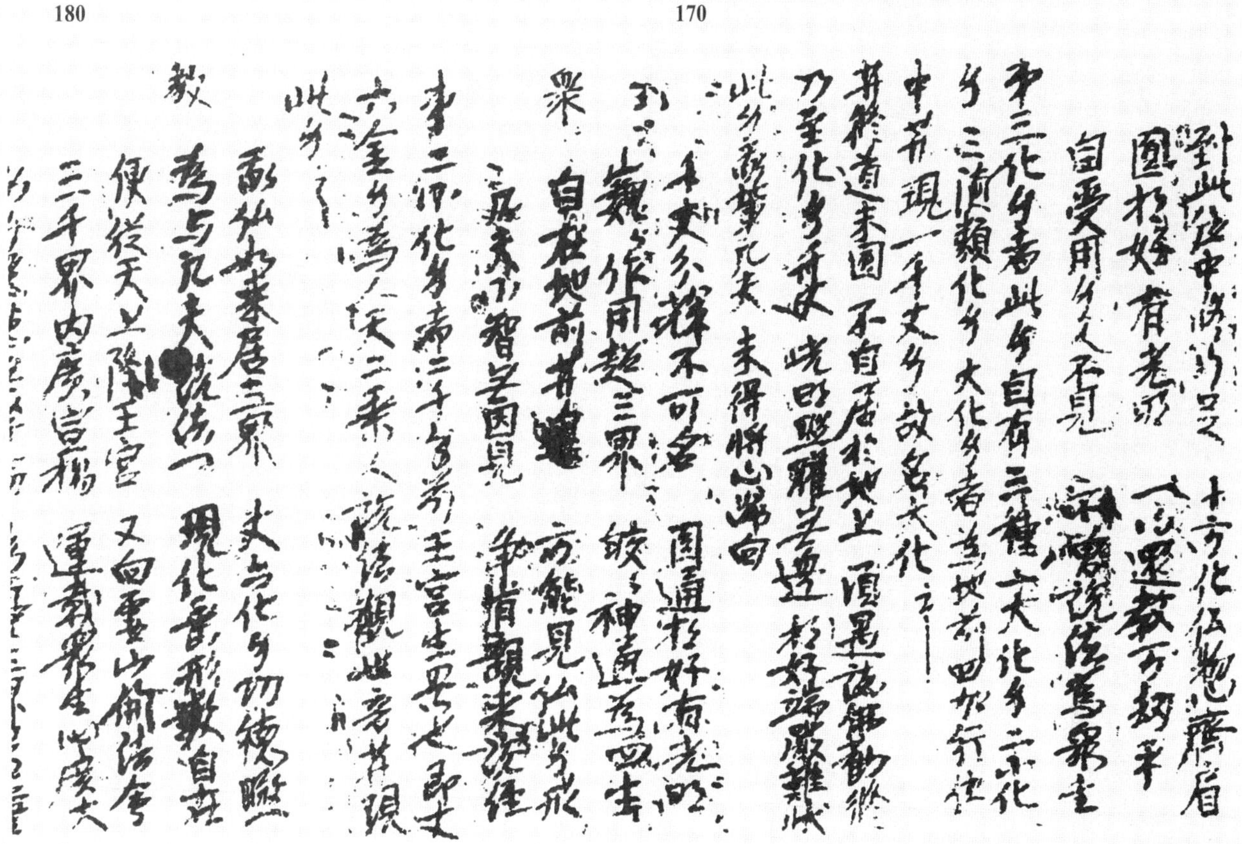

图 2-25

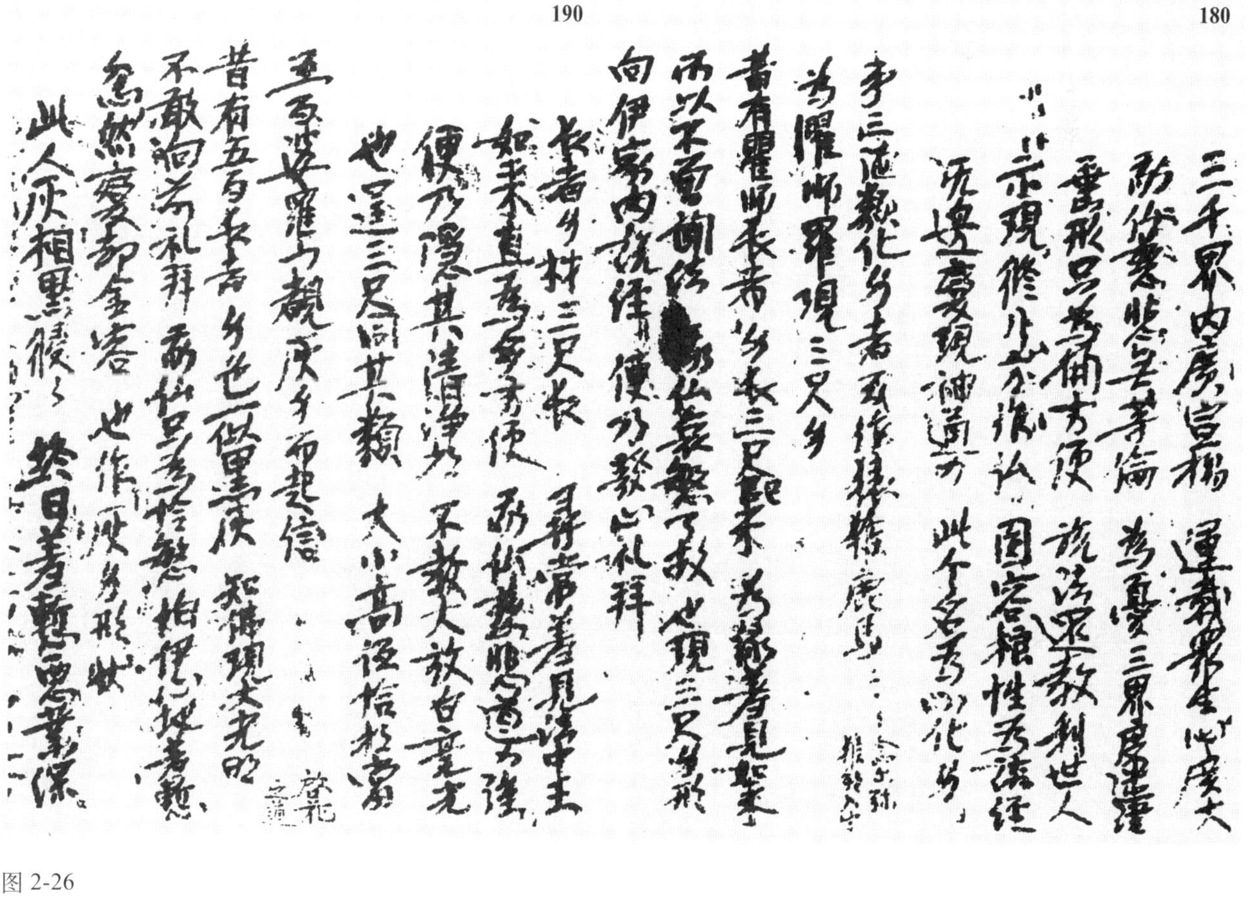

图 2-26

忽然變却金容　也作佛多形狀
此人欣相嘿復々　終日著甚惡業深
歡祇毫光長隱曜　每逢妙法即低吟
佛緣教化令生信　隱却渾身紫磨金
五百之徒[夥]見了　一時礼拜稱其心
此是隨類化身々了　經云若衆生要見
佛身者菩一一
若此娑婆世界　百億四洲之西　其中也有衆生
便見佛身於前　不求菩神通　不要菩聞自在
直須佛見世尊　方肯發心礼拜
一類衆生見解鍾　發心修道不同常
不於菩生恭敬　不向諸天乞吉祥
羅漢度伊都不樂　青聞說法乃聽相
每勸合掌焚香待　只願親逢大法王
觀音菩乃現佛身　隱却菩容儀變
作金仁之相好
也有三十二相　也具八十隨形　也教足躡千輪
也有胸顯卍字　也有直毫光隱々　也有金色光輝

图 2-27

也有胸顯卍字　也有直毫光隱々　也有金色光輝
衆生見了發心　道共世尊不別
菩神通妙力殊　現身便作法中王
胸前卍字依々現　足下千輪隱々彰
頂上便分生肉髻　眉間也放白毫光
衆生一見同聽礼　決定消災滅禍殃
菩薩甚現此緣　觀音菩之德
劫來曾成佛號曰正法明如來
若論菩有威神　化現功能絕等倫
悲願弘深如大海　法門境廣似遼虛
解圍於好顏眼　能教直覺老世人
莫怪觀音能作佛　直緣多劫法王身
衆生見說是菩薩　方肯聞經道眼開
大士既能為顯現　觀音便與救輪迴
錯愚眼　破惑冒埋　說法投機是誰
若要辟支佛身現　也須教化唱將來
經云應以辟支佛身得度者即現辟支佛身
而為說法　合樂　四時渦改

图 2-28

目連依教便修行
供養三尊及大衆　福利從茲超鬼趣
願我慈親領受之　因茲息苦得停酸
免受倒懸三惡道　離卻鬼身休惡趣
得向祇園礼世尊　因此嚴號盂蘭盆
接引衆生交離苦　不獨當初為目連
薰為今朝座下人　故知大聖不思議
流向閻浮化群生　為救世間諸苦難
名曰盂蘭清淨經　念觀世音菩薩三
仏子將釋此經大分三段　第一序分第二正宗
第三流通分三段不同　且初序分　仏子
上來解即如斯　料與門徒分別說
向下依經次第陳　不知道理復如何
大衆須生敬重心　知道此經從孝行
各各虔心合掌著　經文次第略將來
經云聞如是一時　佛在舍衛國祇樹
給孤獨　仏子　西方梵語名佛陀此

图 3-1

經云聞如是一時　佛在舍衛國祇樹
給孤獨　仏子　西方梵語名佛陀此
土翻為來覺者　自覺他覺覺他圓滿
覺行圓滿號世尊　於中三覺不思議
別曰與門徒分別　今且略於救妙法
願佛消障消除　仏言舍衛國祇樹給孤
獨園　仏子　舍衛國者好嘉名人物英雄心樂刹
国王太子兼長者　諸佛如來往彼中
給孤長者須達　聞佛功德心中喜
火急歸來造精舍　便買祇陀太子園
一十里地布黃金　建造如來說法安
殿宇樓臺很日月　池蓮華葉用莊嚴
而仏當日在彼中　說這盂蘭清淨教
為救目連慈母厄　免交受苦得生天
上來多段義不同　總說經文義[illegible]說
從此下文是別序　目連得道復如何
大衆須生敬重心　六道之名當解釋
各各虔恭合掌著　目連得道唱將來

图 3-2

各各虔恭合掌著　目連得道唱將來
經云大目揵連始得六通　仏子
恰似世間慈母身　養得子將登宦位
威勢人間皆總怕　自出公卿佐大官
忽然憶着我耶孃　取向本州營侍奉
盱得物錢財買好物　將來奉獻我耶親
百味珎羞皆給茶　無父將心親侍奉
若也闕來交合曲　音聲歌舞不曾休
朝朝甘脆無前　旦夜身常居左右
所要之物皆供給　意徒孝行世人傳
今此目連亦復然　得道恰似為官位
憶得先亡慈親　墮落三塗阿那邊
遂將天眼更遙觀　欲覓尊親擬供養
直為亡來年歲久　不知神識落何方
多劫證得六神通　根本還因於父母
羅漢六通為第一　欲報當初養育恩
今此向下一唱經　欲度父母報恩要
大眾好生合掌著　經文從弟唱將來

图 3-3

大眾好生合掌著　經文從弟唱將來
經云目連欲度父母報乳哺之恩　仏子
自得既圓應合救物懷其孝行欲報重恩
經云度者即是度脫報恩兩字通標經
題　且夫人生在世　父母為親　非父不生
非母不育長是以目連　報其恩德　仏子
目連自得既周圓　理合救其親父母
心裏為懷行孝行　報答從來養育恩
人生在世合如斯　父母深恩須報答
想得當初養育我　受苦懷擔不可論
除其孝順在眼前　供給不前須不闕乏
假使砕身於万劫　不能報得世深恩
將知恩德大難酬　我佛如來再三說
奉勸座下佛弟子　大須孝順莫因循
仏子故父母恩重經云　父母有十種恩　本
難報答　一者懷胎守護恩　二者臨產
受苦恩　三者生子忘憂恩　四者咽苦

图 3-4

受苦恩　三者生子忘憂恩　四者咽苦
吐甘恩　五者迴乾就濕恩　六者乳
哺養育恩　七者洗濯不淨恩　八者爲
造惡業恩　九者遠行憶念恩　十者究
竟憐愍恩　仏子適來雖列十恩名
義理差殊都未辯　門徒若要細分別
先生敬重後依行　第一懷擔守護恩
十月胎中常負重　慈母將心憂愛孩子
恐怕胎中不得安　生時愛若命如斯
赤血滂沱魂魄散　時向之間諸却命
由怕孩兒有損傷　生了心中便喜歡
忘却憂愁如快樂　眷屬親情皆總喜
慶賀分朝夕子安　漸漸孩兒長大時
乾處唯留與子眠　濕處迴將母自卧
洗濯之時無懈惓　乳哺養育不辭勞
寒熱都來爲保子　憐念由如掌上珠

图 3-5

寒熱都來爲保子　憐念由如掌上珠
年登十五母由憂　恐怕造諸不善業
走去心中常憶念　仏前發願早歸來
四時八節不前頭　不覺中雙淚下
時詢之間不得見　悃惶悃悵似湯煎
仏子他家孝順由憂更　不孝之男廣造惡業
他州外郡逐樂不歸　父母肝腸寸斷
仏子他家若是孝順之兒　辭向家中親皆恭
若是心中不孝順　逃走他鄉總不問
回偏向外歲年間　逐樂何曾憶父母
所得錢財別受用　肯辭將來獻二親
將知世界逆衆生　罪過愚癡不可說
不報其恩不孝順　頭向三塗惡道中
奉勸門徒弘信心　莫作如斯不孝懈
孝取目連心裏命　終始究見慈尊
仏子上來道理轉殷勤　開道還須行

图 3-6

仏子本来道理轉殷勤聞道還須行
若行不但自家心裏了　也令衆罪
速消除　盂蘭盆経邈
觀
故匙　此経讚嘆不思宜　留傳天下
衆人知　有緣得遇　蓮花會　与君傳
阿毗達磨俱舍論頌　此論迦濕弥羅国一切有部薩婆多宗摽一切
分別界品第一　佛滅度九百年後出家大士伐蘇盤豆造　三藏法師玄奘奉詔譯
序分第一
諸一切種諸冥滅　拔衆生出生死泥
敬礼如是如理師　對法藏論我當説
淨慧隨行名對法　及能得此諸慧論
擇彼故又亦彼故　此有對法俱舍名
若離擇滅定無能　能滅諸惑勝方便
由惑世間漂有海　因此傳佛説對法
有漏無漏法除道　餘有爲於彼漏隨增　故説名有漏
無漏謂道諦及三種無爲　謂虛空二滅　擇滅謂離繫
隨繫事各別　畢竟礙當生　別得非擇滅　又諸有爲法
謂色等五蘊　亦世路言依　有離有事等

图 3-7

經：佛告長者子善德汝行詣維摩詰
問疾
尊世當爾之時乃告善德長者子云
字維摩詰俯近菩薩仰望衆　入手而
專聽虛心　吾爲維摩卧病　我見居士
纏病恩問訴而如渴待漿　師傳言而紹繼
索扣　吾便從頭勅命　從舍利弗　菩薩
詞　我遂次弟親室自殊勤位中人人謙退
皆言少辯盡道虧才　衆問者各說本因
不對者咸彰過　比善詣彼總道不任
傳使宜可替傳　衛命須差俊彥　今善
德長者身超五百　名列八千　外雖同於俗
流內已継於哲　心淨廣大　智海洪涯　濟
物而不擇富貧　接微而靡輕貴賤　高位
盡善上下均平　聲聞而个个讚君　哲而人
了仰德　才名久振　德解風揚　諸人之口
難難偕大衆之見識不及　維耶使命
此時之不委他人　方丈傳言　今日之宜屬善
德　汝依吾勅　汝稟我言　速便排諧速須往
彼使人天之欽汝　遣四衆之羨君　容能整
前行　便證菩道果　尊世當日親室命
善德處恭入手聽　吾今差汝入毗耶　是須往
彼尊余令　汝名高有德行　堪往毗耶爲使命
吾令去汝　詣維摩　事須排比導余命

图 4-1

彼遵余令　汝名高有德行　堪往毗耶為使命
吾今名汝、汝維摩　事須排比遵余命
抱詞才　言伍聖　吾對人天三問請　事須排比
入毗耶　殷勤致問維摩詰　衆談揚　皆讚詠
會下諸人難比並　堪往毗耶作使車　為吾去
問辯才何明似鏡　不敢相誇不著性　傳達
如來慰諭言　善善　善吉提河　[illegible]
善德　心本真　身又正　狀似明珠表裏瑩
真依吾今且須行　殷勤與問　對人天選善
定　善德此時去應聲　能入毗耶作使車
這迴問部　告善德雅當才　吾已令執
[illegible]蓋滿懷　長入毗耶人盡仰　到於方丈語無乖
好使命衆難偕　必道慈尊善選差
此日會中誰的當　此時選內讚和諧　千方去
莫辭推　會是人天法眼部　辯似懸河僅不住
言吟辯似秋芒　為一切震展春雷　客見維摩
與擬衣　這回來知承命否　經中道甚[illegible]
將來　經善德白佛言世尊我不堪任詣
彼問疾
善德家佛告命　稽首而仰望花臺　鄭重
虔心　殷勤合掌而承宣旨　三白世尊く く
く く く　這蒙慈父發言　何錯於來推避
憐僧而幸居法會　咒瑣而吟侍花臺　處[illegible]龍
令入毗耶　勅命遣著居士　便合副吾聖[illegible]
其那自愧甚[illegible]　如善德者學昧雕龍　智虧
謝馬對大辯而言雖接續　狀層構構空謠之
雲詞上人而語根邏東　敖短索而探泉之水
[illegible]　燕石乡瑕　並驪珠而豈敢誇明

图 4-2

雲詞上人而語根邏東　敖短索而探泉之水
魚睛比晴　燕石乡瑕　並驪珠而豈敢誇明
對楚玉而齊輝價貴　豈造臨方丈　有憐提
攜　交問淨名　需要稍倚　不敢く く難任
く く　況維摩是獨步上人　假作無垢
居士　名振於三千界外　智超於百億世中
惠海無涯　詞山週日　神通廣大　辯口難窮
芥子中藏得秤盧　毛孔中吸納巨浸　言泉浩
瀚瀚　似黃河傾出於龍門　聖力威雄
取他方如發於雀卵　并而皆辞退
善德不易枝梧　實愧非才　[illegible]香
弟敢く く甚難く く　伏乞聖主哀矜
我今不敢詣彼　善德當聞差選字　吉許余
辰稀不易　居士他緣大辯人　我今難作如來使
并人　宿承世　金粟如來假顯示　特見兩聖因
非宜　我艱難作如來使　世尊名去郎是[illegible]耶吳中
無大智　[illegible]到維摩證問頭　言辭有辱
[illegible]　佐併独揚非是器　若將魚眼[illegible]珠
無形㤭辱　入毗耶方丈裏　到便維摩詰道理
我同寸草擬量天　多堪去作上人大居士
言似懸河諸不滞　泓澄豈敢對量他　我今非是
奉慈尊　特差使　自愧庸微非大器
似將矩索探深泉　我今く隱辱
聖慈悲　且優花　小物不堪為大器　毗耶奉使實難[illegible]
伏望如來別名替　善德當時問法甚空
發奉三白告如來　魚睛難[illegible]驪龍寶　燕石徒誇

图 4-3

伏望如來別名替　善德當時問法甚[illegible]
發拳三白告如來　魚睛雖雜龍寶　燕石徒誇
楚王賦　莫把澄泉衝大海　休將布鼓獻春雷
毗耶方丈無心去　總被維摩居士摧　啟告了　衆疑
猜　善德如今又訴推　可畏維摩大士　堪誇居
士大莫才　不敢去　怕難通　伏望慈悲賜檢衆
是日世尊重語曰　說何過處唱將來。
經辯汝者何憶念我昔自於父舍設
大施會　汝長者一切沙門婆羅門及諸外
道　貧窮下賤孤獨乞人期滿七日
善德蒙佛再問　遂陳昔日之因　長者發請委
啟白往時之事　世尊世尊　我昔曾於父舍大供
養之門　不論羅漢聖人　兼及外宗乞者
由是遍[illegible]　請命高僧　普示紅[illegible]
告知外道　四城門上　展佩三尺之書　諸坊口頭
各放一道之牓　不揀貧窮老弱　不論城外城中
願赴七日之筵　依時各總齊到　遂便廣嚴宅地
大展花筵　播幡桂而樂日光　高僧坐而祥雲覆
莫不亂堆金玉　剩積綾羅　要者隨意令將
乞者一任般取　所貴福嚴備足　所所而心願周圓
布三種之良田　開七朝之盛會　或有飛空羅漢
擲錫聖僧　或有鑠膜婆羅　戴火外道　各將徒衆
誇呈神通　皆臨長者之筵　盡赴善德之會
更有城中乞士　外處貧兒　老弱者形貌尪羸
孤獨者顏容憔悴　或時作隊　或即成群　无目者扶杖

图 4-4

更有城中乞士　外處貧兒　老弱者形貌尪羸
孤獨者顏容憔悴　或時作隊　或即成群　无目者扶杖
前行　瘖瘂者點頭似語　聞有无遮之會　遠近皆來
緣沾長者之恩　聲抱折摧之意　我即隨情施物
遂意令將　故無悋惜之心
[涂黑]只有捨財之念　七朝將滿一會欲終　皆是大聖作[illegible]
為我當時有語　我於父舍開施會　七日未曾心懈怠
不揀高低若乞來　故無相怪生疑礙　或沙門　持錫衆
[涂黑]顯現神通入會　俱來盡[illegible]茶滿七朝　不曾
心中生懈怠　或婆羅　布財諂　不問金銀諸寶貝
供養[illegible]茶滿七朝　未有心中云云　或孤獨　或老病
或少年中或後輩　我於父舍濟貧人　未有心中云云　出
輝傍　无遺會　不分宮城中及城外　七朝供養向家中
未有心中　或幢幡　或傘蓋　要者不論千萬對　七朝
父舍啟無遮　未有心中云云　要榮花　捨資財　布望繁
三三昧　七朝父舍啟無遮　未有心中　意与俗善勻
配　平等施時無罪罪　七朝父舍啟無遮　未有中心
或逆情　与領解　當面來將我不退　七朝父舍啟
無遮　未曾心中云云　施衆生　福廣大　飲食衣服隨意
受　七朝父舍啟無遮　未有心中　七朝供養無
無乖　勸善千迴与万迴　已添今生發願創　無無
魔難及諸災　維摩策杖親來至　問我回何
捨外財　未審淨名解說語　好生分析唱將
來

图 4-5

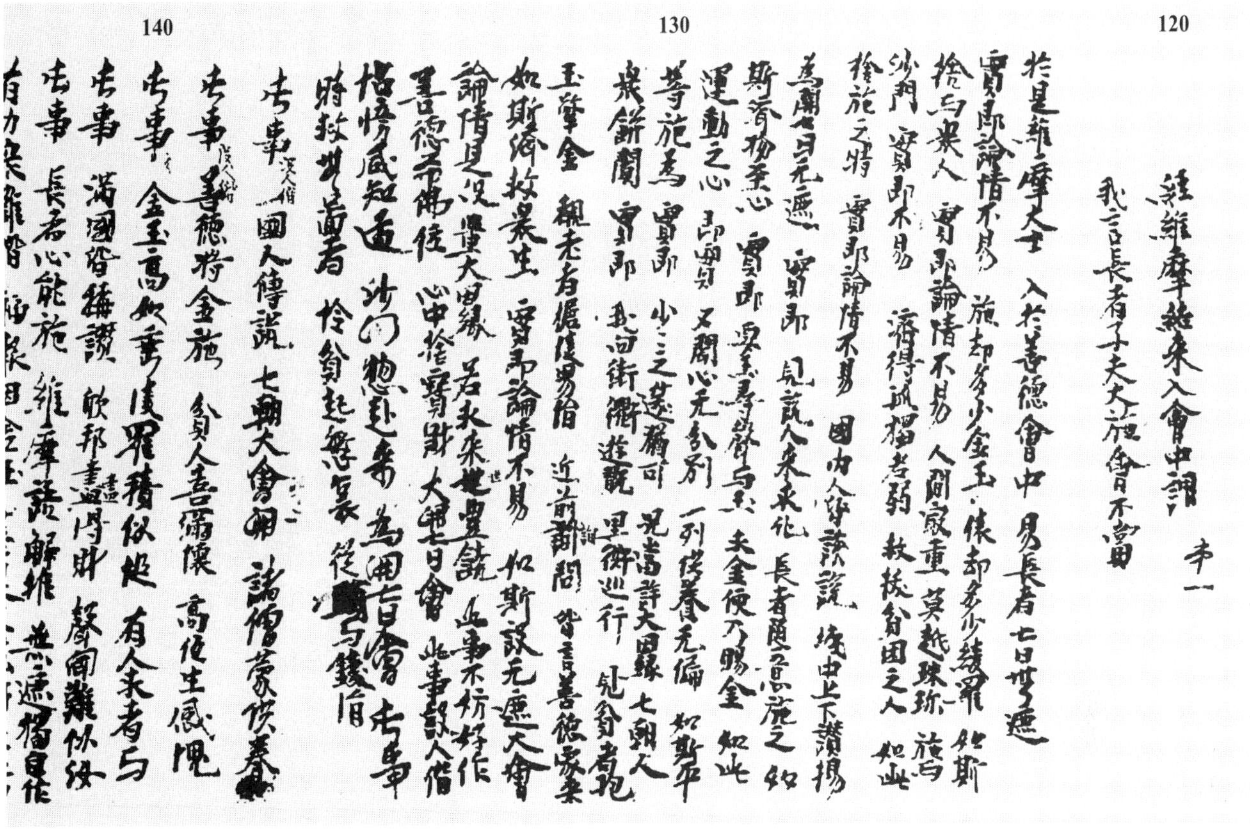

图 4-6

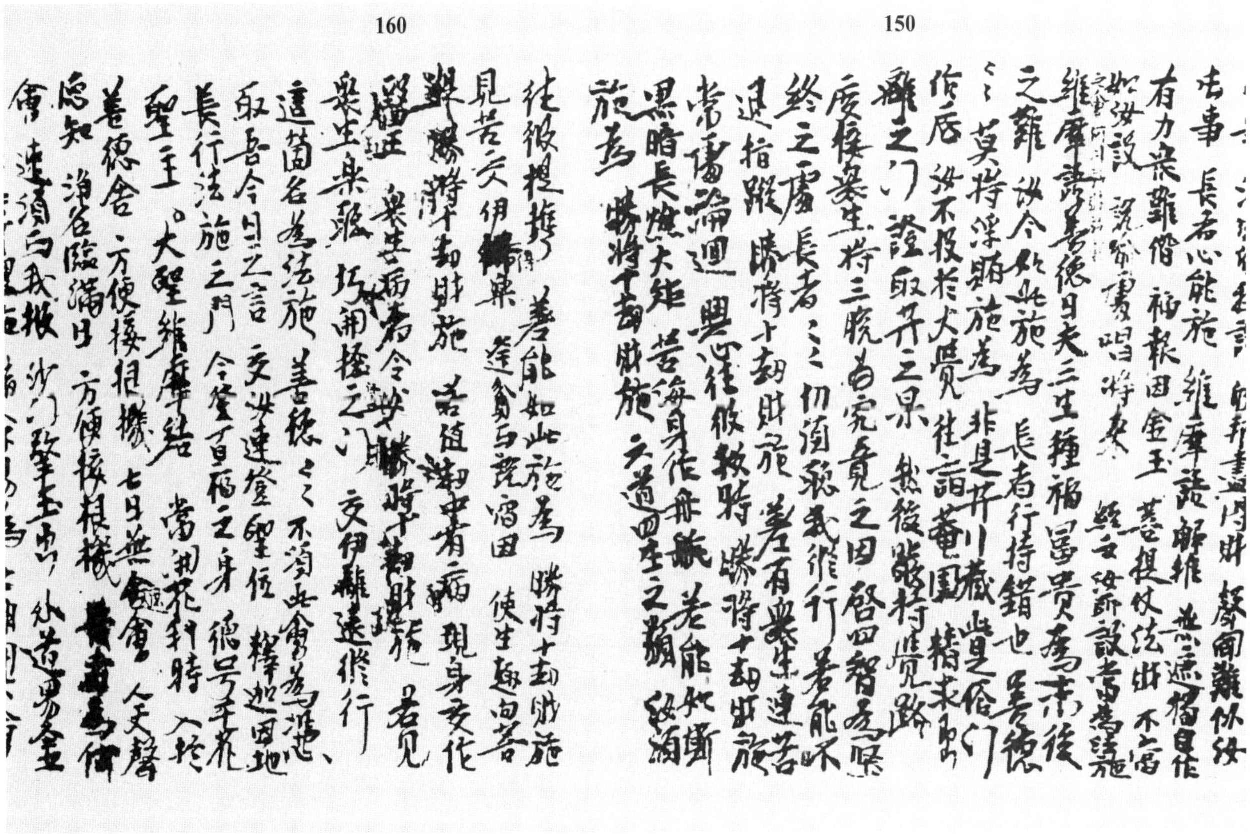

图 4-7

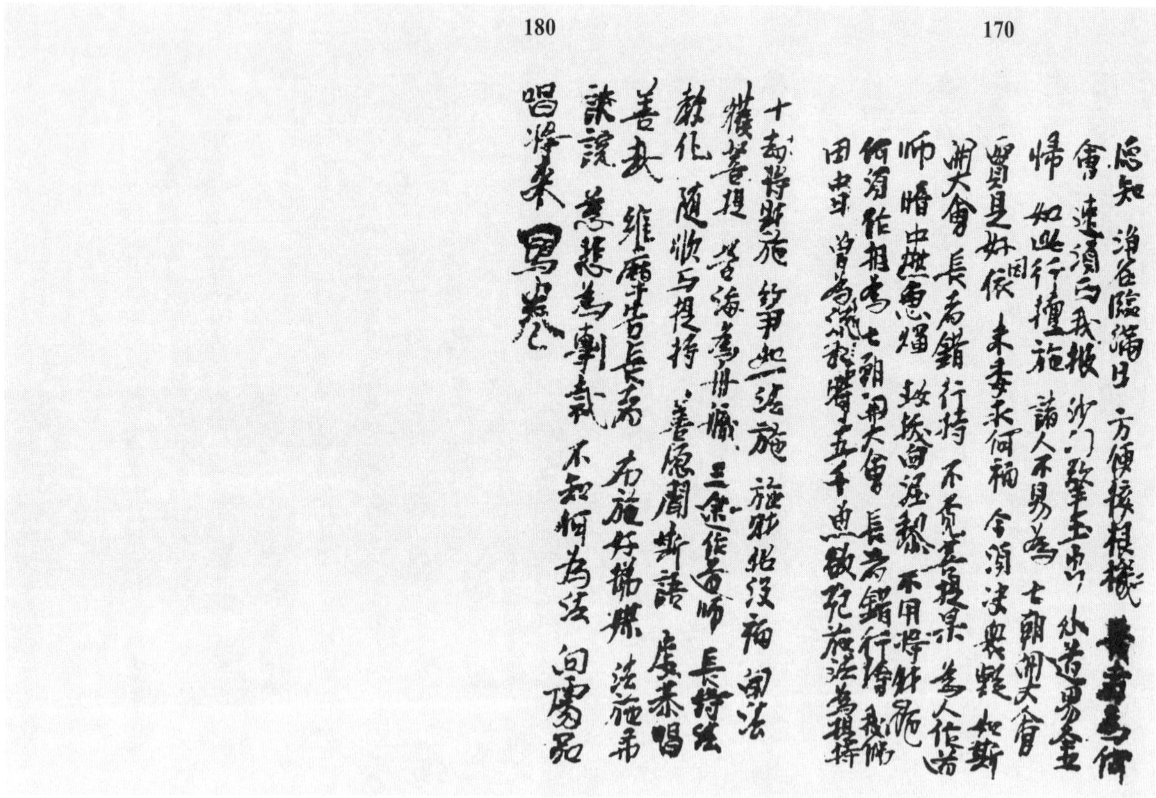

图 4-8

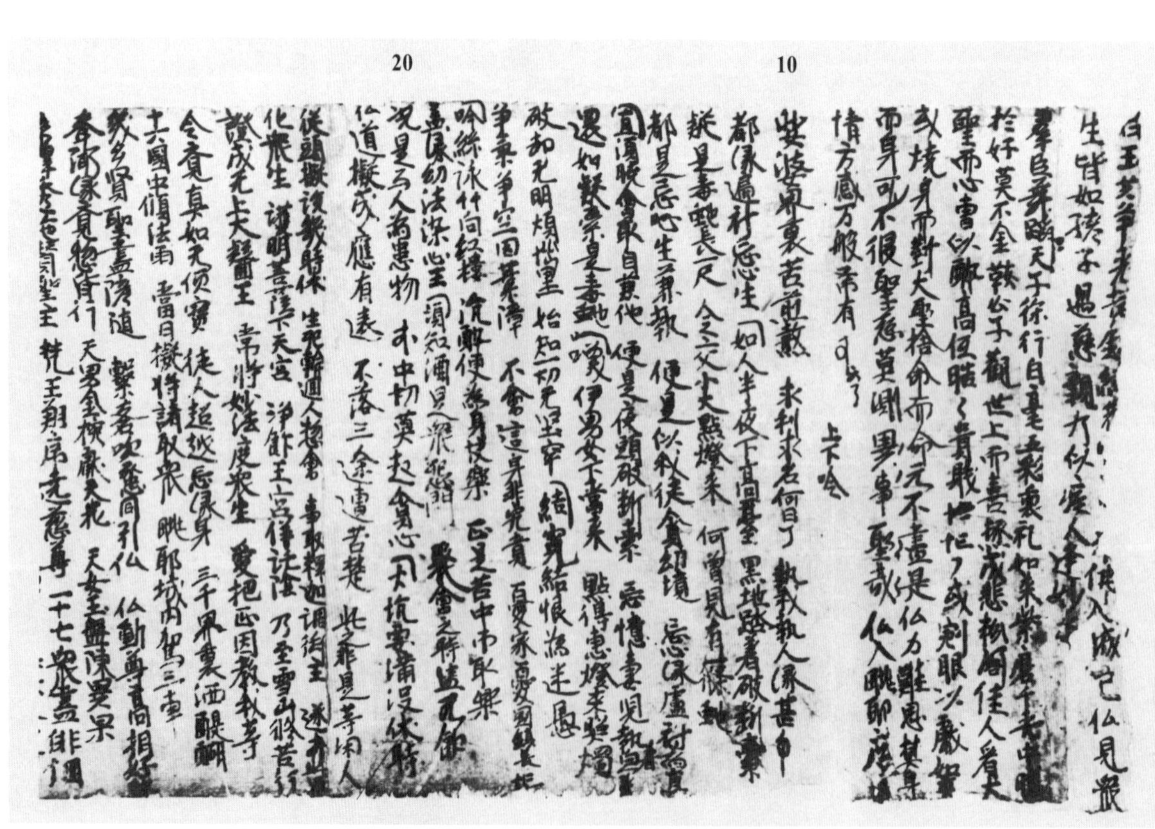

图 5-1

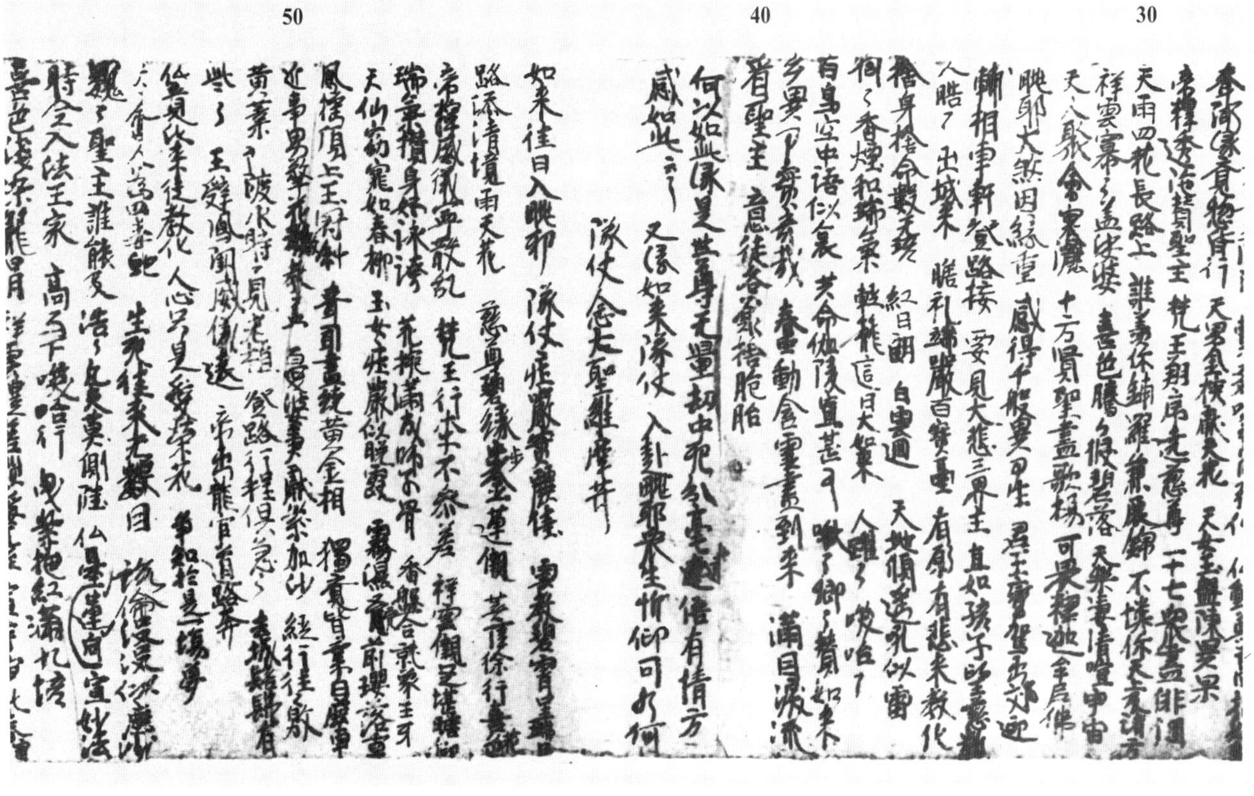

图 5-2

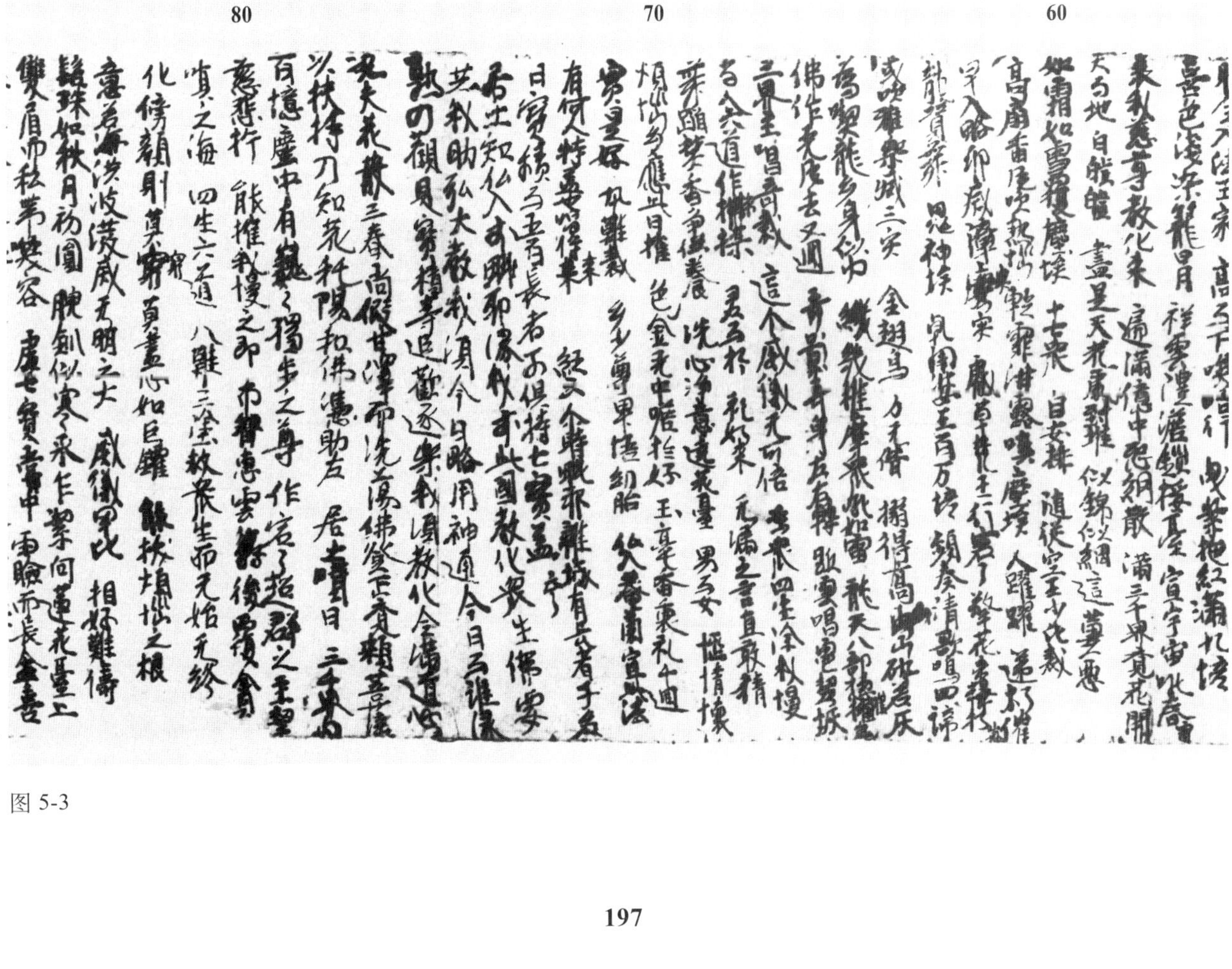

图 5-3

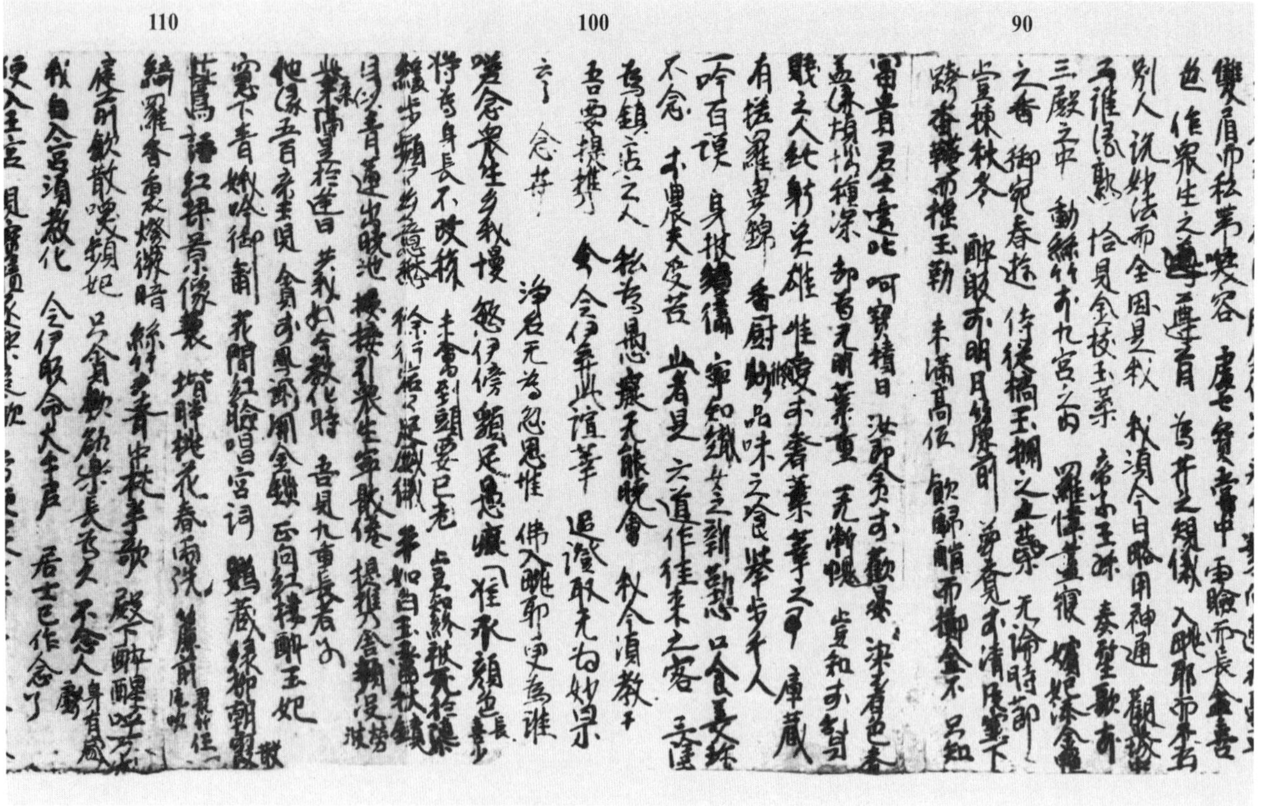

图 5-4

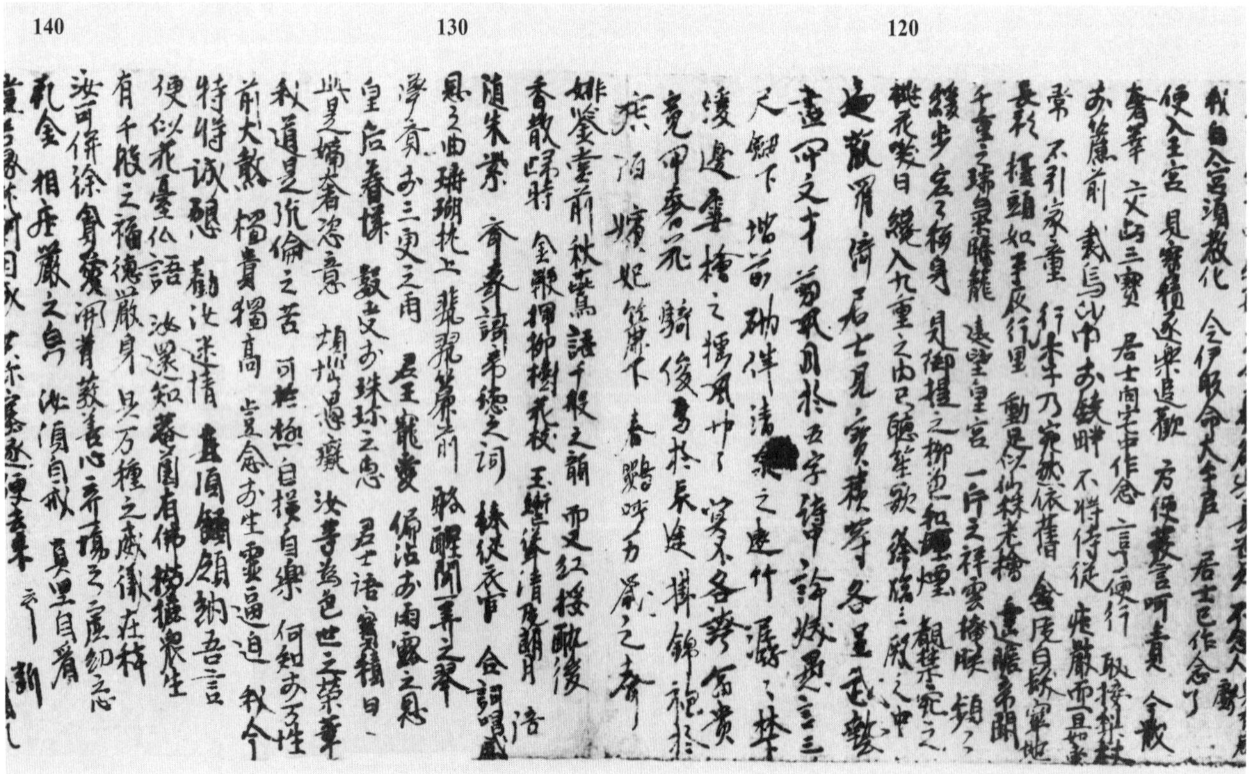

图 5-5

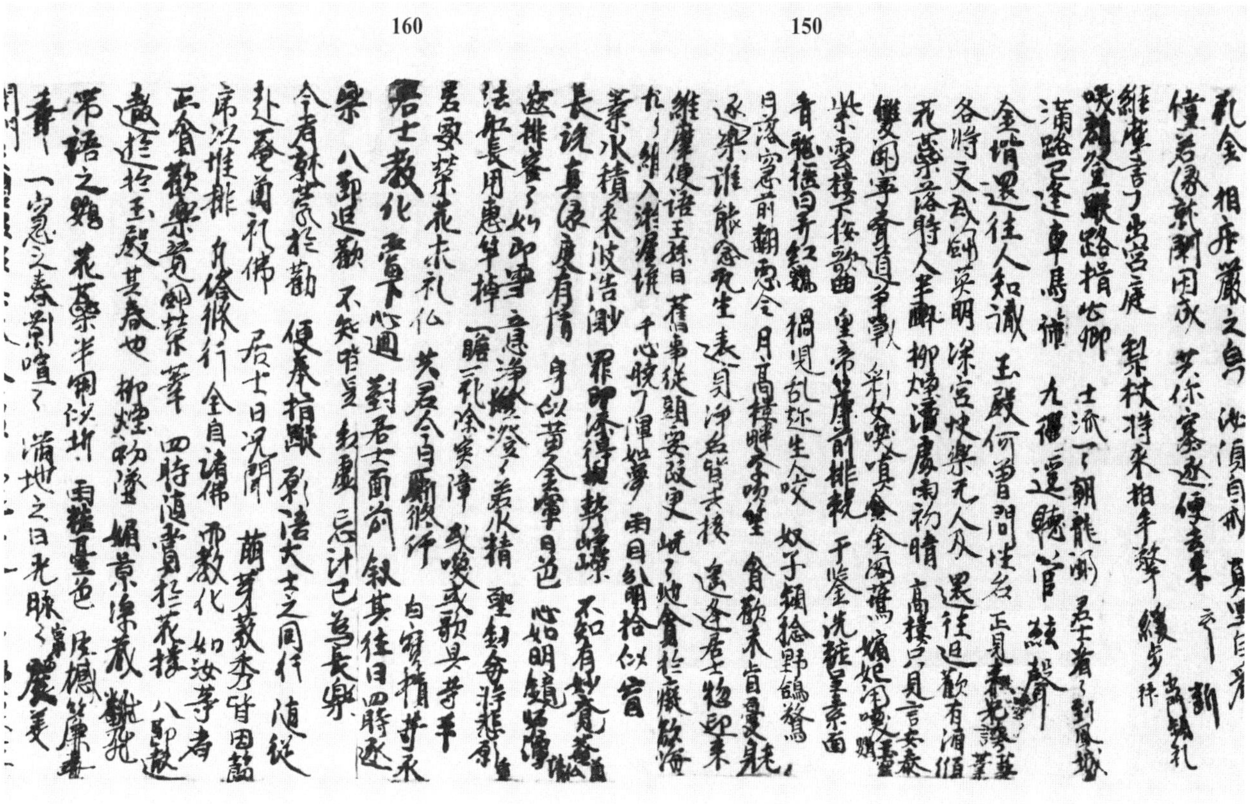

图 5-6

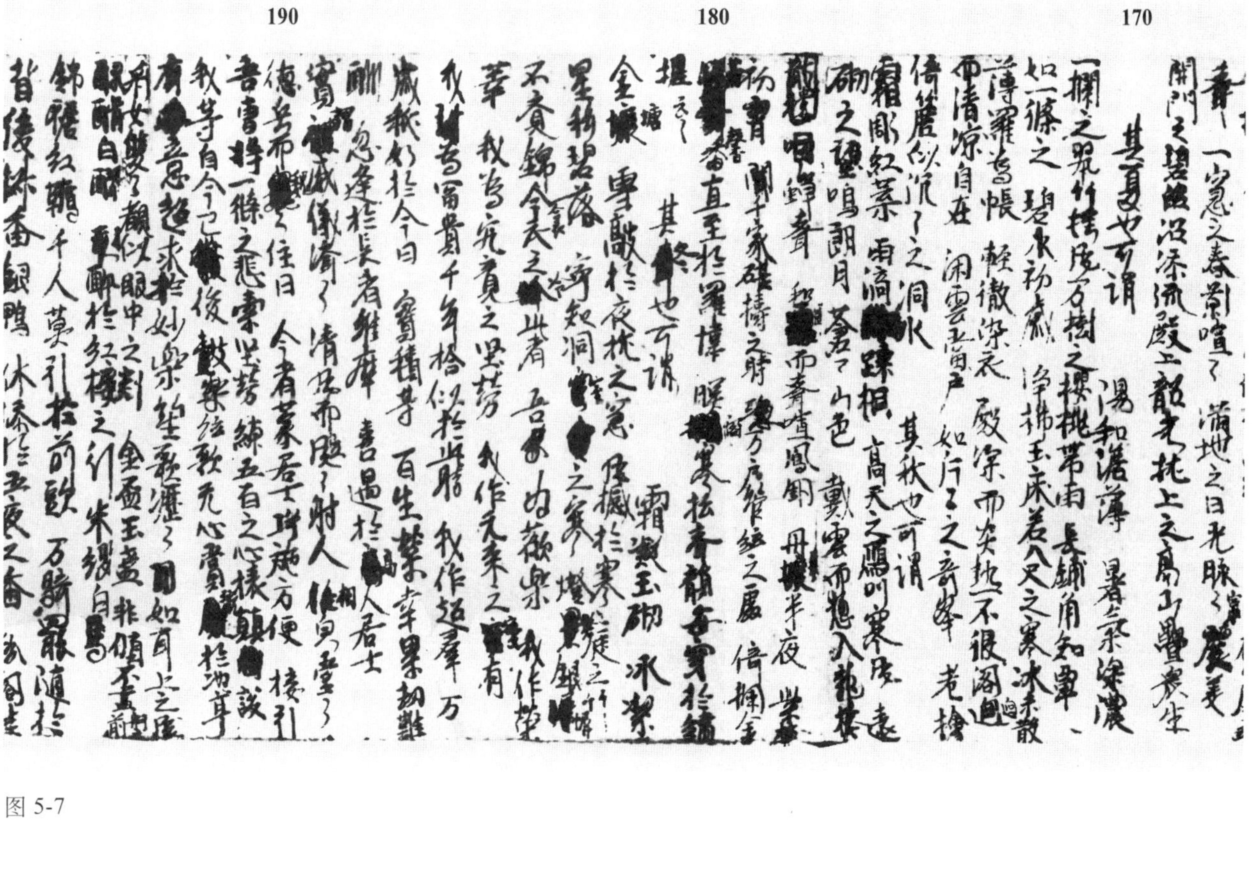

图 5-7

錦繡紅羅千人莫引於前，万騎羅緣隨於
背後。抹香銀鴨休添於五夜之香，粉閣緹
人不舉於夕陽之鏡。因此息纖絕跡，貪愛無厭
併除於有漏之門；翻歎於無為之理，皆是維
摩詰教示。 居士教招 忽然異口同音 歎貪禮讚
居士 居士殊感荷日 善哉賓積 真是道師
汝爲佛子王孫 汝是英賢達士 只合貪榮愛樂
御提馳曜日之車 鞭射駿爭能紫陌 退是茂
之足 何幸老夫輕語 教長者高懷 略抒微辭
之言 便沐非常之重 此者元生多幸 稟劫有緣
早蒙領納詠詞 何感更消禮謝 有弱蒲輪
明月 讓說於星羅之前 万刃青山 辭峭
機於岩巒之下 賓積等聽維摩此語 盡
策發心神 今朝須步王城 這日要
於佛寺 發言既了 排斂奉儀
各發龍鳳之衣 別擬新奇之服 瑞延
居士 寶蓋自持 一宮宮朝士喧喧 蒲同
之女郎隊隊 便使平持鄉路 掃洒天街
九衢之春雨乍收 万井之祥煙融合
其寶蓋者 千般合就 万寶開成 如一朶
之花 斗忽卑似万年之祥 蓮似折黃
金作骨 珊瑚之嫋鵲嶺了 句玉為絲 翡翠
之頸伽對對 其羽異手 郢匠賢人 織毫
之妙帶枝柯 細旋之起 宛然花樣 珠瓔
率地 香風吹獻 殿之聲 光彩輝天
瑞氣瑣籠 珍熟之色 於是前引 寶積
後隨 紛紛欲出離毘城 未審擬於何處
截羅舞錦作衣裳 只要莊嚴不淨物

图 5-8

後隨 紛紛欲出離毘城 未審擬於何處
截羅舞錦作衣裳 只要莊嚴不淨物
叙從將肩并擁眼 直饒塗粉與茶油
乃施嬌奢得人憐 蓮得囊王抛國位
無常一朝来取你 任君有白貝文章
似饒諍正潘安 柳葉為車人愁金
四相遷移身滅後 空留名字也無常
直饒韓信有英雄 咸楚金坊扶漢帝
決各心中酬酌取 德皇[illegible]幻一場空
威雄樊噲之功能 [illegible]倒[illegible]門来救主
心[illegible]自盛壇秋陽 如今也是一長空
前皇後帝万千年 死了不知多与少
君向長安城外看 [illegible]山[illegible]帝王陵
維摩於此化王孫 便請王孫皆悟[illegible]
異口同音謝居士 特蒙除我忘心生
從此後已悟無常 不樂世間五欲樂
我恨已前煩惱重 四時遊樂不知休
夏天[illegible] 春[illegible]宫[illegible]得[illegible]
自草上頭寒色動 玉床静[illegible]冰
秋時[illegible]葉[illegible] [illegible]散[illegible]飲酒
滿[illegible]秋[illegible] 一輪明月[illegible]初
[illegible]知[illegible]法[illegible] 晚了三[illegible]唯[illegible]有
爭[illegible]礼[illegible]三[illegible] 不如親近[illegible]尊
王孫這日便排諧 置得九宫人浩浩
彩[illegible]皆不要 [illegible]居士[illegible]道
俱持[illegible]来 掃洒天街如鏡面
隊隊[illegible]歌前[illegible] [illegible]朱紫兩邊行
[illegible] [illegible]於[illegible]
[illegible]上[illegible]甘露 途中[illegible]

图 5-9

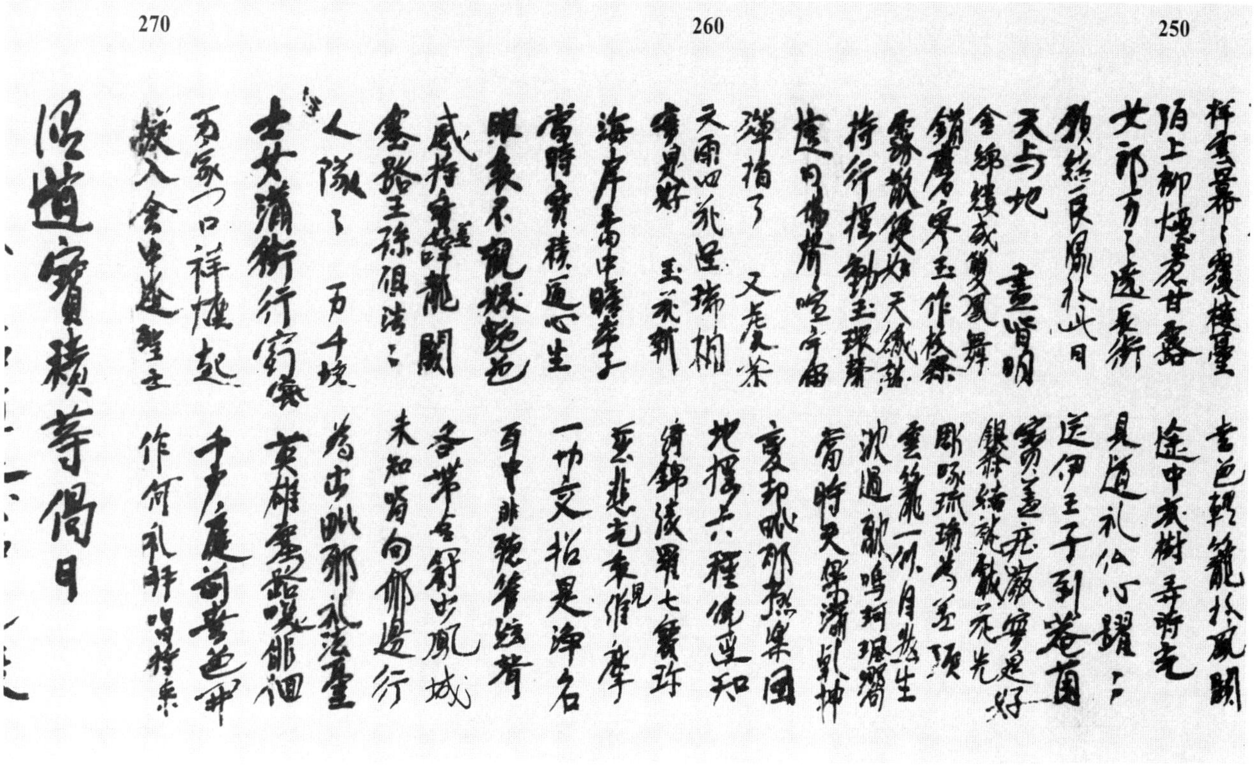

图 5-10

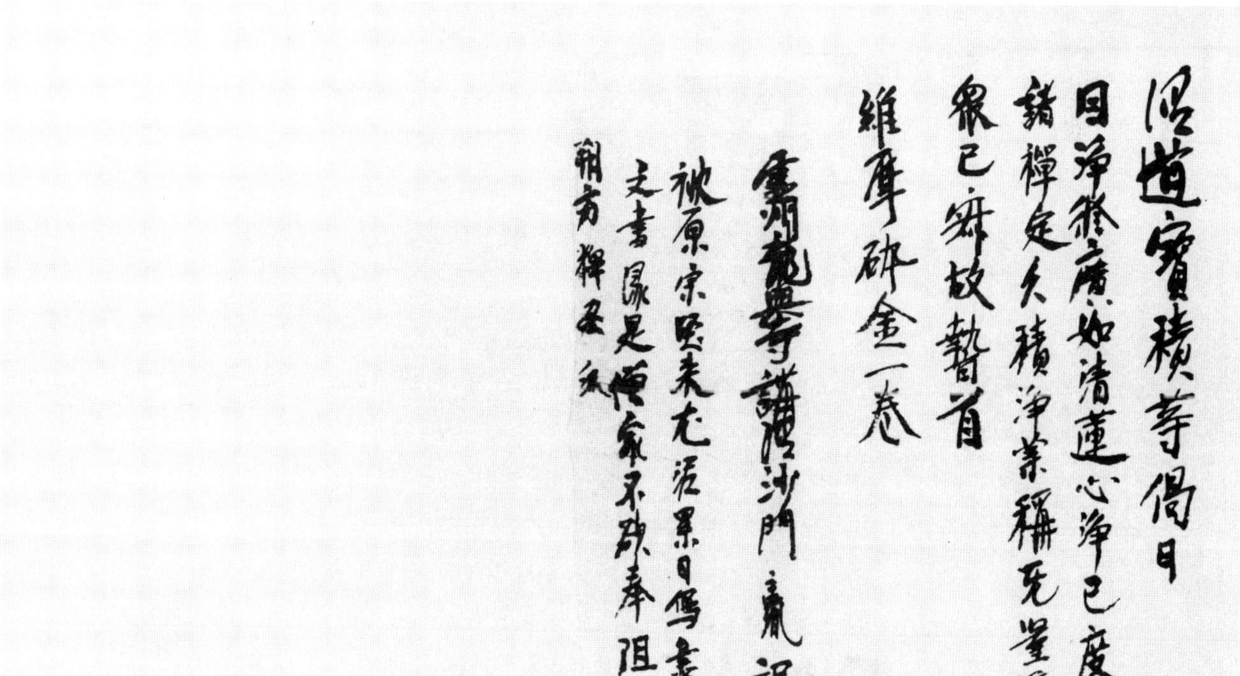

图 5-11

1

何等[illegible]十八
[illegible]太子名字流布
可於量遠近歌誦萬世[illegible]
[illegible]所言誠不可欺如今太子寧能[illegible]
[illegible]母行蓮華為太子即[illegible]婆
[illegible]婆羅門言我不用錢為[illegible]
還返者太子言此太白象是我父王之
要不得与卿若以卿者令我即为[illegible]
者逐令出国婆羅門言太子若不此施我等
太子即自思惟我前有願在所布施不逆人
我本誓當來何得无上平等度意聽當以之以
等之度太子言諾大善即以相與即勅左右被象
出來太子左手持水灌道士手右手牽象以授[illegible]

图 6-1

若逐令出国婆羅門言太子若不此施我等
父子即自思惟我前有願在所布施不逆人
我本誓當來何得无上平等度意聽當以分以
等之度太子言諸大善彩以相與即勅左右被象
出來太子左手持水灌道士手右手牽象以授
爲即呪願太子呪願已畢崇騎白象歡喜而去太子
此使疾去王若知者便來追逐劫奪於卿不逐來
此使疾去國中諸臣聞太子布施白象與怨家国晝
愁憂不樂諸臣聚會共詣王所即白王言太子以国
寶象用施怨家王聞愕然臣復白王言今王所以得天下
此象也此象勝於六十象力擁滅怨敵欽伏四方一切倚伏
力而今太子滅除却者国場惡何存立臣等了量太子
何意多猜其騎著庫藏[illegible]敢並與空虛自爲亦以兒
微無數失國中大禍非是方人主記臣今思忖大王崩後太子
[illegible]羣[illegible]人民及其妻子以當施人我等終无主

图 6-2

20

力而今太子淚隕去 [illegible]
何意念猜丑時著庫藏衍 敬並熱宮虛自為亦以和学
俄無歲歲夫 國中大禍非是万人主記臣今思忖大王崩後太子
繼嗣社稷臣恐舉國人民及其妻子以旋以入我等終无主
路王聞是諸 益大不樂從床而墮悶不識人以水灑良久蘇
報二万夫人無不驚愕王以諸臣共議之言如今太子須加善
刑 有一臣以腳入廁中者當截其腳 手牽馬者當截
其手眼視爲者當挑其眼或言當斬其頭或言身折一百
諸臣共議各言如是王聞是語 也更遠無言
小得穩心救齊步群
得此一字自小子

图 6-3

[illegible]白等差遣看我主
於多丑眼药見此……有
無太子　皆自求天地　得此猪児　不丑眼药
为諸臣等起差惡　我之言教莫相違　乃可先须断我命
然後方始殺我児
中宮有一智臣謙諸臣語汝等出言快不當理此是国王太子
王雖有是一子愛之甚重豈生如是惡心皆刑害父遂即難
向……言臣亦不敢殺其太子禁止杓閉也但乃送出宮城
置野山中十二年矣唯伏身　縱返皆事合生慚愧
王即随此大臣所言即遣使者白環太子問言是汝何故恃我
為施以怨家而不道我也太子後言前我以王自有要指言諸
施不違人意是以不道也王語前誓要為自輸珍寶
我今言此皆是王之所有物何得獨持王語太子

图 6-4

置野山中十二年矣。唯伏身，縱遂苦事，令生怖懅矣。
王即隨此大臣所言，即遣使者白僕太子，問言：是汝何故持我
爲施以怨家，而不道我也？太子白言：前我以王自有要誓言，諸
施不違人意，是以不道也。王語前誓要爲自謂財寶。
報父言：此皆是王之所有物，何得獨物？王語太子：
汝著檀特山中十二年。夫太子白王言：於是教命辭而
發心乃出國去。王言：汝爲正唯。施大處空我國去
以怨家，速便出去不聽。汝住也。太子自言不敢去
也。亦不復損國家財寶，今我自有私財，願得布施盡。
大王流音不肯。二万夫人垂淚諳王，請留太子，王即聽。
右運出私財，并皆告己遠近，聞者悉到太子宮。
來飲食施，以財寶恣意而去。七日財盡，貧者
太子即入私宮，告其妻言：汝好住宮孝侍
父母。我著檀特山中十二年。許，妃聞其語
曰：父王只唯有是一子，見遂擯，汝今作何

1

[illegible]飲食施以財寶姿意而去七日財盡貧者

太子即入秘宮告其妻言汝好住宮孝侍

[illegible]遂我著檀特山中十二年許妃聞其語

[illegible]金只唯有是一子甚極憐愛今作何[illegible]

[illegible]太子曰為我布施大國[illegible]

[illegible]王[illegible]傍臣差遂我耳

使大王及諸傍[illegible]

[illegible]道耳太子[illegible]

虎狼猛獸遍[illegible]

人情是汝生[illegible]

[illegible]太子當[illegible]

長[illegible]大子[illegible]

[illegible]果衣

言汝串嬌[illegible]何能忍是

甘美婆口所欲差至眼[illegible]

飲即醎水屑口悉破令人毛竪我身者者我自作過自[illegible]

[illegible]汝業何樂受斯苦也

图 6-6

言汝串嬌樂何能忍是長 以太子苦
甘美婆口所欲差全眼
飲即醎水肩口惹破令人毛豎我身苦者我自作過自受
受之汝業何樂受斯苦也
曷坯言君有寵樂妾先受之君今值苦我何獨樂苦樂
同受死生共隨不可以君而相離也太子言汝自出來要餒
得暖要凉得凉不出風塵來皆經苦又是山中寒則太
寒熱則太熱暴風卒雨晝夜冤霧露霜雪昏暑
起雷鳴閃電霆驚怖人心 石飛沙打人眼口加地有疾
九爍毒草惡蟲樹木之間 汝爭心
曷坯言丈夫太子若我生來骨屬一般誰寵無二 太子
戰栗服草遣我受用細軟帷帳甘美飲食豈有是
我終不能以太子相離 以太子相隨也王者以情為情
大者以烟為情婦人者以夫為情我從依怙太子自太子

图 6-7

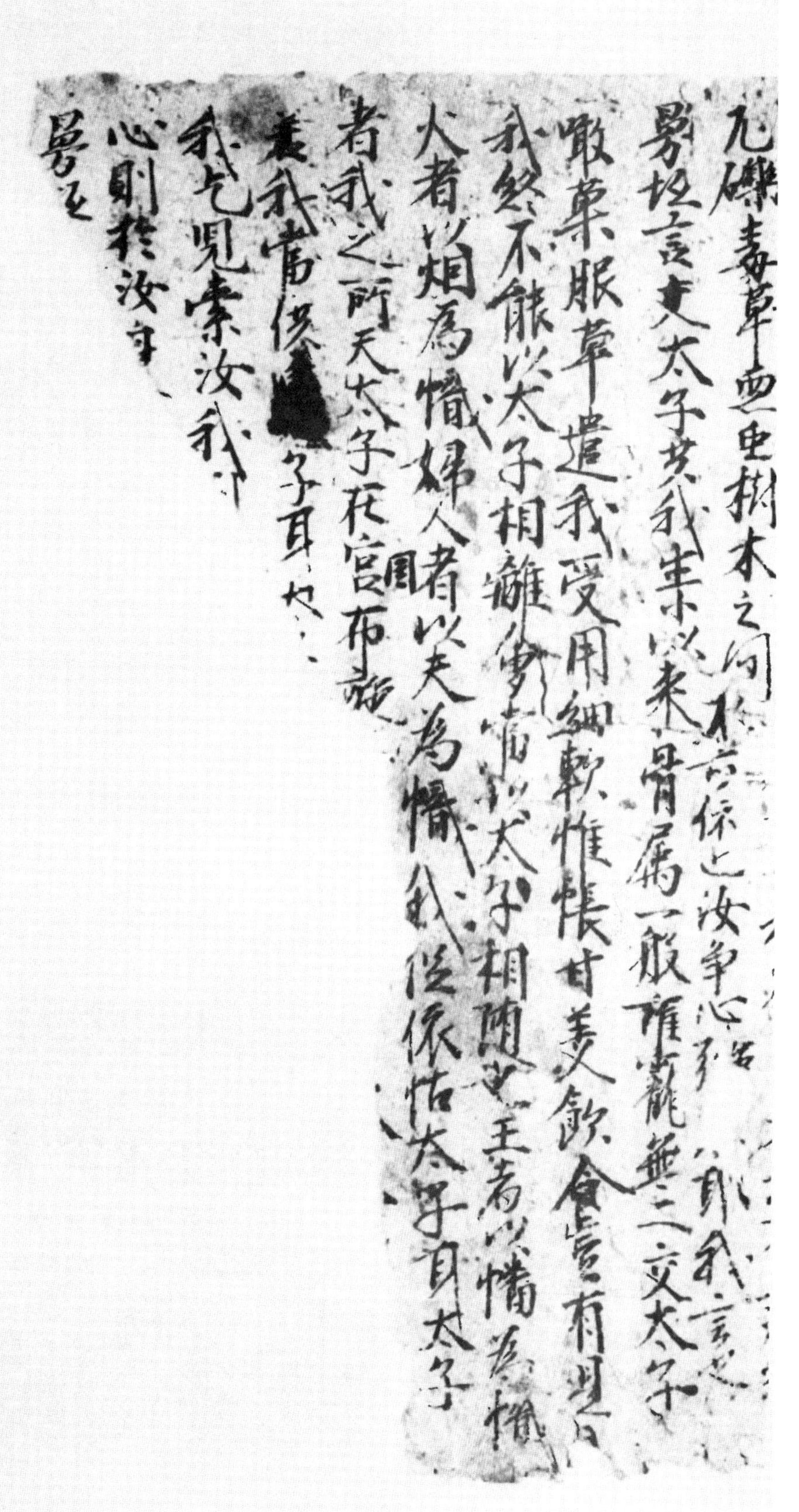

乃礫毒草惡虫樹木之間於六係之汝身心猶
男姪言丈太子共我等以來骨屬一般誰能無二文太子
瞰菓服草遣我受用細軟帷帳甘美飲食嘗有則
我終不能以太子相離會當以太子相隨若王者以幡為幟
火者以烟為幟婦人者以夫為幟我從依怙太子自太子
者我之所天太子在宮布施
養我常係[illegible]子耳也
我乞見索汝我
心則於汝身
男至

图 6-8

悉達太子修道因緣

迦毗衛國淨飯王 悉達太子厭無常 誓求無上菩提路 半夜踰城坐道場
太子十九遠離宮 夜半騰空越九重 莫怪不辭父王去 修道暫到雪山中
二月八日踰城 行至雪山猶未明 父王憶念號咷哭 慈母號咷發大聲
雪山修道定安禪 苦行真心難更難 日食一麻或一麥 鵲雀巢窠頂上安
太子行至檀德山 出家修道有何難 誓願求心離宮闕 降魔修道度人天
發遣車匿却迴歸 犍陟白馬淚雙垂 車匿聞言腸嗚咽 渾搥自撲告夫人
父王聞道出宮門 慈母號咷問出因 死限未時不相報 肝腸寸斷更無蹤
父王為子納耶輸 容顏美貌世間無 美女紅顏都不故 一心修道聽真如
既為新婦到王宮 將為君心有始終 准望百年同富貴 抛妾如今半路中
踰城修道也從君 無事將身指妾身 六年侍養寃家子 世事如何辯得真
父王聞說可嗟怒 聖主聞聲大懺嗔 苦說万般交處置 中心更向阿誰陳
勅下今交造火坑 羅睺母子被驅行 合掌虔恭發誓重 如來德為放光明
武士擁至火坑傍 念諦淚落數千行 母身一个遭火難 乞惜懷中一子微
素手金爐焚保香 頭面禮勤敬礼十方 若是世尊親子息 火坑速為化清涼
清淨如來金色身 多劫曾經受苦辛 今日出離三界外 救度衆生無苦辛

凡因講論法師便似樂官一般每事須有調置曲詞適來先說者是悉達太子押座文且看法師解說義段其魔耶夫人自到王宮並無太子因甚於何處求得太子後又不戀世俗坚修苦行其耶輸綵女修甚種果復為太子同為眷屬更又羅睺之子從何而託生如何證得真悟同登正覺小師略而門徒弟子解說懇交省知暫捨火宅莫暗莫閑齊時應聲稱能不能能

不能觀世音菩薩大慈悲菩薩

昔時本師釋迦牟尼求菩提緣於過去无量世尊百万劫多生波羅奈國廣發四弘誓願為求无上菩提不惜身命常以己身及一切万物給施衆生慈力王時見五夜叉吃人血肉飢火所逼其王哀愍而身布施濟饑五夜叉歌利王時割截身體節節支解尸毗王時割肉救其鴿鴿月光王時一一樹下施頭千遍求其智慧報燈王時剜身千龕供養十方諸佛身上燃燈千盞薩埵王子時捨身千遍悉達太子之時廣開大藏布施一切飢餓貧乏之人令得飽滿兼施所有國城妻子象馬七寶碎施而一切衆生或時為王或有太子波羅奈國是五天之境捨身捨命給施衆生不作為難非但一生如是百千億精劫練身心救其大難種種苦行令得心

图 7-1

但一生如是百千億精劫練身心救其大難種種苦行令得心能滿足故於无數劫中積修万行只為功充果滿上生兜率陁天宮之中由前正覺而成佛以法化諸衆生兜率陁天是補仏處其波羅奈國者是三千大千世界之中心百億日月之宰一切人賢多生此中過去迦葉佛而釋迦牟尼佛授記其釋迦牟尼佛而弥勒仏授記汝於來世當得作佛故何余天不補其佛空在兜率陁天已上之天則攏泰已下攏闇其兜率陁天是平等之處爾時淨梵大王為宮中無太子優悶不樂或於一日之中作一夢夢見雙陽頻六頻輸即問大臣是何意大臣答曰說是陛下夢見雙陽頻輸者為宮中若太子所以頻輸大王問大臣如何求得太子大臣奏大王曰城南有一天祀神善能求恩乞福何方便去往求李必合容許當時大王排批鑾駕親便往天祀神邊甚生隊仗日月繞流形似紅日初生儀仗纔行天下晏清淨幡滿錦衣瓔花花无邊神女白螢是時大王便到天祀神邊焚香酒親自虔恭禱云撥棹乘船過大池神前傾酒數千般將來不為諸餘事男女相乘乞一雙天人道大王何必多求貪其男女若是一雙難得他夫人焚香酒親自發願甚道禱祝若是得男其神頭上傘蓋右轉百匝若是得女頭上傘蓋右轉一匝遂一呪願了其傘蓋左轉一匝便仍發願道去撥棹乘船過大池吉祥清歌撥雜神祇 所求不為別餘事 伏願大王乞一男當時大王而夫人却迴鑾駕入於宮中偶因一日便上高樓謀聞之次便乃睡著作一設夢忽然驚覺遍體汗流遂奏大王其說其事說妾於高樓之上忽作一夢從天降下日輪其輪之中乃有一孩兒十相具足甚是端嚴兼乘六牙白象從頂門而入在於右脇安下之其夢如何不敢不奏大王遂詔大臣還乃說之其大臣答云助大王喜大王問諸大臣曰是何喜大臣奏曰據夫人作此聖夢合生貴子大王聞之歡喜非常不經旬日之間便則夫人有孕然始懷胎却乃愁憂遂奏大王如何計教得免其憂大王道夫人來日後園之內有一靈樹號曰无憂之樹夫人往去觀看得免其愁當時便遣排枇於後觀看甚生隊仗且看補千重之錦繡万道之華幡夫人擾行頻妃從後 聖主耶摩往後園 綵女頻妃奏樂喧萬遠碧波堪賞翫 无憂花色最光鮮 无憂花樹葉敷青 夫人彼中緩步行舉手攀枝摘葉 釋迦聖主袖中生 釋迦慈父降生來 還從右脇出身胎九龍吐水早是設 千輪足下有蓮開 是時夫人誕生太子已了無人扶接東西南北各行七步蓮花捧足其太子便乃一手指天一手指地口云道天上天下唯我獨尊大王聞之非常驚訝我是金輪王注四

图 7-2

人我於東西南北各行七步蓮花捧足其太子便又一手指天一手指地
口云道天上天下唯我[illegible]尊大王聞之非常驚訝我是金輪王往四
天下銀輪王往三天下銅輪王往二天下粟散天子往一國此子口云天
上天下唯我獨尊者何以須詔取相師合知子細大王遂處分所司
膀示令詔相師忽有一仙人向前揭膀云稱我若能解相大王聞
說即詔相師号名阿斯陀仙人其仙人蒙詔直至殿前大王告其仙人
曰朕生一子與世間不同有殊異相不委是凡不委是聖請卿仙者
與朕相之遂令宮人抱太子度與仙人其仙人抱得太子悲泣流淚大
王見仙人雨淚便問仙者朕生貴子歡喜非常仙人悲泣有何事
也其仙人答曰大王乞不嗔怒緣此孩子說无上菩提之時我不遇逢
所以悲泣仙人遂相太子了便奏大王仙人吟詞道
阿斯陀仙啓大王　太子瑞應[illegible]祥　不事尋常等閑事　必作菩提大法王
是時相了太子漸漸長大智學人間通藝物乃得成就於百之中
太子慈憂不樂專心孝善不戀人世大王聞之亦生憂向忽乃大
臣奏云主憂即臣辱不如臣則死大王道大臣已下有何計教大臣奏
曰但取一伴戀之人大王云何者為伴戀之人臣啓大王但取新婦便是
伴戀之人大王[illegible]於大臣之言當時排批欲擬為取新婦太子忽
聞遂奏大王若為娶取新婦令巧近造一金指鐶手上帶之
說此只是父王夫人及太子三人同知其餘諸眾並不知[illegible]委若為
覓有緣者知道手上有指鐶者便則充為夫婦大王聞太子
奏對遂遣於國門外高縛綵樓詔其合國人民但有在室女者
盡令於綵樓下集會當令太子自揀婚對尋時縛了綵樓集
得千万个室女太子即上綵樓上便思惟歎若是前生合為眷
屬者知我上手有指鐶之人即為夫婦是時鄰眾婆羅門
一名摩訶那摩其室女名是耶輸陀羅便發願道
前生殿下結良緣　賤妾如今豈敢專　是日耶輸重重讓　太子當時脫指鐶
其諸室女盡皆分散還家只有耶輸陀羅一身太子相伴且問夫人三從之
事有則在家從父出嫁從夫及至夫亡即須任從長子但某乙一有交
言語今說與夫人你從與不從耶輸答曰爭敢不從若是夫人行者太
子坐禪太子行道夫人須還坐禪其夫人並取太子之言到於王宮後
[illegible]曰一日之中遂與父王同遊於王田所以見時人耕種叔刈擾甚勞
力復見壤里田烏鵲啄嘬深生慈愍在閻浮提樹下𫍾然而坐思念
欲世諸界苦惱之次大王遂問太子有何不樂其太子走至殿下奏告
大王曰為宮中諜悶所以不樂擬往觀看不敢不奏大王聞見太子
發言遂遣車匿令被騌驄白馬與太子騎往觀看太子到於東
門忽見一人忙走殿下見之非常驚訝便遣車匿問之有何速
事其人云緣我家中有一產婦連綿痛苦所以奔走太子聞之世

图 7-3

事其人云緣我家中有一產婦連綿痛苦所以奔走太子聞之世
物還如此為復只遠一人其人之世人並皆一般太子聞此愁憂不樂
便却歸宮父王聞道太子還宮遂遣宮人觀其太子顏狀忽歡喜宮
人奏大王曰太子還宮更加[illegible]愁悶大王聞說亦與憂莊更添音
樂百般撓樂太子其太子聞樂轉加不樂大王遂處分車匿來
晨還被騌驄白馬亦往觀看太子遂出至南門忽見一老人髮白
面皺形容[illegible]遂遣車匿問其老人曲腰柱杖君是何人其人答
我是老人太子問曰何名老人其老人云眼闇都緣不弁人之形色
耳聾高語不並聞聲若行三里二里之時須是四回五歇少年
君子何用嗤之此我老不將去也還留與後人太子遂問只你一
个老為復盡皆如此其人老答曰世上不計尊高老到頭之時
亦如是太子聞言更憂愁不樂迴入宮中大王聞道太子還宮
遂遣宮人存問太子其太子蒙問展轉憂愁大王亦更陪添音
樂歡喜太子其太子終心不樂大王遂處分車匿還被騌驄令
向西門遊觀其太子觀看之次忽見一人就中羸瘦兼有困擾
在於頭邊太子遂遣車匿問之此是何人答云病鬼太子問
曰何名病鬼其人云地水火風百樂不諧起卧力微是名病鬼
太子又問則公人但是世人然復如是其病人云價鏡下殿庭有
尊高神將有其威儀部兵万眾平善得四海之人一朝病卧
在牀枕上轉動猶須要兩个人扶　念佛吟　太子聞之然加不悅便
乃還宮大王聞道太子還宮遂喚太子問之吾從養汝只是
懷愁昨日將觀去來見於何事太子奏大王曰西門觀看不見
別事見一病鬼倍加劣瘦遂遣車匿問之則君一个如此並諸
人悉然其人云殿下位即尊高病來相說亦皆如是所以憂
愁大王遂遣車匿宮人引其太子更往觀看行至北門猶觀
之次忽見一人卧於荒野那賬懷攔四伴有人高聲大哭遂遣車
匿問之[illegible]此哭者是何人其人云我是靈主太子問主靈卧
於荒野是甚人答云此是死人太子問道只此一人死諸人並亦然
靈主答曰殿下國王位即尊高煞鬼臨頭巷世死處太子見說
死相更乃愁憂便却還宮大王聞道太子還宮遂親喚問太
子蒙詔遂見父王其大王道人間恩愛莫過父子之情若說世
間因緣莫若親生男女假使百歲七烏飛飛猶自為子此身墮
落五道三塗皆是為男為女金銀珍寶無數要者任意不難
若能取我眼精心裹應潘得取我懷中憐愛之子万劫千生
實難割捨然須亦多恩愛　作罪還須自當　父王作罪父王當

图 7-4

寶貝雖割捨然須亦多恩愛　作罪還須自當　父王作罪父王當
太子他家不受殃　阿孃作阿孃受　女是不肯替阿孃　自身作罪自身悲
莫怨他家妻與兒　自作業時須自受　他家無因入阿鼻　父母恩　及妻兒
欲擬相留是暫時　爭節此時緣業斷　死王嗔怒拔來遲　鐵鬼不怕兄弟多
君王眷屬總樓羅　黑繩繫項牽將去　地獄還交渡奈河　療奚樓羅上陵天
南莊北郡置田蘭　未似此身總為謝　男女商量擬入錢　大鬼要取道東畔
小者只言要西邊　惡業門徒自告著　別人不肯入黃泉
太子見說如是罪事更乃愁憂遂遣車匿被騂騂白馬往出城觀看
之次在於路上或見一人削髮染衣威儀祥序直似象王太子忽見遂
遣車匿向前問之是何人去我是師僧何名師僧去諸漏已盡
無復煩惱衣生搩上飯在缽中此是師僧太子聞說歡喜非常
速便下馬頂礼三寶便問三寶汝師是誰之弟子云道我是
三界大師四生慈父釋迦牟尼佛是我之師太子聞說便問三寶如
何修行得證此身汗字忍辱六時修行錢益種ゝ乃獲此身太子聞
說歡喜歸宮父王聞道太子歸宮遂遣宮人觀占太子喜與不喜宮人
奏大王太子非常喜悅太子與妻耶輸倍加精六時行道無有
乘閑後至二月八日夜半子時有四天門王嘆太子太子休意無明之
瞻道出家時至太子聞嘆便遣車匿被朱騣便擬往雪山太子遂
告四天門王其諸處宮門並皆鐵閉所伴宮人[illegible]是不臉如何去得
便被四天門王已手指開宮門闔鎖應是守伴之人便交瞻著太
子道我一身不見期解脫向後婇女苦難如何太子預見前事遂
嘆夫人向前今乃事付囑別若留合只乃一瓣美香夫人若乃難
之時但燒此香遙告靈山會上咸乃當救護切須依此言語付
囑已訖其太子便被四天門王齊捧馬足踰城修道迴手却着耶
王輸遙指耶輸道乃佛來世出現之時生八王子見大聖出家
亦須隨梵行引接太子臨行宮人瞻着婇女婚迷太子思寸再三恐
慮宮人在後不知所去遭受苦楚遂於城上留其馬蹤太子馬
四天門王便往雪山修行到雪山已經時久耶輸降下一子父王聞之拍
手大怒道我嫌兒山間苦行近及六年因何乃此孩子其新婦答
云此是馬鞭指腹化生之男其大王捶鍾擊鼓召集群臣其群
臣纔到殿前問諸大臣已下諸卿等不為別事只乃耶輸
養其亂宮之子往大臣奏一苦楚來要罪耶輸羅睺二人大臣奏
對苦楚之事但於街兩邊立柱將耶輸母子各縛在柱上遣武
士於母身上割一臠向子口中於子身上割一臠向母口中此是苦楚
其王大悅此是甚苦大臣見大王別要苦楚遂奏云將耶輸母子
臥在床上向下着火應是博煞大王又轉大怒據臣兩件苦楚

图 7-5

其王大悅此是……
臥在床上向下着火應是博煞大王又轉大怒據臣兩件苦楚
並不入[illegible]意如似交母子二人伏枕而死大[illegible]王自言苦楚莫越
火坑是苦遂處分武士令出王城七里東西南北高下各掘七
步火坑武士便出王城須臾奏對火坑掘了其大王差狂士令
排耶輸羅睺母子出於宮門推入火坑[illegible]其耶輸云道我
既在王宮是即新婦若道推入火坑便是罪人兩步作一步急
行其耶輸告使者略款款坐行待得香其使者答曰若放夫人命
即不得歇息行時即一任其耶輸到大遼又囑使者請到王宮取一香爐
去得已否使人答曰約去王城七里恐怕上命拖之耶輸既是使人不肯取其香
爐去尋時卻發遣道將火只於手心中若是乱宮之子其無情之火
燒交爛或是馬鞭指腹之子其火變作清涼耶輸道於裙帶頭取
得太子所留美香一瓣只於手中焚燒其香煙化為一蓋直詣靈山其
世尊見於香蓋便知耶輸母子被父王推入火坑遺其此難世尊遂向
靈山遙望火坑以手指其一指火坑變作清涼池兼乃雨朵蓮花母子
各坐一朵不若化生之子莫論焚燒耶輸母子咸言毛一枝不動其使
者卻詣王宮奏告大王其此奏對母子並不焚燒不煞其大王聞之答云三
思而後行再思而可矣乃是新婦不虛大王遂處分令宮人五十乘及細
樂卻迎新婦赴於王城大王乃勅遣新婦卻往後宮不得為朕相見
仍賜雜綵十床排斗錢十萬貫充新婦及羅睺孫[illegible]押驚後回
大王朝退其羅睺忽於殿前作劇之次大王忽[illegible]見遂問美人此个
孩子是郎宮中孩子美人奏言此是滿月前火坑燒不煞羅睺之子
大王見之由有疑心其世尊在靈山會上觀見大王其有疑心恐遠遭苦難
遂修書一封速差捷疾鬼使乘一朵黑雲直至王宮空中隱在大王案
上尋已祥看書意口ゝ稱是馬鞭指腹化生之子後又世尊更令上
足弟子大目乾連腳踏一朵紫色祥雲直詣王宮道世尊差來傳語
大王乞於殿前鋪一道場來日世尊親自降臨說其宿世因緣尋至來
帝釋前引弥勒諸天八部眷屬後隨世尊座於五色蓮花赴於道場其
大王將[illegible]見下蓮花跪拜有大臣奏大王曰此者世尊雖即是兒子若要
他跪拜恐墮落大王其大王取其大臣奏言尋時大王自便礼拜世尊纔[illegible]
礼一拜依舊礼兩拜亦依舊乃至礼三拜起來早已化作一千軀佛眾
个ゝ出來三十二相八十種好頂上元光光題万字足躡千輻身長丈六
紫磨金容其大王見佛化為一千軀相宜擡問言大臣曰那个是前來
者一軀佛父朕如何認得其大臣奏言臣亦不識若要知佛莫越是
親抱養兩嬭母即合知之其嬭母答曰大王如[illegible]人渴來何須飲水飲
水了便來如何度量期水深淺亦言不識又云五百生前耶輸施

图 7-6

新擬[illegible]
水了便來如何度量朝水深淺亦言不識又云五百生前耶輸陀
羅合知先來者佛其耶輸答曰如人山上借路而過何知樹林鳥雀
多少其臣又奏請羅睺之子合知先來者佛遂說羅睺其羅睺奏云
請金盤而寶珠一顆令壯士擎驀行直到佛前便礼其羅睺從頭
弟一礼至九百九十九尊直至末下一尊面前放下寶珠拽其收羅之
袖口云世尊六年在於山間苦行不審万福其世尊知被認着悉
父便向羅睺說其宿世因緣過去劫中有王号波羅奈王有於
二太子其王崩後太子二人大者不戀雲花山間修道小者太子承
王寶位主其天下後還謀思師兄遂遣一走馬使赴山間說其師
到於閣乃先且留乃使奏對師兄見在留乃未敢引對其王弟
貪戀歡樂不聽奏對將師兄留乃其立六日揚易三寶不敬
師兄其過去劫中波羅奈王只今見在淨梵王是也已前過
去劫中你王弟輕輸者師兄只吾之身便是你弟之身為揚易
佛法不敬三寶只你羅睺便是當日將兄立其六日却交託生耶
輸腹中六年不見光明其世尊却向羅睺摩頂授記三歸依弟
一歸依[illegible]弟二歸依法弟三歸[illegible]其羅睺三歸依了頭髮不[illegible]
剃隨自落金襴袈裟從身自生同登佛會身長一丈号曰
大阿羅漢今勸坐下聽人此者因緣希逢難遇
更欲說 日將沉 奉勸門徒念仏人 合掌階前聽取誦 總交親自見
尊慈
弟一无常一丈紅羅八尺強 上頭更繡一鴛鴦 天邊
織女誇道巧 月裏恒娥見便藏 夜來只知臨下坐 不覺无常闇取將
弟二摩盡和尚
摩上無年歲 人間絕往來 面廖何日洗 經卷乞時開 鬚髮亂無刀剃
袈裟是筆裁 若也無定准 墻塌是輪迴

图 7-7

文殊師利此云妙德正梵語云曼殊室利此云妙
吉祥法王子者從佛口生從法化生仏為法王人為
法 彼菩薩紹聖種故名法王子何以名妙
吉祥此菩薩當生之時有十種吉祥之事准文
殊吉祥經云一且弟一光明滿室者表中光明
内融身光外照所以降誕先放光明〻〻
其光滿室 咸如杲日 日月難侔 紅燈莫匹
破癡衣之昏情 能[illegible] 其時[illegible]表無[illegible]菩薩出
且看菩薩神光 照燭無私 頭霞藏
直如杲日出幽谷 恰似驪輪入畫堂
千道光明遐迩照 幾條明焰色如霜
化緣菩薩出於世 所以名為妙吉祥
弟二甘露垂庭者且帝釋宮中皆有此珍
味天人飲宴身心朗然因誕文殊灑瀝滂
天垂甘露滿瓊枝 美味鮮香世所希
滴土便能滋稼穡 人餐斟覺長光輝
貞祥所感因王道 瑞應遐霑愧地祇
緣為文殊興出世 虛空降遇不思議
弟三地勇七珍者表是金輪王〻四天下充滿

图 8-1

第三地勇七珎者表是金輪王〻四天下統
德圓滿外感寶莊嚴將溥施於人而旅濟
衆人也
大地同時躍七珎　剖聞伏藏感龍神
瑠璃花發珊瑚樹　瑪瑙盤中璞珀新
琛瓓黃金欺翠玉　明珠瑩徹照白銀
來於井居凡界　七寶相扶轉法輪
第四倉變金粟者滿倉白粟變作黃
金家僮躍〻而赴香長幻忻〻而發彩〻〻
忽然金粟自盈倉　滿月宸(?)昏見寶光
万囯安排多積貯　一家忻賀有餘糧
諸人見者咸言差　瞷說難思實異常
直緣井來斯界　咸很(?)名為服吉祥
第五象具六牙者其象六牙七枝柱地蔟
三冬之霜雪為千歲之身形無嗔怒以跳蹴
有喜歡而躑躍
香象于時出從胎　身高力大甚奇哉
似片六牙光錯落　如霜一皁勢摧嵬
神通為表輪王寶　相貌多儀逸客財

图 8-2

似片六牙光錯落　如霜一皁勢摧嵬
神通為表輪王寶　相貌多儀逸客財
不緣餘事出於世　為降文殊傳語來
第六猪誕龍豚者猪性下劣多遊穢惡
之中夢産龍豚為傍生之異瑞詮其所
表狀井之神胎託陰凡間生於濁世是以
猪表婆娑之穢土龍胎者如大聖之降生
龍也布祥雲於霄漢洒潤澤於乾坤井道
圓用甚(?)垂於六趣將喜捨為方有梯航
所以聖胎將誕夢啓貞祥猪産龍豚
其由堯瑞可為聖人降世吉兆先彰示跡
周凡勸佛視化〻
十方世界未曾聞　敖猪忽尔誕龍乇
動步垂雲行法雨　吟時滿谷起甚雲
玉角膩珠光獨耀　紅鱗霜角邑叟分
貞祥出世緣井　應瑞朝天賀聖君
第七鷄生鳳子者將欲誕聖瑞應星生
吉運感冬(?)積祥納慶遂使神鷄入夢産
育鳳雛嘉瑞既萌彰文殊俊時而降質
鷄一鳴而天光洞曉井下生而大夜朗然若

图 8-3

鷄一鳴而天光洞曉，井下生而大夜朗然。若
不累嘱走休焉，得鷲峯會上次茲氏之
殺情，毗耶墻中吞淨名之詞問，可謂聖人
出而聖道遐昌，聖化臨而四廣倫感，義神
用其儀不感其徵焉

五德之鷄產鳳凰　靈會表瑞法中王
毛分五彩雲遐舉　目鬪雙珠日月光
納瑞既能超別后　伏降獨見出明王
井生時有此事　所以名為妙吉祥

第八馬生騏驎者，聖母將誕文殊，其祥
入夢，觀神驥而卓異狀，能厩之騰驤產齐
騏驎彰井降生之嘉兆，馬狀法王之十力。騏驎
如四无畏之發，觀彰積善之徽，猶敞有思
矣十力所謂建立能仁，四无畏乃群耶須伏
洎乎聖哲將欲誕生，神德預彰，十夢莫不
淮倫四生恩霑六趣

花駿閑厩誕騏驎　畜類雖同異絕倫
西国現形人共說　東吴有聖出皆聞
禎祥為赴文殊降　瑞應遐教賀聖君
何事偏生獨角獸　表於大聖獨稱尊

图 8-4

禎祥為赴文殊降　瑞應遐教賀聖君
何事偏生獨角獸　表於大聖獨稱尊

第九神開伏藏者，地中之伏藏，排寶具
之甚多，表身內之真如，具塵沙之功德
應是下地上古珠珎，知道降生，自然開圻

珠珎伏藏數无邊　神鬼隄防豈近前
井生時表富貴　須臾寶藏滿庭猪
何勞奈重專持送　不假能神相共搬
勇似流泉无間斷　諸天更獻白銀錢

第十牛生白犢者，月氣吸吸，而常日行趍
以風魁悅殊除救邪，遊走表文殊而出
世名妙吉祥，外道邪魔，當時消散

牛生能墾大荒田　苗稼豐饒万類安
白犢本來天界任　託生牛腹向人間
陰陽五運皆知委　造化三才並總閑
坤德降於堪忍界　靈禽瑞獸悉皆歡

佛子文殊井當生之時，有此十般希奇之事
所以名為妙吉祥井

降誕勞殊難量　共知井不尋常
十年倉内看金粟　五色雲中見象王

图 8-5

降誕勞殊甚難量　共知非不尋常
十年倉內看金粟　五色雲中見象王
地勇珠珍招富貴　天垂甘露識實殊
只緣是事多歡慶　所以名為瑞吉祥

图 8-6

押座文　作梵而唱
善哉大聖大慈尊　三世十方无數佛　各執香花無寶座
惟願今朝降道場　先迎菩薩起慈心　擁護道場諸弟子
大梵天王無帝釋　獻座釋梵降聖定　閻羅天子及將軍
司命天曹諸官長　羅剎夜叉惡鬼等　加被今朝受戒人
山中有廟獨孤魂　地主靈祇諸聖眾　更有何諸眷屬
願降慈悲入道場　先亡父母及公婆　亡過兄弟及姊妹
願降道場觀受戒　不墮三塗地獄中　平生現在及尊親
總願合家無障難　更願座中諸弟子　清淨身心戒品圓
從茲發願達修行　願證菩提不退轉　今晨蹔說甚深文
惟願慈悲來至此　聽眾聞經罪消滅　總證菩提法報身
大完把把何曰狀　五欲終朝生死苦　不似聽經求解脫
學佛於行能不能　能者合掌虔恭　經題名字唱將來
念觀世音菩薩 三說　以下受八齋戒
八關齋戒文　於八關齋戒經略出
善男子信士等今者大齋之日及龍天八部天曹地府善惡部官
一切靈神降下世界察之眾生所有善惡之日
若有眾生修善法聖賢歡喜力令世界人民安樂若有眾生不
循齋戒違諸惡業閻羅使者錄其名字將過閻羅大王命終之後受充
重苦所以大慈悲父流此要門令每月六齋日受持戒
夫受戒者先以七分別
第一讚戒功德　第二啟請聖賢　第三懺悔罪障　第四歸依三寶
第五發受羯磨　第六說其戒相　第七迴向發願　如是七門不可齊舉
且今當第一讚戒功德
夫受戒者乃是成佛之根源斷惡修善之根本亦是人天之腳足三乘
之福田一切諸佛菩薩聲聞緣覺乃至人天所有勝福莫不皆因持戒如
得故入佛法海先須以戒為因持戒生定定能發惠惠斷煩惱方成聖

图 9

讚僧功德經

詞辯菩薩譯

阿含經中略集出

世尊出廣長舌相　歎大德僧聽我說

如地堅牢乘萬物　以大梵音讚僧寶

我末法中出家人　住持有情非情類

諸願擔重不退者　當住僧寶亦如是

於濁惡世界中　志求菩提微妙果

僧中或有求四果　常在如來清淨衆

此等八輩諸上人　或以證果在僧中

或有頭陀行乞食　和合僧中常不斷

乃至於微細戒中　或有山間樂寂靜

或有深廣學智慧　不犯如來嚴命教

並皆集在僧衆中　或有息慮習諸禪

殊勝妙寶大德僧　猶如百川歸大海

能與人天勝果者　長養衆生功德種

善心僧中施掬水　無過佛法僧寶衆

微塵尚可有算數　獲福多於大海量

　　　　　　　　僧中施報無有盡

图 10-1

10

善心僧中施掬水　獲福多於大海量

微塵尚可有算數　僧中施報無有盡

若人當來求遠離　越於生死貧窮河

應當速發志誠心　於僧寶中豎因果

於此衆妙良福田　若有種植功德子

當來收獲無邊畔　由如雲中含大雨

施者不籌量受者　平等奉施無二心

是人方可能堪任　受人天中勝妙果

無量功德具莊嚴　大悲世尊弟子衆

凡人肉眼難分別　由如灰覆於火上

或有外現犯戒相　內秘無量諸功德

應當信順崇重之　聖賢凡愚不可測

或有外現具威儀　或示未能捨其欲

外相人觀謂凡夫　不妨內即是其聖

由如四種菴羅果　生熟難分不可別

如來弟子亦如是　有戒無戒亦難辯

是故殷勤勸諸人　不聽毀罵僧寶衆

若欲不沉淪苦海　常當敬重植良田

若欲天中受樂者　亦當供養苾蒭僧

勿以凡夫下劣心　分別如來弟子衆

若有清信士女等　能於一念生信心

平等供養苾蒭僧　是人獲得無量報

图 10-2

平等供養苾蒭僧 是人獲得无量報
若於僧中起邪見 當来定墮三悪道
世尊親自以梵音 金口弘宣誠不妄
寧以利刀割其舌 或以鉗杵碎其身
不應一念嗔恚心 謗毀如来淨僧衆
寧以呑大熱鐵丸 寧便口中出猛焰
不應戯論以一言 毀罵出家清淨衆
寧以利刀自屠割 殘害支節毀肌膚
不應戯笑調凡愚 何况打罵苾蒭衆
寧以自手挑兩目 寧於多劫受生盲
其於背行離欲人 不應悪眼而瞻視
寧毀精舍及制多 寧焚七寶舍利塔
勿於僧中出悪言 誹謗如来清淨衆
毀塔之人自墮落 經无量劫受諸苦
好說衆僧短長者 自墮亦引无量衆
是故智者善思量 勿於僧中起輕慢
善自防護口業非 莫談此持彼犯戒
若一悪言罵沙門 當墮泥犁受衆苦
從地獄出得人身 即招聾盲瘖瘂報
世間多有愚癡人 謗說僧尼諸過悪
因茲墮落悪道中 永劫沉淪没苦海
大悲世尊礼大衆 尊敬和合大德僧
諸佛尚自致敬恩 何况凡夫輕慢衆

图 10-3

諸佛尚自致敬恩 何况凡夫輕慢衆
世間多有信心人 来重世尊弟子者
聞說三寶短長時 忍於僧中起邪見
因此退敗諸善人 欽壞如来清淨衆
不見賢劫千世尊 是故智者應思忖
昔有俱迦離苾蒭 以一悪言罵僧衆
猶落鉢頭摩地獄 舌被犁耕數万段
亦有迦葉佛弟子 謗毀无量世間人
承斯悪業捨殘刑 遂受耕舌地獄苦
沙門懷忿毀諸人 尚招无量口業報
何况无戒白衣人 罵僧免墮悪道者
是故智人不應罵 乃至草木塼瓦等
况毀清淨出家人 習行離欲善法者
縱使慾火燒心 黙汙尸羅清淨戒
不久速能自撲除 遂入如来聖衆位
如人暫迷失其道 有目還能尋本路
苾蒭雖犯世尊禁 雖然暫犯還能拭
如人平地蹶脚時 有足還能而速起
苾蒭雖暫缺尸羅 雖犯不久還能補
猶如世間金寶器 雖破其價一種貴
木器縱然全不漏 可不比於破寶器
破禁苾蒭雖无戒 初心家出功德勝
百千万億白衣人 功德縱多不及彼

图 10-4

百千万億白衣人 功德縱多不及彼
出家弟子能堪任 繼嗣如來末代法
万億无量在俗人 不能須臾弘聖教
最下犯禁破戒僧 供養由獲万億報
是故世尊讚勝因 天上人中受尊貴
是故殷勤勸諸人 勿毀如來僧寶衆
今生習惡因緣故 當來業成亦毀佛
緣茲身口意業交 永斷世間人天種
當墮三塗惡道苦 億劫流淪无休息
若於清衆起正信 无有毀謗名僧罪
常能防護口業過 不謗如來僧寶衆
若人於僧有過罪 應須志誠速求懺
於僧勿起憍慢心 來生受苦必當悔
如、剎那有功德 其福不容於大地
何況經月累歲年 堅持如來嚴禁戒
是人持戒功德報 佛於一劫說不盡
況餘凡俗知其邊 福等虛空无有量
當知功德廣莊嚴 釋迦如來僧寶衆
是故不聽在家者 毀辱打罵出家僧
縱見沙門犯戒時 當覓其意勿嫌毀
如入芳藂採妙華 不應擿選枯枝菓
廣大清淨佛法海 多有持戒精修者
其中縱有犯威儀 白衣不應生毀謗
譬如田中新苗稼 於中亦有稗莠草

图 10-5

譬如田中新苗稼 於中亦有稗莠草
應可一種殺良田 不應揀選生分別
是以世尊制諸人 不聽毀謗沙門衆
唯當尊重生敬心 同此受勝諸天報
佛日滅沒雖久遠 僧寶連暉傳法燈
由如龍王降甘雨 大地萌芽普合潤
和合僧寶亦如是 雨於如來妙法雨
潤滋枯渴諸群生 長養善芽功德種
於多劫中宿植因 得爲如來弟子衆
處在賢聖法海中 飲妙解脫甘露味
傳持世尊末代教 流化十方諸國土
利益一切諸衆生 令佛法輪恒不絕
佛法久後滅沒時 伽藍精舍毀成衆
龕塔尊像併荒良 設欲供養難可得
譬畫僧形不可見 何況得聞於正法
人身難得生人中 佛法難聞今已遇
如何於妙良福田 不種當來功德種
冥路懸不可達 當辨資糧備前所
善福田中不種植 當來嶮路乏資粮
是故諸人應善思 聞强僧中應惠施
依經我略讚僧寶 功德无量遍虛空
迴施一切諸群生 願共當來值弥勒
讚僧功德經

图 10-6

隊杖白鶴　白月才沉　紅日初生　携杖才行形　天下寬靜　爛滿繁衣花絲々
乞覺迷神女只螢々　大王吟　接棹乘船過大江　神前須酒五三瓶　傾盃
不為諸餘事　男女相兼乞一雙　夫人吟　接棹乘船過大池　盡情歌舞
樂神祇　歌舞不緣別餘事　伏願大王乞一箇兒　阿磨吟生　聖主摩耶往後
薗　頻妃綵女走樂喧　魚透碧波堪賞翫　無憂花色最宜觀　無
憂花樹葉敷榮　夫人緩中緩步行　舉手或攀枝餘葉　釋迦
聖主袖中生　△釋迦慈父降生來　還從右脇出身胎　九龍灑水早
是衩　千輪足下瑞蓮開　△須吟別　阿斯陁仙啟大王　太子瑞應極貞祥
不是尋常等閑事　必作菩提大法王　是日耶輸一番三讙　△婦吟別　前生與殿下結良緣
賤妾如今豈敢專　太子當時脫指環　△老相吟
眼闇都緣不弁色　耳聾高語不聞聲　欲行三里二里時　雖是四
迴五迴歇　△少年莫笑老人頻　老人不棄少年春　此老人々不將去
此老還留與後人　△四吟　國王之位大尊高　煞鬼臨頭無處逃　四相
之身皆若此　還漂苦海浪滔々　△臨險吟　可憐𡾰嶮中耶大𡾰　靈
山會上只合知　賤妾一身猶乍可　莫交孽子負所孩兒　△修行吟
夫人護解別揚囊　此事如蓮火裏開　曉鏡罷看桃李面　館
雲髻慵梳鳳凰釵　光明海外從資歸　煩惱叢林任意攉　努力
乾鸞崇修聖道　新婦　莫憎攏不擊却迴來
長成不戀世榮華　厭患深宮為太子　捨却金輪七寶位　夜半逾
城取出家　六年苦行在山中　鳥獸同居為伴侶　長飢不食珎
修飯　麻麥將來便續終　得證菩提樹下身　降伏眾魔成
正覺　鷲嶺素頭放毫光　說此三乘微妙法

图 11

10

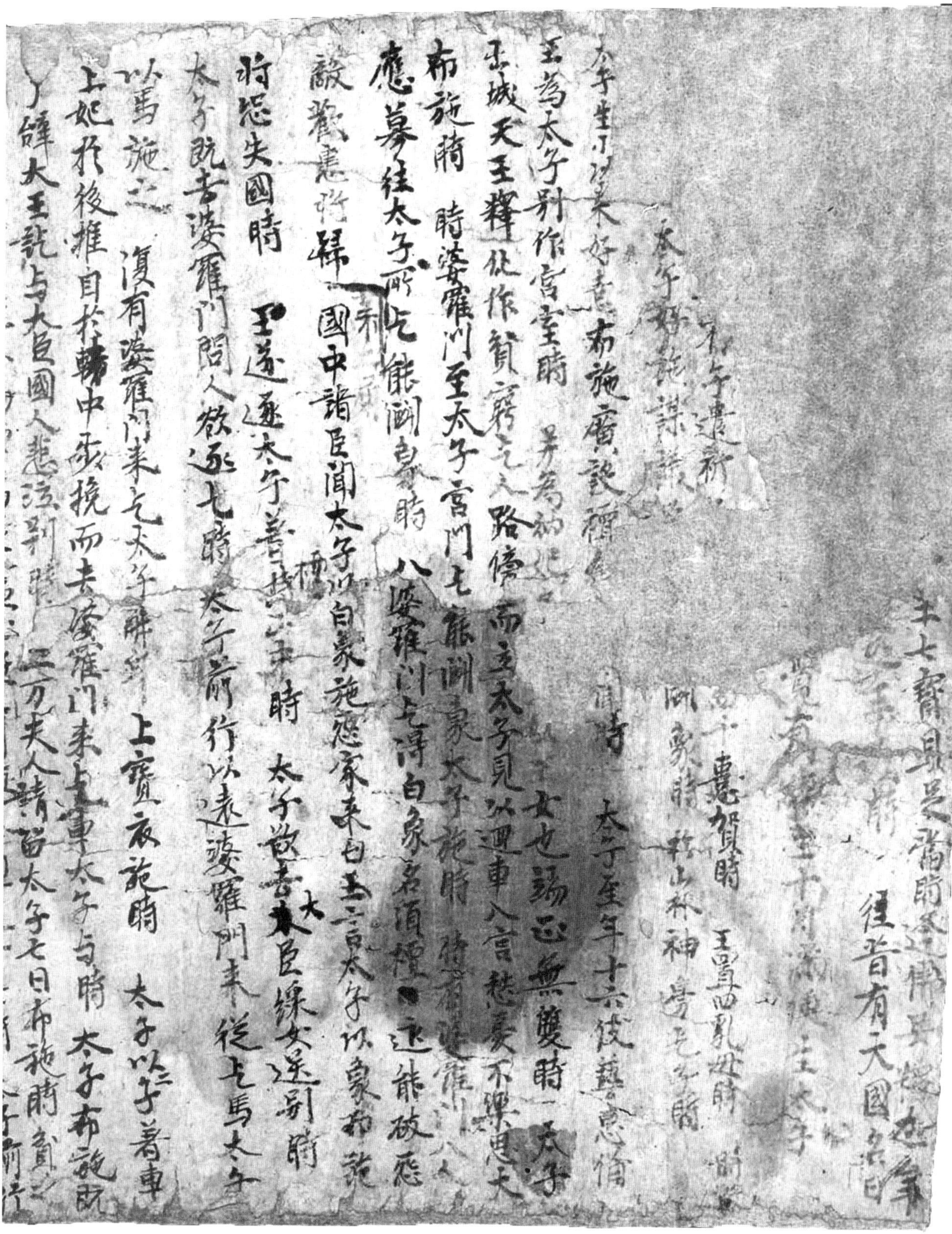

图 12-1

以馬施之 復有婆羅门来乞太子所著 上寶衣施時 太子以子著車
上妃於後推自於轅中出挽而去婆羅门来乞車太子与時 太子布施既
了鍾太王說与大臣國人悲泣别時 二万夫人請留太子七日布施時貧乏
物時 太子布施衣物車馬並盡心無有悔各抱兒女去時 太子前行
婆羅门又乞太子以兒女衣裳布施時 太子復逢婆羅门来乞以妃衣
裳布施時 太子入山禽獸歡喜迎太子時 太子入慈三昧有山猥永太子
与妃褰裳而度令水復流時 太子語妃曰又移我著檀特山中於此留
者違父王命非孝子也遂出城去 檀特山去波國三千餘里去處
險遠大苦飢渴時 天帝釋化作城郭迎太子入時 檀特山下有深水害
回耳往太子不肯 王心發願水為之淺捲負而兒女褰裳去時
時婆羅入山逢一獵師問太子所在獵者素知太子坐施婆羅门故從
在山中便縛著樹上捶打時 時二男女水邊共禽獸戲男耶云
騎師子上墮地傷面面出血彌猴取菓城面以水洗時
道人即指示處所作草屋已男女採拾菓蓏瓔与太子時作三草屋男養
草衣女著鹿皮衣 山中有一道人名阿州陀年五百歲 有德太子作礼道人言山中清
云何將妻子来男垣答曰討有我人何當……人日耗費不及共妻也 時天王釋化作
婆羅门從太子乞妃太子日善援禾施妻時 男女採菓根回歸種齋草歸来乘帝依
……太子見男女太子与時婆羅从去……

图 12-2

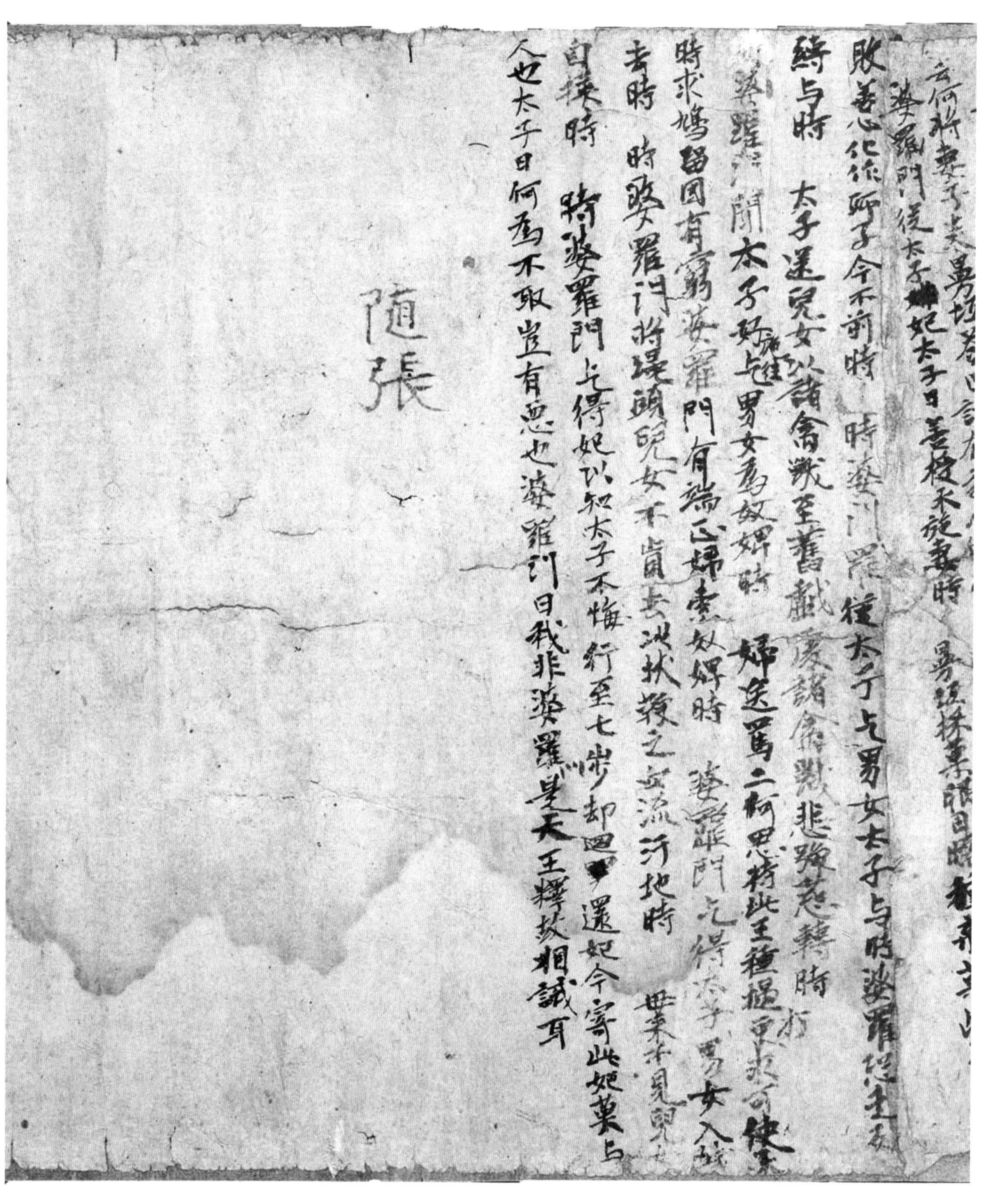
云何將妻子与男女[illegible]
婆羅門從太子乞妃太子曰善權不旋妻時　男女採菓[illegible]
敗善心化作婆子今不前時　時婆羅門從太子乞男女太子与時婆羅門[illegible]
綺与時　太子送兒女以諸禽獸至舊處諸禽獸悲號哀轉時[illegible]
婆羅門聞太子好施乞男女為奴婢時　婦送罵之何忍持此王種[illegible]使
時求鳩留國有窮婆羅門有端正婦責奴婢時　婆羅門乞得太子男女入[illegible]世來未見[illegible]
去時　時婆羅門將提頭兒女不肯去以杖鞭之血流汙地時
自撲時　時婆羅門乞得妃以知太子不悔行至七步却迴[illegible]還妃今寄此妃莫与
人也太子曰何為不取豈有惡也婆羅門曰我非婆羅門是天王釋故相試耳
隨張

图 12-3

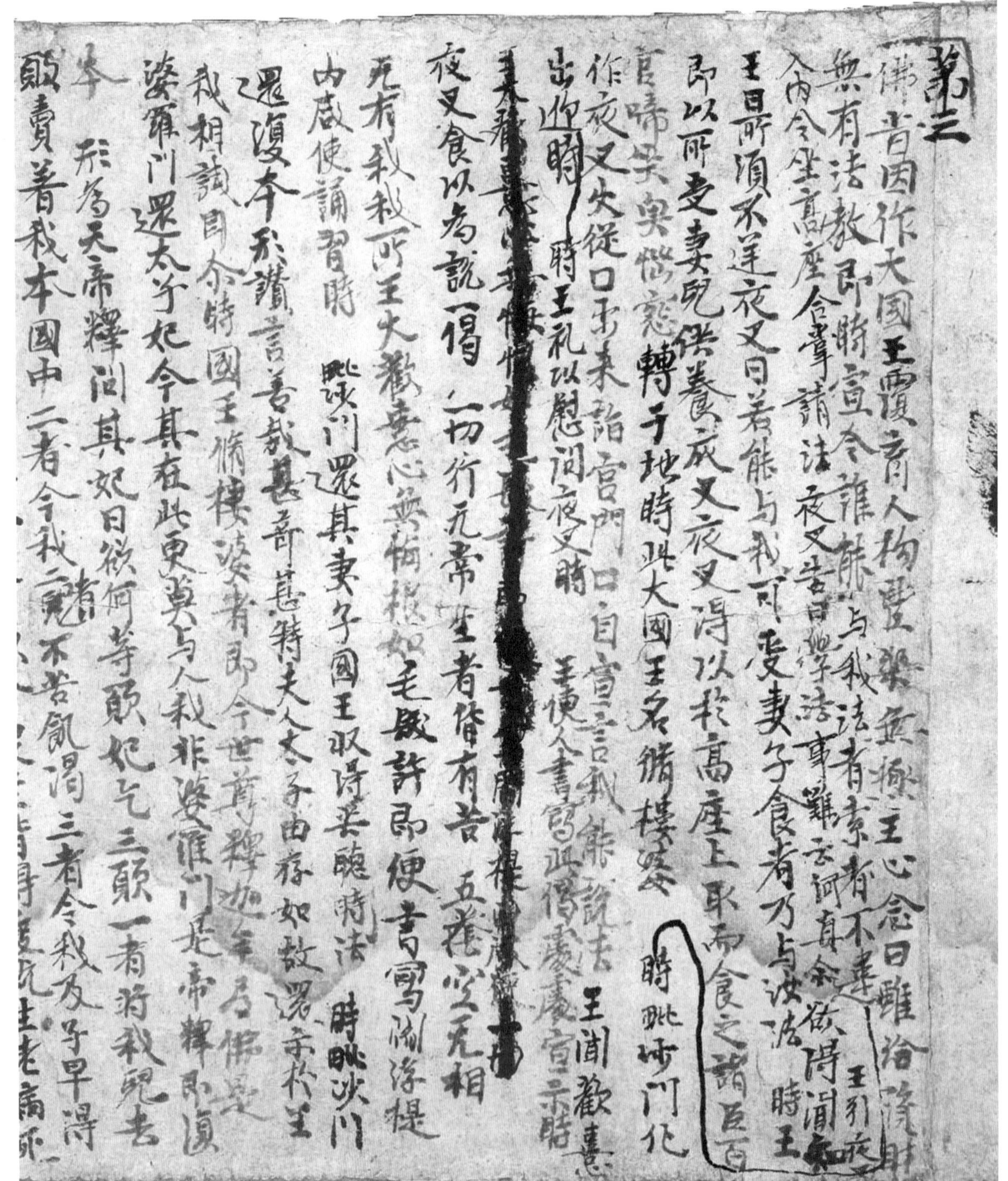

图 12-4

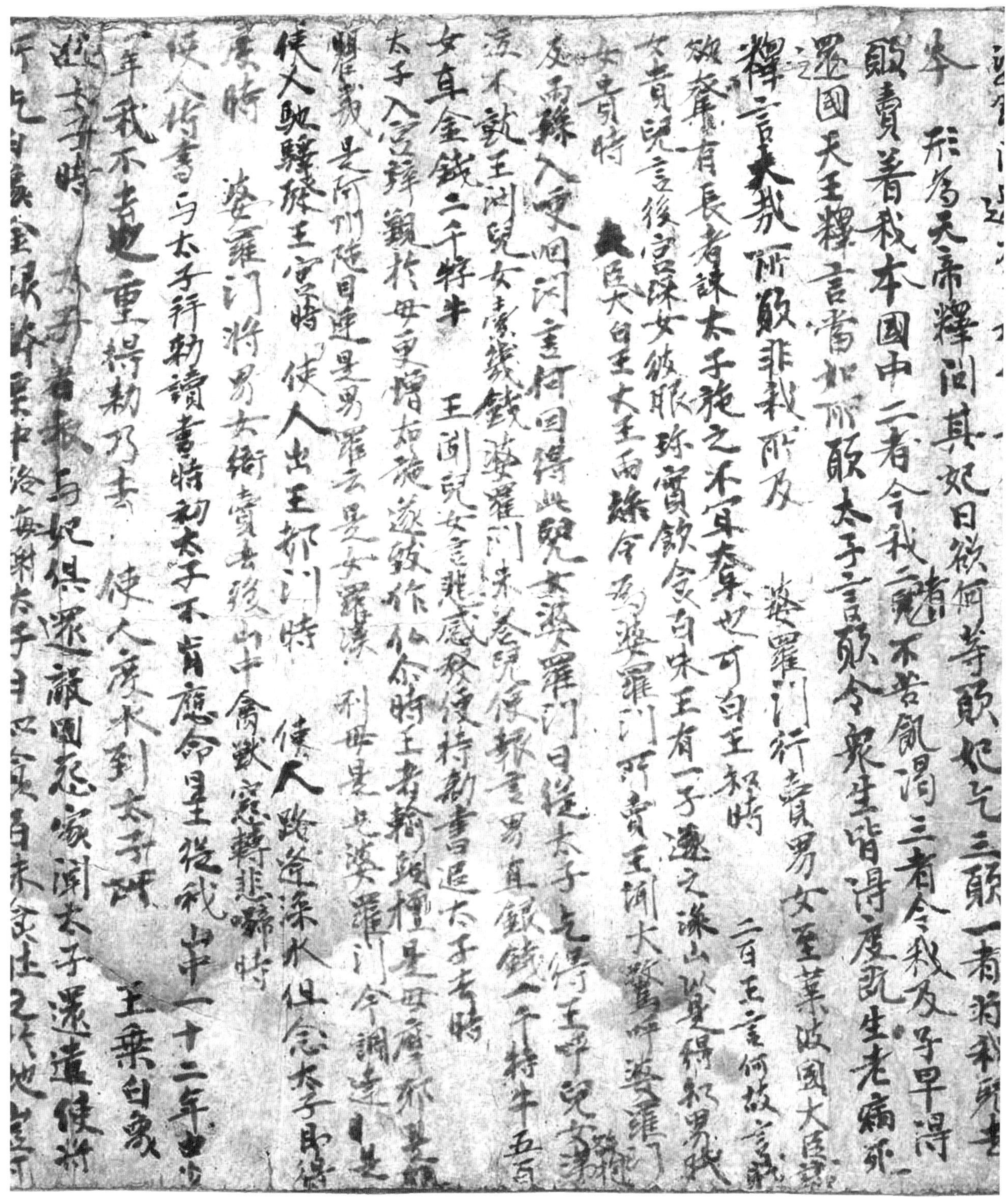

图 12-5

年秋不吉更重得勑乃去 使人度不到太子所 王乘白象
送太子時 太子者我与妃俱還 還迎國恣家聞太子還遣使將
所乞白象金銀錢粟中路悔謝太子曰如食百味食吐之於地岂
更令負謝汝國王勞屈相問時 使婆羅門乘象歸國具白於
王王聞歡喜兩國和可時 第四 往昔有大國王名虔闍尼婆梨世今
諸國人民豊樂王心欲以法實施人宣令頒然誰有妙法与我說者當給
所須隨其所欲時 時王請婆羅上坐合掌請法婆羅門 曰我之
發意精學不回為云何直尔欲聞 王曰所須不悋遑 勞度叉曰能於
身上安燃千燈者乃為汝說 王聞歡喜時 時二万夫人六万大臣合掌
諫曰有命之類依恃大王如孩仰母 於燈千炷不全濟云何為一婆羅
門弃此世界 王曰勿遮我心 王詔近臣宣令告示訪知法人時 時婆羅門
名勞度叉來應王命 王喜出迎禮時 諸小國王懷憂來諫時 天帝釋下
讚嘆問曰今者發心中悔不 王言無也 釋曰今觀王身戰悼自言無
悔誰當知之 王投言曰我心不悔身瘡平復 王即遣人乘六千象告諸
一切虔闍婆梨王却後七日為法剜身以燃千燈時 王立誓以身體平復今
聘國王虔闍尼婆梨者即今釋迦牟尼佛是 王欲剜身諸枝地王
請說法勞度叉即說一偈 常者皆盡 高者亦墮 合會有離 生者有死
說此偈以剜身燃燈時 諸天雨花供養王時 世尊往昔作大國王名毗楞竭
梨典今諸國王好正法即遣宣令 誰有經法為我說者 當隨其意

图 12-6

諸說此偈度又曰說一偈[illegible]

說此偈以劍身然燈時 諸天雨花供養王時 世尊往昔作大國王名毗楞竭

梨典今諸國王好正法 即遣宣令 誰有經法為我說者 當隨其意

王到婆羅門入宮時 乃與汝說王即可之 尋時人乘一千里象遍告一切閻浮提內

毗楞竭梨大王却後七日當於身上琢千鐵釘時 於時王語婆羅門願先

說法於後下釘我命儻終不及聞法時 勞度叉便說偈言 一切皆無常

生者皆有苦 諸法空無主 實非我所有 爾時大王引婆羅門將至大

殿敷施高座請令就坐合掌白言 唯願大師當為說法 勞度叉曰我

學勞苦云何直耳欲聞 若能身琢千釘 有婆羅門名勞度叉曰言我有法

王聞歡喜出迎作禮時 臣民聞之宮中綵女而諫於王唯願大王以我等故

莫為一人而取命終孤棄天下 王報之日云何汝等遮我道心 說偈以 即於

於身上琢千鐵釘時 諸小王群臣以身投地如太山崩地六震動諸天雨

花以為供養時 天帝釋來下問言無悔恨也 王言誓言我心无悔身體還

復語以平時復 天帝問王勇猛精進為於法故欲何所求欲作帝釋轉輪

聖王魔王梵王也 王曰我之所為不求三界受報之樂 所有功德用求佛道

義五扇 過去久遠有大國王名曰梵[illegible]

字曇鉗好樂正法 爾時太子求法不獲愁悶懊惱時

到婆羅門所坐合掌請法 婆羅門言學事甚難云何直耳欲聞 太子白

[illegible]

图 12-7

字墨鉗如是正法 尒時太子求法不獲愁憂懊惱時
到婆羅門坐合掌請法婆羅門言學事甚難云何卒爾欲聞太子白
所須告勅婆羅門曰作十丈火坑投之乃説 群臣婇女諫喻太子曉婆
羅門唯願慈悲勿令太子投於火坑所須當與婆羅門言吾不相逼
能者爲説不能不説 時天帝釋化作婆羅門 化婆羅門詣王言
門會我如法太子出迎樓之禮時 遣使推求周遍四方事了不能得
即遣使者乘八千里象告閻浮提時 衆答默然輒自放身投於火坑
天地大動虚空諸天號哭淚下如雨即是火坑變成花池太子於中坐蓮
花臺諸天雨花乃至慈梵天大王淨飯王是摩耶是太子羅摩
鉗是今釋迦牟尼佛是 説是偈以便欲投火尒時帝釋并梵天王各
提一手而渡難之閻浮提内一切生類賴太子恩莫不得所今欲投火天下盡以
辜弃一切尒時太子報天王及諸臣民云何爲遮我無上道心 尒時太子立
火坑上白婆羅門願爲我説我命便終不及聞法時婆羅門即便爲説
常行於慈悲 除去恚害想 大悲愍衆生 矜傷爲雨淚 修行大慈心
因已所得法 救護以道心 乃應菩薩行 時鬱多羅聞以歡喜歎如
來教民剥身皮析取其骨以血和墨仰白之日今正是時唯願速請時婆
羅門復説此偈 當常攝身口 而不殺盜婬 不兩舌惡口 亡言及綺語
心不貪諸欲 無嗔恚妄想 捨離諸邪見 誓爲菩薩行 説是偈以即白
書取無量人寫閻浮提内 一切人民咸受讀誦修行

图 12-8

羅剎便說此偈 當常攝身口 而不殺盜婬 不兩舌惡口 妄言及綺語
心不貪諸欲 無嗔恚妄想 捨離諸邪見 是為菩薩行 說是偈以申白
書取是偈人皆寫閻浮提內 一切人民咸使讀誦如說脩行 過去無量阿僧
祇劫波羅柰國有五百仙人師名薩多羅恒思正法 宣告諸有正法為我說
者隨其所須有婆羅門來應之言 吾有正法仙言唯願為說婆羅門言樂
法事難云何直耳欲聞 若能剝皮為紙 削骨為筆 用血為墨 寫法者乃說
佛昔過去脩菩薩行 住雪山中 食諸草果 思惟坐禪時天帝釋見以念言
菩提之心難成易壞 我今施之施如易金 三種試以乃知其真心
菩薩藕根食時 尒時帝釋從天而下試菩薩時 是時菩薩即上高山
投身而下未至於地時虛空中出種種聲 尒時羅剎還復釋身
即於空中接取菩薩安置平地 即變自身為羅剎像而說半偈
諸行無常 是生滅法 羅剎曰汝耳聞法時誕我身 尒時帝釋敬菩薩足
讚言善哉 真是菩薩 能大利益無量眾生 欲於無明黑闇之中燃大法炬
中我愛惜如來大法 故相嬈惱 唯願聽我懺悔罪咎 是若行者聞是說
於心大歡喜 即說偈言 誰聞如是解脫之門 作是語以 唯見羅剎
聞言大王何處得是半如意珠 羅剎曰我甚飢渴 菩薩聞言所食何物 日當
人血宍 菩薩頭頸施餘 我我當捨身 羅剎說 生滅滅以 寂滅為樂
其聞 諸行無常 是生滅法 寂滅為樂
生滅以 生滅滅以 於石壁處處書

图 12-9

其润……從於石碑處處書 諸行无常 是生滅法 寂滅為樂
生藏……滅以

時王使人乘八千里象閻浮提一切人皆[illegible]諸无量劫於閻浮提作大王國名日尸毗王
所住城号提婆跋提豐樂無極時尸毗王主八万四千諸小國主八千億聚落有二万夫
人五百太子一万大臣行大慈悲矜及一切 時天帝釋五衰相現毗首羯磨即前
白言何為憂色 天帝釋報吾將終矣世間无佛无所歸依羯磨白言有
大國王名日尸毗行菩薩行 帝釋復言若是菩薩先當施之汝化作鴿我
變作鷹急逐汝後相逐詣彼大王坐處便求擁護以此試之即知真偽尒時
鴿被鷹逐急投王腋下鷹白王言應速還我王曰吾誓度一切終不与
汝王言与汝餘宍鷹曰得新熱宍我乃食之王即取刀割其股宍持与
鷹鷹曰以宍質鴿宜秤使停即取秤來置鴿一頭所割身宍以置
一頭宍輕鴿重全身上乃得停善 王見鴿重宍輕全身上秤乃得停等是時
天地六種震動諸天帝哭淚下如雨諸天雨花而以供養 時天帝釋還復
本形詢曰如是苦行欲求輪轉聖王帝釋魔王也 王曰不也唯求佛道 釋
日痛徹骨體將無悔也王曰我无悔心使我身體平復如故誓訖平復
王局宍盡秤由不平全身欲上閻浮提絕倒地深自譬勵乃起上秤時
國夫人有三王子 昔有國王名日大車有其三子一名摩訶波羅次名摩訶

图 12-10

日痛徹骨髓於無悔也王曰我天怡心使我身體平復如故

王爲宗盡禪由不平全身放上閻浮提絶倒地除自擧屍乃起上禪時

國夫人有三王子　昔有國王名曰大車有其三子一名摩訶波羅次名摩訶

提婆次子名曰摩訶薩埵　其三王子遊散山林至大竹林於第一王子曰我

於今思甚驚惶第二王子曰我於自身无恠惜三子曰无

此三子欲復前行見一餓虎產生七子諸子圍遶第三王子言此虎飢餓所逼

必還噉子薩埵言此虎常食何物答言唯食血宍其三子俱捨而去

時有大臣即以有王子捨身之事具白王知王及夫人聞此事以不勝悲咽

薩埵王子念欲捨身慮其兄等作留難即白二兄兄等前去我且於後

是夫人彼高樓上夢乳被割得三鴿雛一為鷹虔悟以大愁　時王命駕躬

趣竹林捨身之地時王迴駕悲泣趣宮時　時王在路仰天而哭趣捨身

地時　今時薩埵還取竹林　是時二兄見大地動慮其捨身俱迴見薩

王及夫人至捨身處盡無骨骸躄地悶絶不御收取菩薩遺身舍利起六塔

波命駕迴時　脱其衣裳掛竹林下即上高山投身虎前是時大地六

震動是時餓虎食噉盡　見其衣裳在竹林上骸骨及髮處處縱

皆……擧手而……歸死而乃蘇　第七

图 12-11

波命駕迴時　脫其衣裳掛於竹林上……
震動是時餓虎食噉盡　見其衣裳在竹林上體骨及骸憂憂後
攢攢見一悶絕投身骨上舉手喪躃死而方蘇　第七節
過去無數劫有大國王名日月光號閻浮提八万四千國主所住城名賢
壽王坐正殿念設大會一隨須書与　即擊金鼓遠近知　須
衣与衣須食与食金銀寶物隨病衣藥一所須稱意与之
時時貧窮孤老並雲集時　施衣物時　施貧弱食時　王勅
内庫運出綵帛用布施時　邊小國王名毗摩斯那聞月光
王婚稱高大心懷嫉妬即自思惟月光不除我名不立召梵志
供設百味　令往除之梵志不肯王下令日誰能為我得月光王
頭分半國語　梵志日月光王慈恩惠澤寧自煞身不能為此遂
散去時　時婆羅门名勞度叉來應王時命時毗摩羨王聞月光
王死心烈烈死時　月光王國与有憂陰雷電霹靂摧雹星落諸
小國王各感悪夢時　諸天与夢覺歡喜時　即勅王人作今頭時
大月大臣即自思惟此婆羅门必乞王頭作當七寶各五百頭
用貧易之時　首陁會天知月光王以此頭施於權得滿時　時城

图 12-12

180

大月大臣即以自思惟此婆羅门必乞王頭作當七寶各五百[illegible]
用貿易之時　首隨會天知月光王以此頭施於檀得滿時　時城
门神知婆羅门欲乞王頭遮不聽入時　時婆羅门得辯衣粮
王去時　小王夢月光王金幢折金鼓裂時　婆羅门往至
殿前唱言我遠聞王一切布施故遠來乞王聞歡喜所欲不逆
婆羅门曰欲得王頭王言却後七日當與所頭大臣請換與七寶頭
天於夢中而語王言汝誓布施乞者在门王覺悟然即勅
諸门勿遮乞人婆羅门得入宮门時　時諸大臣及王夫人悵地
諫王莫爲一人永舍衆庶王曰莫遮我心王語婆羅门當智後
薗王以髮繫樹云其所取樹神見此以手搏婆羅门失刀在
地時　時是王語樹臣我此樹下曾捨九百九十九頭兼此一千莫
遮我心樹神聞以不遮婆羅门起取刀斫至頭頭隨手中天六種
震種時　婆羅门將王頭去近臣綵女戀慕號哭自投於地時
諸王感來與諫大王時　時婆羅门聞毗摩羨王死亦吐血面死弃頭

图 12-13

震種時　婆羅門將王頭去近臣綵女憙慕啼哭自投於地時
諸王感來共諫大王時　時婆羅門聞毗摩羡王死亦吐血面死弃頭
於地　王許婆羅門頭以遣棄八千里象遍苦天下卻後七日王欲施頭
時　業前　過去無數時有大國日名波毗令閻浮提王有
太子名目裘賢其國豐樂勑出庫藏齋行布施　時勞陁
達拜決目王即善之立為大臣請兵往罰王即許之　即豎金幢
擊大金鼓宣王慈教時　出其庫金藏銀寶物衣被飲食所須
之具着於城門及積市中遍行宣令一切人民有所之者皆老來
取　有邊國王名波羅陁跋孫陁遠懷憎不順王化其政失度
受性貪卒多於恩愛耽荒色欲不理國事王有智臣名勞陁
達以此諫王王聞嗔恚不從其言達自念言不受諫僅獲見宍
即投大國　時勞達陁得為大臣說波羅陁跋孫無道請兵
問罪王勑有司差發兵馬時　勞陁達入見王時　時勞陁達
見王嗔諫即乘疾馬投決目王小王出兵追捉　勞陁達善知射
術乃大驚兵衆雖多不能敵近遂得到富迦羅跋見決目王

图 12-14

[illegible]

問罪王勑有司差發兵馬時　勞陁達入見王時　時勞陁達

見王嗔諫即乘疾馬投決目王小王出兵追捉勞陁達善知射

術凡十八術兵衆雖遂不能敢近逐得徹倒富迦羅跋見決目王

時決目王遣人語之閻浮提內都勑發兵當盡汝國汝安坐耶

波羅奈閻愁悶迷憒有輔相婆羅门問王何憂王曰前勞陁達

決目王邊發兵來滅我國曰彼王好施當乞其眼　時決目王國種種

惟見空中有聲地雷星落陰霧聲鳥飛鳥悲鳴師子虎狼處處

哮吼臣民惶之時婆羅门漸到殿前白言聞王好施我今乞眼王曰

大善　婆羅门入王城時　野獸嗚吼時　王憂輔相計令盲婆羅门

往決自王所乞眼去時　盲婆羅門迴到本國婆羅陁跋弥自出迎之問

得眼不答言得眼王存在不答言諸天來下平復汝故聞憒法而死

諸王臣民聞王令以眷來奔詣大王所時　時天人帝釋問王

剜眼苦痛豈有悔不王自誓言我无悔恨者不虛者令我兩眼

平復如故誓以平復　王今唯覓黑色下視者援刀令使剜眼者

王掌中施婆羅门援取安眼匡中即得見物婆羅门言得眼是

图 12-15

平復如故誓以平復 王令唯覓黑色下視者拔刀令使剜眼者
王掌中施婆羅門援取 安眼中即得見物婆羅門言得眼足
王便剜一眼施婆羅門 王即言令 却後七日我當剜眼施婆羅
門諸欲來者悉詣時集 諸臣民以身投地腹指王前流淚而
王迴看臣等以眼施王言汝勿遮我无上道心第九 谷去又遠阿僧
祇劫此閻浮提有大國王名曰慈力領八万四千小國王有二万
夫人一万大臣以十善化人 猶修善故神護 時 時有疫鬼食人
血氣因何諦活 爾時人民修行十善惡疫不敢侵近時五
野叉王剌血脉施令食之 時王言制集國內人民患
行十善時 善神護門時 時諸人民修行十善疫鬼
不敢侵犯時 如善薩本身月作毒龍眾生存前眼
視噓即死厭惡龍身於比丘處受一日一夜戒時 既受戒
已入林樹間思惟坐久疲懈睡眠時獵師見虵身文章雜色殊
者見懷剝皮取皮 以力剝皮龍自念言我能傾覆此國以
持戒故不喃不視自取命頓介時毒龍即佛身是也 過去无量
阿僧祇劫波羅柰國有王……

图 12-16

者見情录皮耶睛　以一衆人諸□□一　過去无量

特哀故怖不視自取命殞尒時毒龍即佛身是也

阿僧祇劫波羅柰國有王名曰歌利此王惡無道弄女與四大

臣并諸綵女入山遊戲戲時　時王疲乏遂就林中暫時眠息時

綵女遊戲遇仙人時　其忍辱仙人與五百眷屬山中說法

綵就聽寤已見就仙人聽洗王嗔語彼汝得禪四空定耶仙言

未得文　問汝得四无量耶仙言未得　時王怒言汝既未得如是

功德云何汝今觀我女色遂取盡又截耳鼻支解是時仙人

五百眷屬飛騰虛空告言大師將不退耶仙言我今能忍

不退也　時王拜跪悔過罪德王曰我今无嗔何悔之有王曰

何以證知曰若實不復如故虛耳　時王迴駕天龍嗔怒

雨沙礫石王乃恐怖迴駕就忍辱仙悔過去時

第十前　去此雷山五百由旬有一城名為輸羅波闍

設無遮大會　時婆羅門女善支樓下遙望見

图 12-17

敬無邊大
時婆羅門女善友樓上遥望見

聲聞衆彼佛告侍者言是人過於卅劫後當得作佛号釋迦牟尼
我念往昔有一如來出現於世号曰尸棄我於彼時將无價衣覆彼佛上
彼佛告侍者言是人過於卅一劫當得作佛号釋迦牟尼　讃明菩薩
下生降神時　我念往昔於迦葉佛邊行於梵行求未來世阿耨多
羅三藐三菩提得一生補處記受盡上昇兜率陁天時　是時閻浮提
地有五百辟支佛聞此聲已飛騰虛空相共往詣波羅柰城至彼處
已各各是現五種神通踊身虛空出於烟焰次第説偈捨於壽命入
般涅槃　時讃明菩薩一心正念從兜率下託淨飯王第一大夫人摩耶右脇

图 12-18

已各各是現五種神通踊身虛空出於烟焰次第說偈捨於壽命入
般涅槃　時護明菩薩一心正念從兜率下託淨飯王家大夫人摩耶右脇
安隱而入是時天人摩梵一切世間光明普照大地山河六種震動
夫人夢已明旦白王作如是夢當入於我右脇之時我受快樂昔所未有即
召相師占之相師說偈　若母人夢見　白象入右脇　彼母所生子　三界无極尊
白象其頭朱色七枝拄地以金裝牙乘空而下入於右脇　是時夫人於睡眠
中夢見六牙　是時摩耶夫人白淨飯言我於今夜欲受八禁清淨齋戒王
即報言隨夫人心所樂者行　拘睒彌城　毗耶离城　摩伽陀國　毗蘭羅國
王舍大城　波羅奈城　舍婆提城　時王設无遮會於城門外施貧之時
時淨飯王聞婆羅門說已心大歡喜於迦毗羅城設无遮會須食與食須
衣與衣利益太子行　阿私陀仙相太子時悲泣而淚自恨老朽不覩佛興
時淨飯王迎子入已即召相師迎占相之占已白王大王今者得大眾利如此
太子有卅二大丈夫相　時阿私陀仙相太子已悲泣懊惱恨不見佛還太子時
迦毗羅城內廣施貧之飲食時　耳愛善頭召去城不遠山名頻陀於中有
更一小名阿私陀於彼山住以彼山故即稱仙人名阿私陀將一侍者欲往迦毗

图 12-19

迦毗羅城内廣施飯之飲食時　㝡善眼居去城不遠山名頻陀於中有
更一正名阿私陀於彼山住以彼山故即稱仙人名阿私陀將一侍者欲往迦毗
羅城相太子　菩薩在胎十月滿足時夫人父善覺長者遣使奏王載女摩
耶懷胎滿足之願之歡躁裴時　摩耶出宫載毋家遣邸時　迦毗羅東
門施飯之賍物是　時淨飯王聞善覺使作是語已即勅有司於城内
外平治道路香湯灑地又先飾摩耶夫人香花纓絡莊嚴其身
從諸宫女欲向父家去時　摩耶夫人安燃端坐大白象上諸天化作
寶帳夫人坐去時

图 12-20

負習州　進城縣
善府衛士姓常名貴賤
口遇逢六箇禪師從山中出來
禪師何處去禪師〻答貧道入
年忽憶家鄉父母暫往覲省弟子發
即請住一日一夜借問山中事意禪師
意一偈　第一禪師名遠塵偈
五蔭山中有一殿琉璃七寶作四院裏有一仏二菩薩
法善神檀匝遍无名行者燒香火懃心掃灑无人見
第二禪師名離垢偈云　五陰山中有一堂裏有一柱
帶千梁安置高座講般若一法不說空〻擎〻揚〻論議是
魔法將身求解轉被縛喻若醫師不識痛向他門前渴行
藥　第三禪師名廣照偈云　五陰山中有一房裏
有禪師座繩床飢飡禪悅食渴飲般若漿念〻懃精
進无心合道〻場〻无憧相法體无不現无功无用恨〻
用无行无願本来遍　第四禪師名淨影偈云
五陰山中有一道懸巖險峻无人到裏有金銀如意珠亦
有珊瑚无價寶若有取得用稱量莫輕〻賤〻是愚人
劫道无過嗔逢人省出語忍辱成仏因
第五禪師名智積偈云　五陰山中有一池裏金金沙
无人知定水澄清取得用開門大施貧〻窮〻人〻得用總
安樂善知識門前不著腳念〻精進自懃苦身中无病
不用藥〻病相投須和會第一慎口淨持戒你自犯藥

图 13-1

安樂善知識門前不著腳念〻精進自懃苦身中无病
不用藥〻病相投須和會第一慎口淨持戒你自犯藥
病不差不得怨師作闍梨解彼此相損不利益汝病
歷劫亦不差我若貪嗔癡病除誓願歷劫常同會
第六禪師名圓明偈云　五陰山中有一燈白日
晝夜明騰〻无心无油燈即滅第一將護須避風
說偈已訖即至夜并贈五更轉禪師各作一更
一更淨坐觀刹那生滅妄想遍娑婆客塵煩惱積成
劫已劫除劫轉更多　二更淨坐息心神喻若日月
去浮雲未識心時除妄相只此妄想本来真〻妄
元来同一體一物兩名難分〻會〻不二大丈夫歷劫相隨
今始解　三更淨坐入禪林息妄歸真達本〻心〻清
淨无箇物只為无物遍芭〻容〻一切含万境色空不異
何相尋故知万法一心生却將法財施一切
四更念定悟想持无明海底取蓮藕絲取絲出水花即死
不然時花即萎乙疑中間難確會勸今學道莫懈怠
念〻精進須向前菩提煩惱難撩〻簡〻煩惱是癡人
心〻數法不識真一物不念始合道說即得道是愚人
五更隱在五陰山藂林斗闇很半天无明道師結跏坐入定
盧般涅〻槃〻生死皆是幻无有此岸非彼岸三
世共作一剎那影現世間出三界若人達此理真如行住坐臥
皆三昧　第六禪師无更可轉即作勸諸人一偈
勸君學道莫言〻說〻行恒空不斷貪癡愛坐禪浪用〻功〻
計法數實是大愚庸但得无心相自合大虛空

图 13-2

勸君學道莫言々說々行恒空不斷貪癡愛坐禪浪用々功々
計法數實是大愚癡但得无心相自合大虛空
弟子蒙禪師等說偈并五更轉及勸善文弟子等慇懃
禪師不知為計指滑禪師共住脩道各自思惟各作行
路難一首　　丈夫恍忽憶家鄉歸去來歸去從來无
所歸來去百過空來去不見一箇舊住々處々皆是枷
鏁紐勸君學道須避々諂法界平等一如々裏中无有
的親疎君不見行路々難々道上无蹤跡始知虛空以為
屋宅大地以為床席水火畢竟相隨如風無蹤跡合有
即五家共一離散各不相知既委自身狀跡何處更有諸
親　君不見行路々難々道上无蹤跡父母皆從貪嗔
癡愛生我祖父先是二十五有眷屬元是色聲香
味觸妻兒即是色境五欲万法畢竟相隨嶽塵以
為同學　君不見行路々難々道上无蹤跡衆生大々癡
不肯着如來衣常臥无明被昏々長夜睡念々求財
色不覺无時至空手入三塗何期悔來此
君不見行路々難々道上无蹤跡衆生常被色財纏
縛浸溺愛河況淪生死處々經過八風常動六識
昏波常念五欲不念弥陁生天无分地獄對門循環
六道迴換万身欲得學道須捨恩親　君不見行路
々難々道上无蹤跡常想龜毛為宜絹磨鍊兔角
作刀槍大悲澤得裹絹鹿鐵圍山中捕得羊白牛駕車
來運載乾闥婆城中作宴會二乘門外不忍看廿廿

图 13-3

作刀槍大悲澤得裹絹鹿鐵圍山中捕得羊白牛駕車
來運載乾闥婆城中作宴會二乘門外不忍看廿廿
端坐意氣待辟支四果心生疑聲聞緣覺无所知循
道若達此法門始能行得大慈々悲々度脫諸衆生先須
持戒不煞々生々盜々偷皆計罪地獄門前專相待不見一法
成只无一法壞達順平等一如々如是故名為大丈夫
君不見行路々道上无蹤跡身騎精進忍辱作鞍韉
持戒作槍鞘慈悲為軍將手把禪定弓射破卅六
軍賊獲得菩提勳无心是官職善作巡境使四方和
賊大丈夫自恨無道德虛食信施供假名入山谷忽若
得道果歷劫相勞纂欲得學无為常須三不足
六師捻得尋思一遍却愛慕弟子即自迴心共往循
道總共十三人尊一箇有德為師兩箇親近承事
十箇諸方乞食和上即歎安心難　安心難欲得安
心无處安一處不安是大定无定无安是湛々然清淨
性常住无心无識是道々路々過度諸衆生唯多人蹈
道更平々道无過忍辱是惡草棘刺永不生
諸人脩道憎貪欲不知貪欲是仙朴芥故向貪欲生
无有欲心染世々俗々因緣貴貪欲歷劫染愛无有足
虎狼師子易伏捺唯有財色難制勒若能制勒得
解脫當處得　一念淨心入精々屋々即是无明鬱々
道裡中有真容始如石內生金玉不琱不琢不成
實无解无行无道德解行相依如車輪亦如空中鳥

图 13-4

道理中有真容始如石内生金玉不琱不琢不成
寶无解无行无道德解行相依如車輪亦如空中鳥
二翼破羕如鳥捉羅網亂定如車无有軸因緣具備
須和會定惠雙脩不孤獨前念後念无間斷始得名
爲善付囑

图 13-5

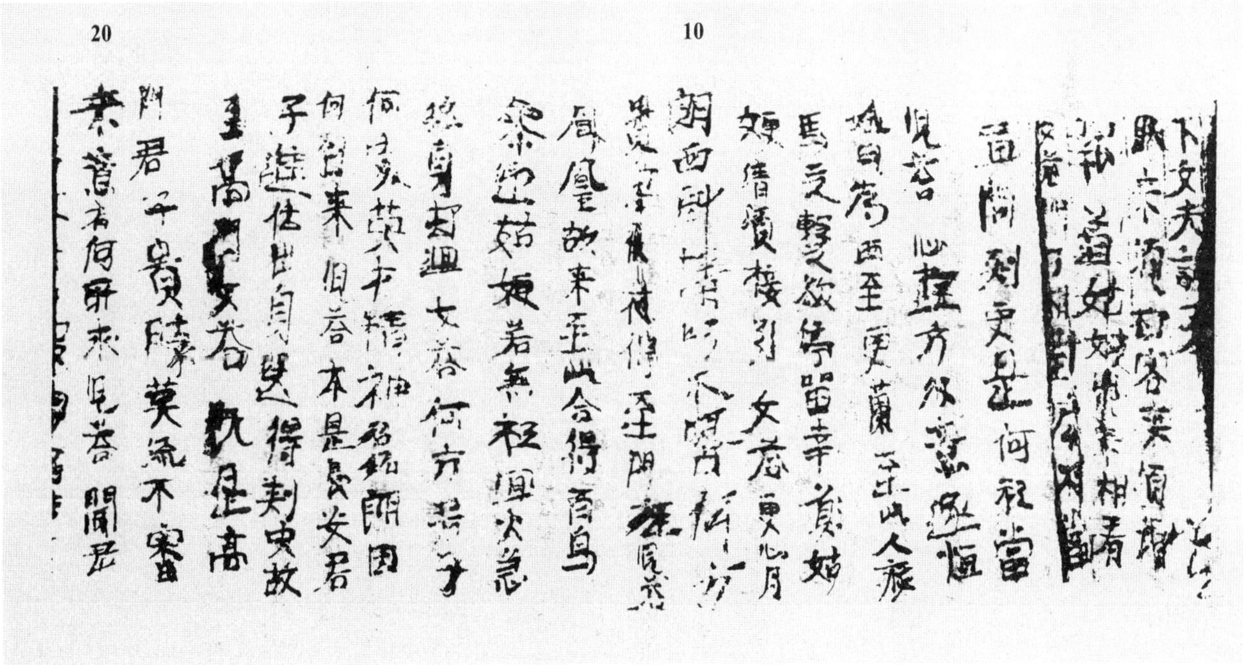

下丈夫詠[illegible]
眠來不須[illegible]容莫[illegible]聲
[illegible]秋 首妃姊[illegible]相看
[illegible]
適問 到更是 何移當
見答 心[illegible]方外[illegible]恒
燭日爲西至更蘭 [illegible]山人寐
馬交轉交欲得留幸 [illegible]姑
嫂 借須樓引 女答 [illegible]月
朗西斜[illegible]
[illegible]得 至門 [illegible]
鳳凰故來至此合得百鳥
參迎姑嫂若無種[illegible]急
[illegible] 女答 何方 [illegible]
何[illegible]中精神[illegible]朗因
何[illegible]來 但答 本是長安君
子遊佳出自[illegible]得判史故
至[illegible]女答 [illegible]是高
門 君子貴[illegible] 莫流不審
來意有何所求 見答 聞君

图 14-1

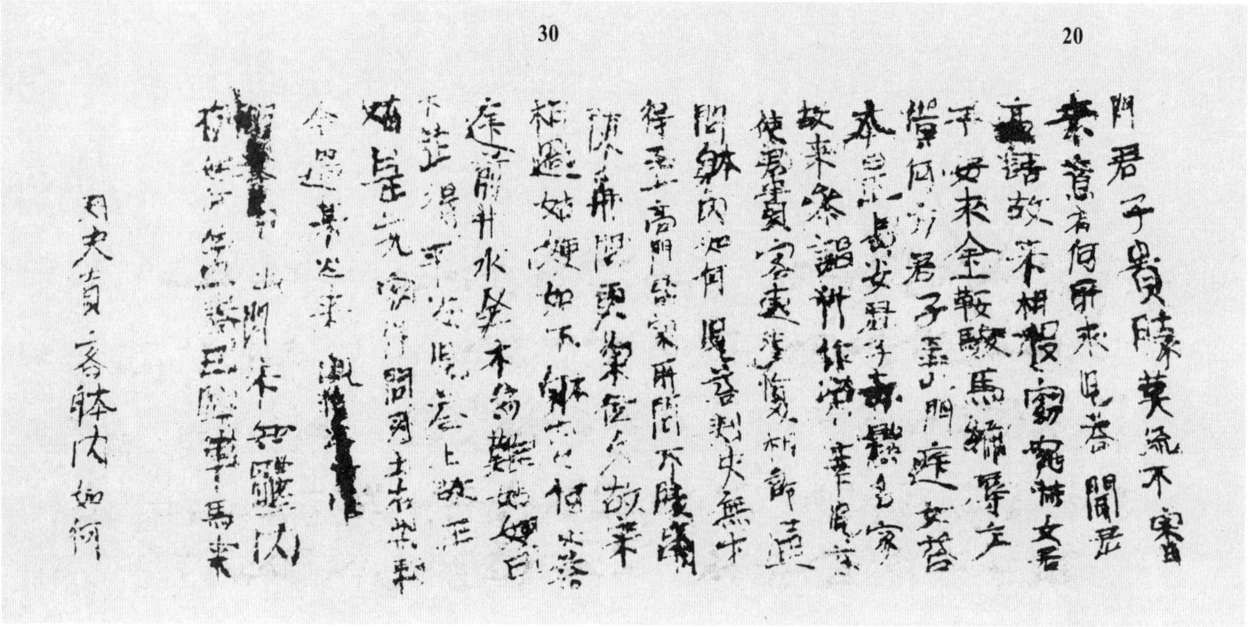

图 14-2

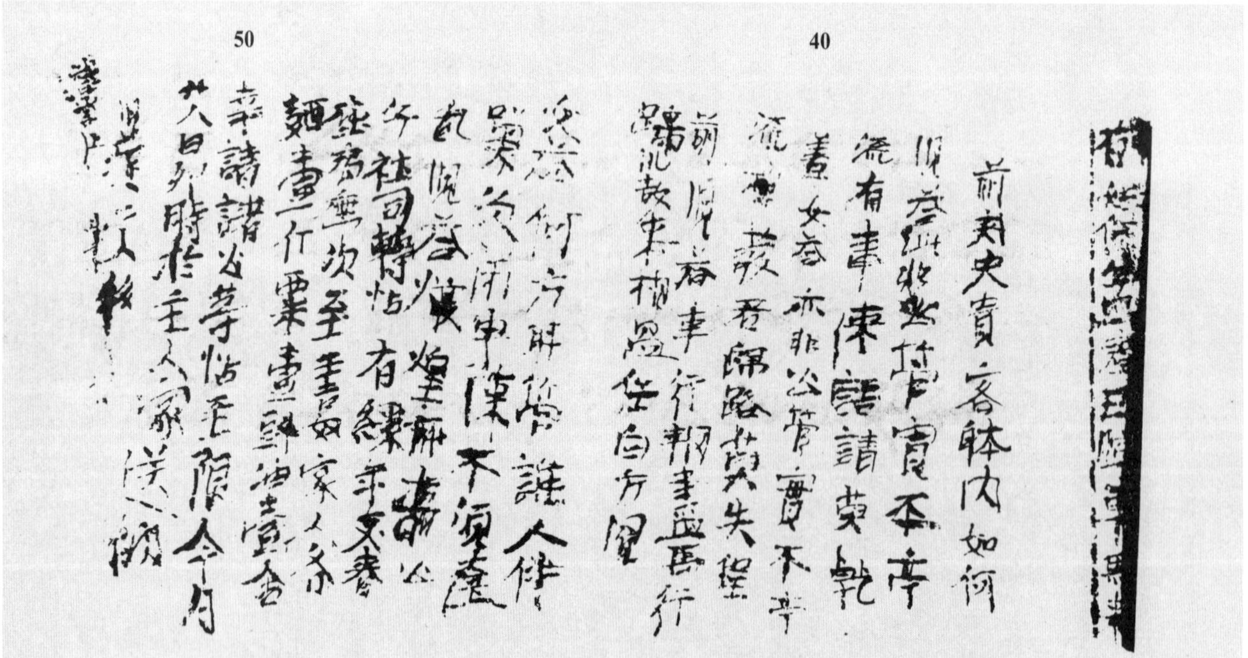

图 14-3

10

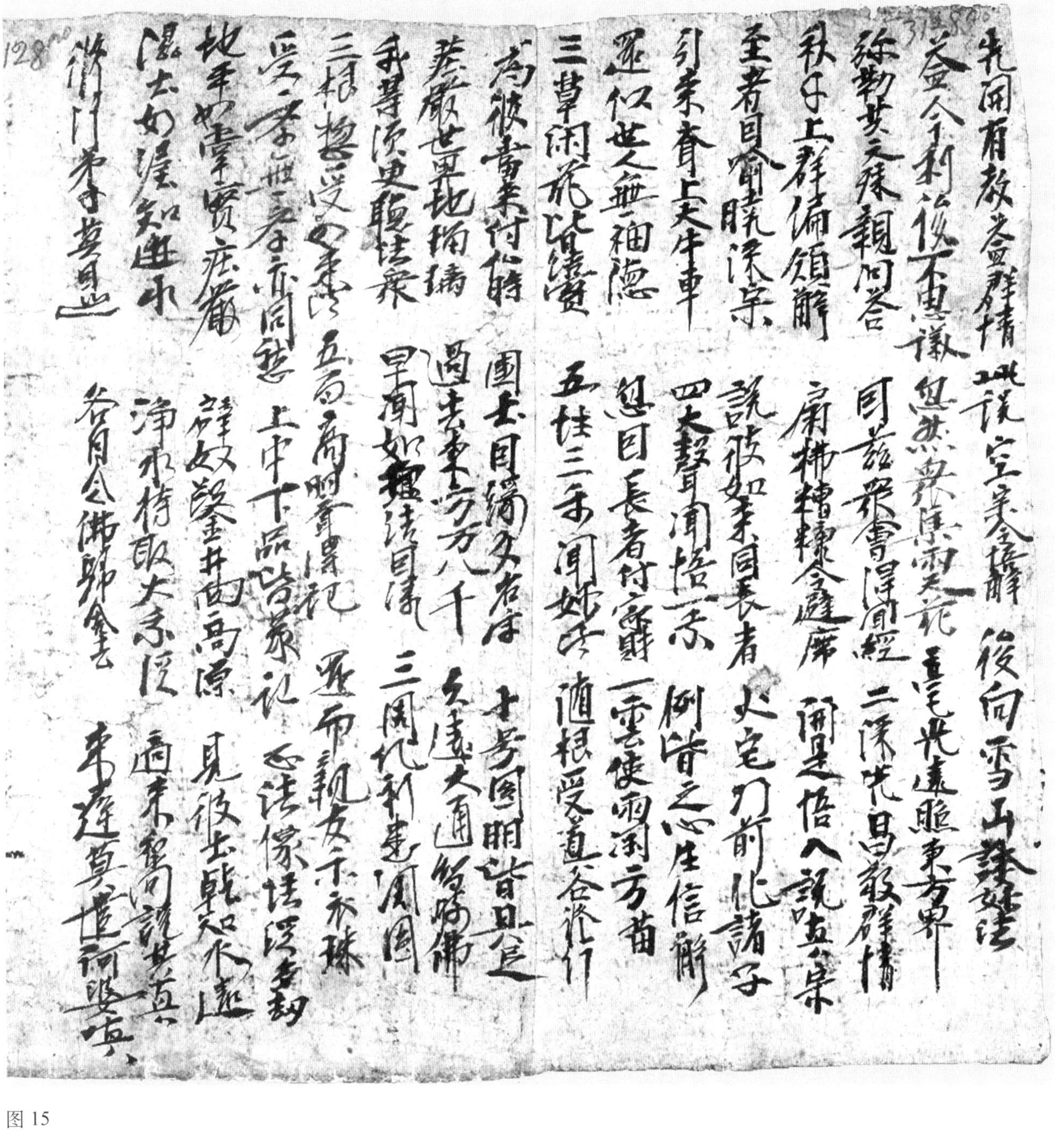

图 15